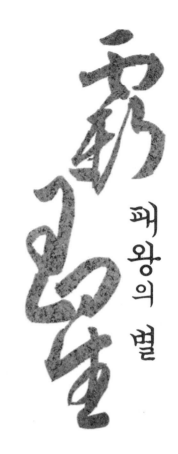

패 왕의 별

패왕의 별

1판 1쇄 찍음 2017년 1월 5일
1판 1쇄 펴냄 2017년 1월 13일

지은이 | 강호풍
펴낸이 | 정　필
펴낸곳 | 도서출판 **뿔미디어**

편집장 | 문정흠
기획 · 편집 | 한관희

출판등록 | 2002년 9월 11일 (제1081-1-132호)
주소 | 경기도 부천시 원미구 소향로 17번길(두성프라자) 303호 (우) 14544
전화 | 032)651-6513 / 팩스 032)651-6094
E-mail | bbulmedia@hanmail.net
비북스 | http://www.b-books.co.kr

값 8,000원

ISBN 979-11-315-7678-6 04810
ISBN 979-11-315-2568-5 04810 (세트)

패
왕의
별

3부

20

강
호
풍 신무협 장편 소설

뿔 미디어

목차

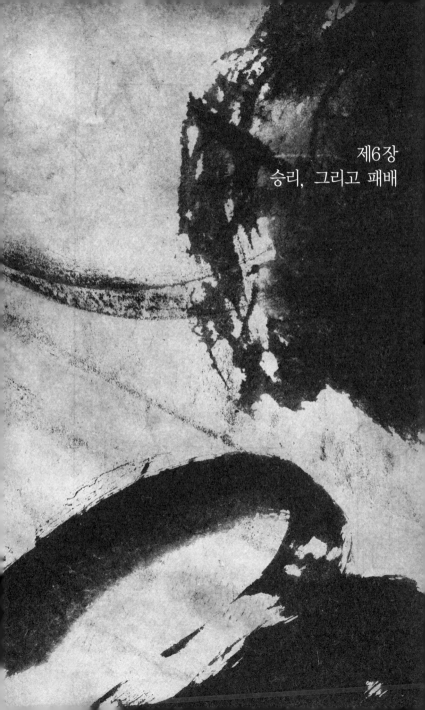

제6장
승리, 그리고 패배

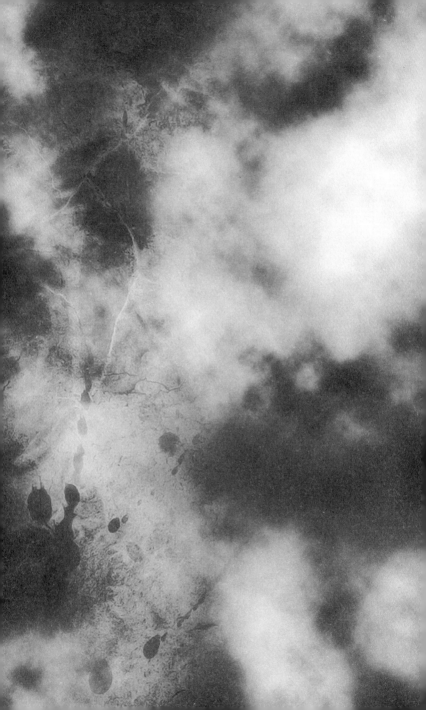

1

긴장한 독고설은 천류영에게 묻고 싶었다.

피해야 되는 것 아니냐고, 십존의 검을 받아낼 자신이 있느냐고.

천류영은 심호흡을 하며 눈을 빛냈다. 여전히 고통으로 온몸이 아우성치고 있었다. 하지만 계속 고함을 지르며 응원하는 군중들의 함성이 이루 말할 수 없는 힘을 주고 있었다.

그가 검에게 속으로 물었다.

'거래하고 싶어?'

[이제야 힘이 필요하다는 것을 느낀 거냐? 감히 우리를

협박하다니! 지난 천 년간…….]

천류영이 검, 그러니까 무애검(無愛劍)의 말을 끊었다.

'그럼 보여봐라, 네가 낼 수 있는 최고의 힘을.'

[뭐?]

'시장에서 작은 물건을 살 때도 요모조모 따져 보고 거래하는 법이야.'

[…….]

'마교의 부교주 마유창을 죽였을 때, 그게 네 최선이라면 거래는 필요 없다.'

[보여주면 거래를 하겠다는 말이냐?]

천류영이 코웃음 쳤다.

'내 마음에 들어야지. 최종 결정은 원래 상품의 질이나 성능을 보고 나서 하는 거야.'

검이 진동했다. 마치 이를 가는 듯이.

[정말이지, 너 같은 놈은 처음이다. 무림인이라면 당연히 힘을…….]

'마지막 기회다. 마음에 들지 않으면 넌 영원히 바닷속에서 잠들게 될 거야.'

[네놈이야말로 악당이다!]

독고설이 천류영의 팔을 슬쩍 잡아 흔들었다.

"올 것 같아요."

십지 중 둘이 십존을 공격하는 독수와 낭왕을 향해 몸

을 날렸다.

그건 누가 보아도 무모했다. 함께 죽자는 동귀어진도 아니고, 자살행위로밖에 보이지 않았다. 또한 그 둘이 빠지면서 미려는 홀로 남게 되었다.

서언의 검이 그녀의 검을 튕겨내고 허리를 베었다.

"으아아아아악!"

그녀가 비명을 지르며 옆으로 데굴데굴 구르다가 조전후의 오 척 대검에 허벅지를 관통 당했다.

"끄아악! 아, 아파아아아!"

조전후가 성난 눈빛으로 외쳤다.

"죽어라! 요녀(妖女)!"

파직!

비검 장득무의 검이 그녀의 가슴 한가운데를 찍었고, 동시에 매검 화가연의 검도 얼굴의 하관을 부쉈다.

미려의 찢어진 입에서 피가 뭉클뭉클 솟구쳤다. 그녀의 깨진 턱이 흔들리다가 멈췄고, 눈동자의 초점도 사라졌다.

그녀의 마지막 표정은 고통이 아니었다.

불신.

자신이 이런 황야에서 버러지 같은 놈들에게 죽을 수 있다는 것이 믿기지 않는다는 표정이었다.

태감의 수양딸인 자신을 정말로 죽이다니.

조전후와 장득무, 그리고 화가연이 동시에 환호성을 지

르려는데, 십지 중 한 명이 덮쳐 왔다.

쩌엉!

조전후가 막으며 주르륵 밀려났고, 장득무와 화가연이 그의 좌우에서 십지를 노렸다.

쇄액, 쇄액.

십지는 가볍게 몸을 흔드는 것만으로 둘의 검을 피해냈다. 그러나 그 순간, 십지의 칼에 힘이 느슨해진 것을 틈타서 조전후가 밀고 들어갔다.

"으아아아아!"

십지의 눈동자가 흔들렸다.

괴력이다!

그가 다시 검에 힘을 주어 조전후의 오 척 대검을 쳐내려는데, 장득무가 비수 두 개를 연달아 던졌다.

파앗, 파앗!

쨍, 쨍!

십지는 일단 물러나며 사선으로 검을 휘둘러 비수를 쳐내고 빙글 돌았다.

퍼억!

"까악!"

달려들던 화가연이 돌려차기에 얻어맞고 나동그라졌다. 그녀의 숨통을 끊으려는 십지에게 다시 장득무의 비수가 짓쳐 들었고, 조전후의 대검이 쇄도했다.

쨍쨍, 쩌어엉!

파파파팟.

십지의 칼에서 십여 개의 검기가 뻗어 나와 조전후를 덮쳤다. 조전후의 눈에 찰나 갈등이 어렸다. 그러나 그는 이내 이를 악물고 앞으로 몸을 던졌다. 지금 자신이 빠지면 화가연이 죽는다.

십지의 입가에 가소롭다는 비릿한 미소가 맺히다가 곧바로 사라졌다. 서언과 주작단원 둘도 파고든 것이다.

슈가가각. 쨍쨍, 쨍쨍쨍!

십지의 검이 돌면서 검기가 뿌려졌다. 주작단원들이 몸을 피하고, 그사이에 조전후와 화가연도 한숨을 돌렸다.

"끄으윽!"

서언의 신음이 터졌다. 어깨를 찔렸다. 그러나 십지의 얼굴도 일그러졌다. 아랫배가 베였다.

쇄애액, 쨍쨍쨍, 쨍쨍!

십지와 서언의 검이 쉴 새 없이 충돌하며 시퍼런 불똥이 뛰었다.

파라라라.

주작단원들이 둘씩 좌우를 계속 노렸다. 어느새 조전후가 뒤로 돌아 십지의 등을 노렸다. 칼들이 어우러졌다가 흩어지고, 허공을 돌아 다시 충돌했다.

쩌엉, 쩡쩡쩡, 쩡쩡!

조전후가 빽! 외쳤다.

"제발 좀 죽어!"

미칠 것만 같았다. 과연 초절정고수라는 말밖에 나오지 않았다. 그때, 조전후의 눈에 장득무의 얼굴이 들어왔다. 양손에 비수를 쥐고 있는 그가 한쪽 눈을 찡긋했다.

함께 수련하다가 심심하면 하던 장난을 칠 때의 표정이었다. 조전후가 곧바로 고개를 끄덕였다. 그와 동시에 장득무의 비수가 날았다.

그 비수는 십지를 향하지 않고 조전후에게 쇄도했다.

쩡쩡!

조전후는 그 비수를 빠르게 쳐서 튕겨냈다.

파앗, 푹!

하나의 비수는 허공으로 날아갔으나, 다른 비수가 십지의 뒷목에 꽂혔다.

앞으로는 서언, 그리고 좌우로 주작단원의 최정예와 싸우며 뒤의 조전후까지 방어하던 십지의 몸이 부르르 떨렸다.

조전후와 장득무의 함성이 동시에 터졌다.

"으아아아아아!"

"와아아아아아!"

서걱.

서언의 칼이 십지의 목을 날려 버렸다. 조전후가 씩 웃으며 상기된 얼굴로 서언에게 말했다.

"내가 잡은 거요, 초절정 고수를!"

서언이 미소 짓는데, 장득무가 끼어들었다.

"절반은 제 몫이라고요."

화가연이 이마의 땀을 훔치며 말했다.

"애초에 서언 단주님과 주작단원들이 격렬하게 충돌하고 있지 않으면 실패했어요."

그때, 서언이 주변을 훑다가 눈을 치켜떴다.

"분타주님!"

그가 천류영을 향해 바람처럼 달렸다.

십존은 두 수하의 희생을 통해 독수와 낭왕의 협공을 찰나지간 떼어냈다.

절대고수인 그에게 그 찰나는 천류영에게 접근할 수 있는, 충분한 시간이었다.

파앗!

극성의 이형환위.

그는 팽우종의 머리 위로 뛰어넘었다.

물론 팽우종이 십존을 노렸지만, 아슬아슬한 차이로 이미 지나간 뒤의 허공만 베었다. 그 주변의 검풍대원들도 십존을 놓쳤다.

갑자기 일어난 일인 동시에, 십존이 워낙 빨랐다.

팽우종이 급히 뒤돌아서며 외쳤다.

"젠장! 막아! 막아야 해!"

천류영과 독고설 앞에 몇 명의 주작단원이 있었다. 그 주작단원들이 땅에 착지한 십존을 향해 도검을 뽑고 베었다.

쇄액, 쇄액, 파파앗!

십존은 가소롭다는 표정으로 경천혼보(驚天混步)란 보법을 밟았다.

파라라라라.

십존의 옷이 거세게 펄럭거렸다.

주작단원들의 검과 칼이 그의 몸을 찢을 듯 달려들었지만, 소용없었다.

십존의 몸은 마치 연기처럼 흔들리며 도검들을 피했다. 중간에 있던 두 주작단원은 자신이 어떻게 죽는지도 모르고 비명과 함께 쓰러졌다.

그리고 마침내 십존의 앞에 일남 일녀가 남았다.

천류영과 독고설.

독고설은 이미 천류영 앞에 나와 준비하고 있었다.

어마어마한 풍압이 독고설을 먼저 덮쳤다. 범인(凡人)이라면 맞서서 눈을 뜰 수조차 없을 정도였다.

그러나 그녀는 차분하게 발을 내디뎠다. 천마검이 항주에서 해준, 보법에 관한 조언.

앞으로 더 나아가라.

당신의 실력은 이미 까마득히 나아갈 준비를 마쳤는데,

보법이 발목을 잡고 있으니까.

독고설은 천마검의 조언을 믿고, 그에 맞춰 지독한 수련을 했다. 그리고 사천의 전투에서 나름 흡족한 결과를 얻었다. 그러나 절대고수 앞에서는 처음이었다.

과연 먹힐까?

모른다.

자신이 아는 건 하나다.

무인이 실전에서 머뭇거리는 건 죽음을 불러올 뿐. 스스로 확신하고 나아가야 한다.

그리고 천류영이 방금 건넨 조언을 믿고 검을 휘둘렀다. 무공에서 다른 건 몰라도 천류영의 허점을 보는 눈은 자신보다 위였다. 아니, 그가 일정한 형(形)에서 약점을 파악하는 재주는 천하의 어느 고수 못지않았다.

그런 천류영이 말했다.

먼저 오른쪽 무릎을 베라고.

사실 이번 천류영의 조언에는 의문이 있었다.

십존의 보법을 본 적이 있을까?

없을 것이다. 그리고 방금 본 그의 보법은 대단히 빠르고 변화무쌍했다.

아무리 천류영이라도 어떻게 오른쪽 무릎을 노리라는 말을 한 건지 이해가 되지 않았다.

그럼에도 믿었다.

자신이 사랑하는 천류영이 한 말이니까.

독고설은 천마검과 천류영의 조언, 그리고 자신이 흘린 땀방울을 믿고 움직였다.

쇄애액.

단숨에 독고설을 죽이고 천류영을 손아귀에 넣으려던 십존의 눈동자가 거칠게 흔들렸다.

독고설이 앞으로 오른발을 내디디며 몸을 틀었다가 다시 정면으로 왼발을 밟는 순간, 자신이 장악하고 있는 주변의 공간이 확 좁아지는 것이 피부로 와 닿았다. 그건 곧 운신의 한계를 의미한다.

'독고세가에 이렇게 패도적인 보법이 있었나?'

의문이 들었지만, 답을 궁리할 필요 따위는 없었다. 애초에 내공과 초식은 자신이 한참 위니까.

다만, 자신보다 한참 하수인 검봉이 잠시라도 자신이 쥐고 있는 주도권을 흔들었다는 것이 기분 나쁠 뿐이었다.

그때, 천류영이 독고설의 뒤에서 왼쪽으로 움직였다.

십존의 궁극적 목적은 천류영.

당연히 놈을 따라 몸이 움직였다. 그러기 위해서 오른발에 힘이 들어가며 방향을 틀었다.

그랬다. 천류영은 십존의 상승 보법인 경천혼보를 파악할 시간이 없었다. 그러나 그는 십존이 자신을 최우선으로 노릴 것을 알고 있었다.

즉, 십존의 노림수를 알기에 그를 원하는 대로 움직이게 만들 수 있는 것이다.

십존이 방향을 트는 그 순간, 때를 맞춰 검봉의 칼이 바로 오른 무릎을 향해 쇄도했다.

"……!"

쇄액, 쇄액.

십존의 검이 독고설의 머리를, 독고설의 검이 십존의 오른 무릎을 향해 짓쳐 들었다.

검의 속도?

당연히 십존이 빠르다. 문제는 독고설이 먼저 칼을 움직였다는 점이다.

이렇게 되면 십존은 무릎을 잃고, 독고설은 죽는다.

그 찰나의 순간, 십존은 독고설의 눈을 보았다.

일체의 망설임 없는 그녀의 눈.

"젠장!"

십존은 욕설을 뱉으며 급히 몸을 뒤틀었다. 가공할 내공 덕분에 발을 떼지도 않고 몸을 뒤로 물렸다.

투툭!

섬전처럼 달려가다가 어떤 준비 동작도 없이 신형을 뒤로 물리자 무릎과 발목이 욱신거렸고, 진기가 일부 진탕됐다.

뭐, 상관은 없었다. 이 정도야 금방 진정되니까.

화가 나는 건 고작 후기지수 따위에 자신의 전진이 막

했다는 점이다.

그리고 더 기가 막힌 건, 자신이 물러서는 순간 애송이인 독고설이 호랑이 무서운 줄 모르는 하룻강아지처럼 달려들었다는 점이다.

"건방진 계집!"

그는 독고설의 검을 튕겨내고 허리를 베어버리려고 했다. 그런데 그녀의 등 뒤에서 검 하나가 불쑥 들어왔다.

그건 전혀 생각지도 못한 천류영의 검이었다.

십존은 그제야 깨달았다.

아까 미려가 천류영에게 당할 뻔한 것이 우연이 아니었음을.

지금의 찌르기는 정말이지 놀라울 정도로 완벽하게 자신의 허점을 노리고 들어왔다.

검봉의 검을 쳐내려고 움직이는 순간, 오른쪽 무릎을 파고들었다. 방금 자신이 무리하게 방향을 트는 바람에 부담이 가 있는 무릎이다. 또한 그래서 다시 몸의 중심이 오른발을 축으로 형성되어 있었다. 또다시 물러나면 뒤에 바짝 따라붙은 정파의 고수들도 상대해야 한다.

독수와 낭왕을 떨쳐 낸 순간부터 천류영을 잡을 수 있다는 확신을 가졌는데, 지금 그것이 흔들리고 있었다.

더 이상 지체하면 기회가 날아가 버릴 터. 승부해야 할 때였다.

쩡!

십존의 검이 검봉의 검을 쳐내는 동시에 전신에 호신강기를 둘렀다. 무림서생 따위의 검은 몸 안에 박혀들지 못하게!

그 순간, 함성도 잊고 가슴을 졸이던 군중의 눈이 커졌다. 특히나 그들 속 곳곳에서 이 광경을 지켜보던 무림인들의 눈은 충격에 젖었다.

천류영을 구하려고 달려오던 정파인들도 아연한 낯빛으로 입을 쩍 벌렸다.

콰직!

"끄아아아아악!"

십존의 오른 무릎이 박살나는 소리가 허공을 섬뜩하게 울렸다. 놀랍게도 천류영의 칼에 검강이 맺혀 있었다.

폭발하듯이 뻗어 나온 핏빛의 검강은 십존의 호신강기와 함께 무릎을 부숴 버렸다.

십존의 비명은 전장에 커다란 영향을 가져왔다.

십지 중 남은 인원, 셋.

그들이 황급히 십존을 구하려다가 독수와 낭왕의 손에 목숨을 잃었다. 그리고 마지막 십지도 친황대주의 창에 가슴을 꿰뚫렸다.

십존은 뒤로 나동그라지면서도 왼 손바닥으로 땅을 급히 쳤다.

부우우웅, 슈각.

독고설의 검이 아깝게 허공으로 솟구치는 십존을 놓쳤다.

파파팟.

장득무의 비수가 십존을 노렸지만 빗나갔다. 서언과 팽우종이 땅을 치고 몸을 띄웠다.

공중으로 몸을 띄운다면 나중에 움직인 사람이 훨씬 유리한 법.

십존이 하강하고, 서언과 팽우종이 상승하며 마주쳤다.

쨍쨍쨍쨍쨍쨍!

십존은 고통으로 치를 떨면서도 좌우의 서언과 팽우종의 검을 번개처럼 받아치고 엇갈렸다.

땅에 착지하는 십존에게 독수의 흑무독장이 날아왔다. 십존은 장력으로 흑무독장을 터트리고 천류영을 향해 돌아섰다.

"네놈이, 네놈이 감히!"

그가 몸을 살짝 웅크렸다가 폈다.

퍼엉!

궁신탄영(弓身彈影).

몸을 활처럼 휘게 만들어 그 탄력을 이용해 순간 이동하는, 이형환위와 비슷한 경신법.

그의 눈에 독고설과 천류영이 순식간에 다가왔다.

쇄애애액!

쩌엉!

십존의 검을 박도가 막아섰다.

낭왕 방야철.

그가 굳은 얼굴로 고개를 저었다.

"그렇겐 안 되지."

"이 버러지들이!"

그가 실성한 듯 박도를 두들겼다. 검강이 맺힌 그의 검이 박도를 금방이라도 부술 것만 같았다.

그러나 천하에서 가장 많은 실전 경험을 가지고 있다는 방야철은 차분하게 검을 흘리거나 튕겨냈고, 때로는 피하는 척하다가 박도를 휘둘렀다.

착, 차아아악, 착착.

낭왕의 발이 어지럽게 흔들리며 몸과 칼의 중심을 이동시켰다. 때문에 십존의 검은 점점 엉망이 되어갔다.

만약 그가 정상적인 상황이었다면 낭왕에게 이렇게까지 밀리진 않았을 것이다.

그러나 그는 지금 무릎이 깨져서 몸의 중심을 잡는 것도 쉽지 않았고, 수많은 군중들이 내지르는 함성과 주변에 독수를 비롯한 무수한 고수들이 자신을 노리고 있는 상황이 심리적으로 쫓기게 만들었다.

그는 결국 이를 악물고 낭왕 앞에서 몸을 틀었다.

서걱.

"끄윽!"

십존의 왼팔이 잘려 나가 땅에 떨어졌다. 그러나 당황한 건 십존이 아니라 낭왕이었다.

십존은 충돌의 순간 왼팔을 내주며 낭왕의 도격에서 빠져나올 수 있었던 것이다.

그가 내공을 쥐어짜 내 포위한 무리를 뛰어넘었다.

퍼퍼퍼어어엉! 파파파아앗, 퍽퍽!

장력들이 그의 몸을 난타했고, 거기엔 독수의 흑무독장도 있었다. 비수도 몇 군데 박혔다.

호신강기로 몸을 두르고 있지만, 한계가 있었다.

그의 입에서 핏물이 쉴 새 없이 흘렀다.

하지만 그는 다시 천류영과 독고설 앞에 설 수 있었다.

십존이 가물가물해지려는 정신을 붙잡으며 이를 갈았다.

"천류영, 네놈, 네놈만은……."

그의 검이 천류영을 향하는데 독고설의 검이 튕겨냈다. 그러고는 그의 옆구리를 베고 지나갔다.

스윽.

"큭!"

십존의 입에서 흘러나오는 검붉은 피가 더 많아졌다. 그는 쓰러질 듯 비틀거리다가 천류영을 노려보며 말했다.

"이건…… 말도 안 돼."

정말 말도 안 되는 일이었다. 자신은 그저 하찮은 짐꾼 놈을 교육시킨 것뿐이다.

하늘인 자신이 천한 놈에게 훈계 좀 했다고 왜 이런 말도 안 되는 결과가 나온 것인가.

천류영은 십존 앞에 서서 말했다.

"정말 말도 안 되는 게 뭔지 아나?"

"……?"

"너희 같은 버러지들이 권력을 쥐고 있다는 사실이야."

"감히!"

쇄애액, 쩡!

십존의 검을 천류영이 막고 뻗었다.

푹.

그의 검이 십존의 심장에 박혔다.

천류영이 슬픈 눈으로 말했다.

"정말 말도 안 되는 건, 너희 같이 천박한 것들 때문에……."

그가 주변을 훑었다. 죽어간 수백여 명의 민초들. 그리고 침묵하며 자신을 바라보는 무수한 군중.

천류영의 입술이 살짝 떨리며 떼어졌다.

"이렇게 선량한 사람들이 삶을 고통스러워하고, 절망하며 죽어간다는 거야. 너희 같은 놈들 때문에!"

"나는…… 하늘……."

"아니, 너희들은 쓰레기야."

"이노옴……."

"저승에서 기다려라. 동료 쓰레기들을 모두 정리해서 보낼 테니까."

서걱.

천류영의 검이 십존의 심장에서 빠져나와 목을 베었다.

2

"와아아아아아!"

수십만 군중이 내지르는 함성에 대기가 들끓었다.

독수나 낭왕을 비롯한 이들이 천류영에게 다가와 미소로 포옹했다.

궁금한 것이 많았다.

특히나 십존의 무릎을 부순 검강.

있을 수 없는 일이었다.

천류영을 익히 아는 이들은 검에 비밀이 있음을 눈치챘다. 그러나 굳이 묻지 않았다.

지금은 그저 기쁨을 즐길 시간이니까.

걱정거리를 찾으면 태산보다 높을 것이다. 그러나 살아남았고, 지켜야 할 것을 지켰으며, 적과의 싸움에서 승리했다.

그것조차 누릴 여유가 없다면, 삶이 너무 각박하고 슬프지 않겠는가.

다만, 독고설은 계속 안타까운 눈빛이었다. 천류영의

엉망이 된 몰골이 가슴 찢어질 만큼 아팠기 때문이다.

결국 천류영이 오히려 그녀를 위로해야 했다.

"나는 정말 괜찮아."

독고설이 슬픈 미소로 대꾸했다.

"제가 제일 가슴이 아플 때가 언제인 줄 알아요?"

"……?"

"당신이 '나는 괜찮아' 라 말할 때예요."

천류영이 어깨를 으쓱하며 붉게 웃었다. 고문으로 인해 그의 입안은 피투성이였던 것이다.

"정말 괜찮다니까."

"그래요, 처음부터 그랬어요. '저는 괜찮습니다', '저는 괜찮습니다'. 그걸 듣는 사람은 가슴이 먹먹해진다고요."

다가온 모용린을 비롯한 많은 사람들이 고개를 끄덕이며 독고설의 말에 맞장구를 쳤다.

천류영이 머쓱해하는 가운데, 무애검이 말을 건네왔다.

[내 힘을 충분히 느꼈지?]

'그래.'

[후후후, 너는 방어에 재능이 있어. 또한 허점을 간파하는 안력은 놀랍기까지 하지. 그러나 힘과 내공이 많이 부족하다. 그 힘을 내가 너에게 제공하면 우린 최고가 될 수 있다.]

'글쎄, 그렇게까지는 아닌 것 같은데…….'

아니어도 한참 아니었다.

동료들의 도움이 있었다. 그리고 상대가 심리적으로 쫓기고 있는데다 자신을 상대로 방심했다. 그것이 승리할 수 있던 가장 큰 요인이었다.

[날 믿어라. 믿고 거래를 하자.]

'믿기엔 부족해.'

검이 버럭 성질을 냈다.

[그 무슨! 검강이다. 절대의 경지에 올라야 펼칠 수 있는 검강. 네놈이 검강을 펼치려면 수십 년은 걸린다고!]

천류영이 차분하게 속으로 읊조렸다.

'이기어검도 가능할까?'

[이이, 미친!]

'역시 그건 안 되는군. 생각 좀 해봐야겠어.'

검이 잠시 침묵하다가 물었다.

[너, 너…… 나와 거래할 생각이 없지?]

'아! 거래 조건을 안 물어봤군.'

검이 반색한 어조로 대답했다.

[여인의 피를…….]

천류영이 말을 끊었다.

'만약 사람의 피를 검신에 종종 먹여 달라고 하는, 그런 종류의 비인륜적인 조건이면 당장 바다로 갈 거야.'

[…….]

검이 한참 후, 질문을 해왔다.

[하나만 묻자. 너는 분명 힘을 절실하게 원한다. 수련할 때 네가 일 합, 일 합 혼신을 다하는 게 느껴져. 그런데 왜? 힘을 주겠다는데 왜 그렇게 까다롭게 구는 거지?]

천류영은 사람들과 인사를 나누다가 다시 무애검에게 속으로 차갑게 말했다.

'사람 가지고 장난치지 마라.'

[그게 무슨…….]

'너를 신뢰할 수 있었다면 겐죠는 너를 꺼냈을 거야. 그런데 그는 죽는 순간까지 널 쓰지 않았어. 그건 널 믿지 못한다는 의미지.'

검이 침묵했다. 천류영은 피식 웃었다.

'네 힘, 없어도 된다. 내가 널 쓰는 이유는 힘 때문이 아니야. 단단해서지.'

[힘이 없어 죽어도 좋단 말이냐?]

'배신당하는 것보다야 낫겠지. 믿었던 존재에게 배신당하면 너무 슬프잖아.'

검이 갑자기 진동하더니 물었다.

[나에 대해 아나?]

'몰라. 다만, 네게 새겨진 무애(無愛)란 글자가 슬프게 느껴질 뿐.'

[넌 정말 이상한 놈이군. 칼을 쓴다면 힘만 추구하면

되잖아.]

'내가 힘만 추구하는 것으로 보였나?'

[……]

'혼백이 봉인된 것 같은데, 기다려라. 풀어줄 방법을 찾아볼 테니까.'

검은 천류영이 이동을 시작해서 절강 분타로 들어갈 때쯤에서야 다시 말을 건네 왔다.

[날 봉인 해제시키면, 넌 힘을 얻지 못해.]

'단단한 거로 족하다니까.'

[너는……]

검은 뭔가 말을 하려다 말고 침묵했다.

＊　　　　＊　　　　＊

무림맹 절강 분타.

어두운 밤이건만, 분타 밖은 환했다.

수많은 군중들이 분타 밖에서 셀 수도 없는 모닥불을 피워놓고 노래 부르며 춤췄다.

음식을 나르고 술을 즐겼다.

많은 곳에서 웃음이 일었다.

그러나 웃음만 있는 것은 아니었다. 한쪽에선 울음이 있었다.

싸우다가 죽어간 수백여 명의 백성들.

이 자리는 그들의 넋을 위로하는 위령제였으며, 동시에 희망을 지킨 축제였다.

드르륵.

문이 열리고 화선부의 수안파파가 내실에서 나왔다. 그녀는 밖에서 초조한 표정으로 서성거리고 있는 독고설을 보며 부드럽게 미소 지었다.

"치료는 다 끝났습니다."

"괜찮은 거죠?"

수안파파가 손으로 입을 가리며 소리 없이 웃고는 고개를 끄덕였다.

"분타주께서 은근히 강골이십니다."

혹시나 하며 가슴 졸이고 있던 독고설이 하얗게 미소 지었다.

"들어가 봐도 되나요?"

"물론이죠. 그런데 다른 사람들은?"

수안파파는 자신이 내실 안에 들어갈 때 복도를 가득 채우고 있던 사람들을 상기하며 물었다. 독고설이 주먹을 불끈 쥐며 답했다.

"제가 다 쫓아버렸어요. 치료에 방해되면 곤란하잖아요."

수안파파는 못 말리겠다는 표정으로 쌍수를 들었다.

"분타주께서 검봉의 이런 마음을 다 알아주면 좋겠네요."

"몰라도 돼요."

"예?"

"다치지만 않았으면 좋겠어요."

독고설의 말에 수안파파의 입가에 쓴 미소가 맺혔다. 갑자기 하연 부주가 생각난 것이다.

살아 있었다면 이들처럼 천마검과 예쁜 사랑을 했을 텐데.

독고설은 조용히 문을 열고 들어가 침상 가에 앉았다. 누워 있는 천류영이 그녀를 보고 미소 지었다가 눈으로 자신의 상체를 가리켰다.

"많기도 하지? 반 시진을 더 이렇게 가만히 있어야 한다네."

그곳에는 백 개도 넘는 침이 꽂혀 있었다. 독고설은 고개를 끄덕이며 말했다.

"그 미려란 계집애도 보는 눈은 있네요."

"응?"

"코는 건드리지 않았잖아요. 부은 눈이야 가라앉으면 되고, 터진 입술이야 아물겠지요. 하지만 코가 깨지면 이 잘생긴 얼굴이 회복되기 힘들잖아요."

천류영이 소리 없이 웃다가 진중한 표정으로 말했다.

"내가 잘생기긴 했지."

자신이 말하고도 약간 겸연쩍은지 다시 웃었다. 그러나

독고설은 정색하고 고개를 끄덕였다.

"그럼요."

"……."

"대륙 최고의 절세미남이죠."

"그렇지. 응? 아, 아니, 그렇게까지는……."

독고설은 천류영의 손을 잡고 입술을 꾹 깨물었다. 그런 그녀의 표정이 시시각각으로 변했다. 슬펐다가 행복했다가.

천류영은 그녀의 마음을 알 것 같아서 쥐고 있던 독고설의 손을 힘주어 잡았다. 그러자 독고설이 방긋 웃고 입을 열었다.

"내일…… 정말 바쁜 하루가 될 거예요. 오라버니를 만나려는 사람들이 정말 많거든요."

"그래?"

"예. 하월 팽 소협의 형이 오셨어요. 아! 그리고 십대 고수이신 철혈무성께서도 방문하셨어요. 그것도 많은 유명한 분들과 함께요."

"그래? 무슨 일로?"

정파의 명숙들 대부분이 자신을 별로 탐탁지 않게 여긴다는 것을 알고 있는 천류영이기에 걱정부터 들었다.

독고설이 배시시 웃었다.

"느낌이 나쁘지 않아요. 지금 사천에서 오신 분들과 함께 술자리를 하고 있어요. 분위기는 아주 좋대요. 그분들이 우리와 함께하면 이젠 어떤 세력도 우리를 무시하지 못할 거예요."

확실히 좋은 징조다. 독고설이 신이 나서 말을 이었다.

"그리고 낮에 우리를 지켜본 무림인들이 꽤 있었나 봐요. 오라버니와 어떻게 하면 함께할 수 있냐는 문의가 빗발쳐서 지금 분타가 난리예요. 빙봉 언니는 일 때문에 행복한 비명을 지르고 있고요. 호호호."

천류영은 담담한 미소를 지으며 독고설을 보다가 입술을 달싹거렸다. 그걸 본 독고설이 말했다.

"말하세요."

"내일은 사람들을 만나고, 모레 나는 운하를 이용해 북경으로 갈 거야."

"예."

"네가 이번만 빠져 주면 안 될까?"

독고설은 입술을 꾹 깨물었다. 미소 짓고 있으나 슬픈 얼굴이었다.

"태감을 설득할 자신 있다고 했잖아요."

"물론."

독고설의 입술이 희미하게 떨렸다. 그녀는 천류영이 이렇게 말하는 의미를 간파했다.

설득하지 못할 가능성도 있는 것이다.

그럼 살아서 돌아올 수 없다. 독고설이 다시 말했다.

"오라버니는 설득할 수 있어요."

"당연하지. 단지 네가 이곳에서 할 일이 있어서 그래. 너한테만 할 수 있는 부탁이거든."

독고설은 보타산 왜구와 싸웠을 때가 떠올랐다. 죽을 수도 있는 그곳을 지금과 똑같은 핑계를 대면서 홀로 떠났었다.

"풍운이 있다면 모르겠지만, 안 돼요."

"설아, 낭왕 대협과 함께 갈 거야."

독고설은 다시 입술을 질끈 깨물었다. 이렇게 말하면 거절하기 어렵다.

천류영이 부드럽게 말했다.

"걱정하지 않아도 된다니까."

독고설은 이 사람 앞에서 웃는 모습만 보여주고 싶었다. 그런데 결국 또 눈가에 습막이 펼쳐졌다.

"오늘도 그렇고, 매번 그렇게 말했어요. 그런데 매번…… 오라버니는 엉망이 됐어요. 천하제일고수도 감당하기 어려운 짐을 오라버니는 혼자 짊어지고 걸어가요."

"……"

"오라버니의 마음 알아요. 만에 하나라도 잘못될까 봐 하는 걱정. 하지만 제 마음도 알아줘요. 늘 오라버니가 하고 싶은 것을 하라고 말하지만, 그때마다 피가 마르는 제 심정을요."

천류영이 손을 들어 그녀의 뺨을 어루만지며 미소 지었다.

"마지막이야. 널 두고 가는 거, 정말 마지막이야."

마지막이란 단어를 듣는 순간, 독고설은 자신도 모르게 몸에 소름이 돋아 움찔거렸다. 천류영이 말을 이었다.

"그러니까 이번만 봐줘. 부탁이야. 응? 네가 너무 예뻐서 그래. 태감이 여자를 밝힌다는 소문이 있는데, 내가 어떻게 거기에 널 데리고 가. 안 그래?"

"태감은 내시예요. 고자라고요."

천류영이 크게 소리 내 웃고는 대꾸했다.

"그런 사람이 더 무서운 거야. 그러니까 이번만 봐줘."

그의 간절한 표정에 독고설은 결국 고개를 끄덕이고 말았다.

"하고 싶은 대로…… 하세요."

"고마워."

"이것만 기억해 줘요."

"……?"

"오라버니 죽으면 나도 죽어요."

천류영은 한참 동안 침묵하다가 입을 열었다.

"안 죽어. 안 죽을게."

"약속하는 거예요."

"하하하. 그래, 약속할게."

둘이 새끼손가락을 걸려는 순간, 내실의 문이 열리며 세 명이 들어섰다.

조전후가 호탕한 웃음을 터트렸다.

"많이 괜찮아졌다며? 하하하하!"

장득무가 말을 받았다.

"형님, 내공이 훌쩍 늘어날 거라면서요? 만액환단이 무지 빠르게 흡수되고 있다는 얘기 들었습니다. 감축드립니다."

화가연도 배시시 웃었다. 셋 모두 한잔씩 걸쳤는지 얼굴이 붉었다.

"근데 검강은 뭐예요? 다들 지금 난리예요. 분타주님이 절대고수 아니냐고요. 호호호."

이틀 뒤, 천류영이 떠났다.

독고설은 그를 배웅하려다가 관뒀다. 왠지 모르게 그의 뒷모습을 보는 것이 꺼려진 탓이었다. 그리고 그녀는 그것을 두고두고 후회했다.

✻　　　✻　　　✻

쏴아아아아.

이틀 전부터 내린 비로 대지는 온통 질퍽했다.

대낮인데도 어스레한 풍경.

막사 안에 홀로 있는 청년은 숫돌에 검을 갈았다.

쓱쓱쓱.

잠시 후면 출병이다. 그리고 이번 출진은 지금까지처럼 탐색전이 아니다.

섬서와 호광, 그리고 하남성의 경계선에서 펼쳐지는 이 전투는 정파와 마교, 더 나아가 천하무림의 운명을 가르게 될 전면전이 될 것이다.

정파, 총 일만 사천의 대병력.

마교, 어제저녁 사천의 패잔병이 합류하면서 칠천오백 정도라 추정되는 정예.

청년은 갈던 검에 물을 뿌렸다.

은은한 빛이 흐르는 투명한 검신.

그는 검을 천으로 닦고는 뚫어지게 보다가 고개를 끄덕이며 검집에 넣었다. 그때, 막사 밖에서 그를 부르는 소리가 들렸다.

"삼공자님."

창천룡 남궁수는 입구를 보며 말했다.

"무슨 일인가?"

"삼공자님을 찾아온 손님이 있습니다."

남궁수의 눈에 의아함이 떠올랐다.

"손님?"

이 전쟁터에 손님이라니?

하필 출진 직전에, 그것도 아버지나 큰형님이 아니라 자신에게?

혹시 여동생인 남궁소소가 장난치는 건 아닐까, 라는 생각부터 먼저 들었다.

아버지께서 전장 경험을 해두는 것도 나쁘지 않겠다며 데려온 동생이다. 무림오화 중 백화라 알려진 그녀는 못 말리는 말괄량이로, 장난을 즐겨했다.

"예, 공자님의 벗이 보냈다고 하는데……."

말꼬리를 흐리는 것으로 보아 정체가 모호하다는 뜻이었다. 그래서 그런지 입구 쪽에 꽤나 많은 무사들이 모여 있는 것이 느껴졌다.

남궁수는 다시 고개를 갸웃거리다가 자리에서 벌떡 일어났다.

자신에게 벗이라고 하면 한 명뿐이다.

무림서생 천류영.

그가 반가운 얼굴로 말했다.

"안으로 뫼시게."

남궁세가의 자랑인 금검단의 무사 두 명이 먼저 안으로 들어와 남궁수를 향해 목례를 했다. 그런 후, 평범하게 생긴 중년인과 함께 세 명의 수하가 더 들어왔다.

정체가 확실하지 않아서인지 경계하는 표정이 역력했다. 그 모습에 남궁수가 피식 웃었다.

설마하니 자신을 암살하려는 자가 있을 거라고 생각하는 건가?

일만 사천이 머무르는 대군영에서 말이다.

혹 그런 간 큰 자객이 있다면 고작 자신 따위를 노릴 리가 없었다. 이름 높은 명숙을 노리겠지.

남궁수는 낯선 그를 보며 포권을 취했다.

"창천룡 남궁수입니다. 저를 찾아오셨다고요?"

중년 사내가 고개를 끄덕였다.

"예. 천류영 분타주의 부탁이 있어서. 늦지 않게 도착해서 다행입니다."

천류영의 이름이 나오자마자 남궁수의 얼굴이 밝아졌다.

"그 녀석과 어떻게 아는 사이인지 여쭤도 되겠습니까?"

중년인이 씩 웃고는 말했다.

"최측근 중 한 명이지요."

남궁수는 고개를 갸웃거렸다.

자신이 모르는 최측근이 있었나?

"성함이 어찌 되시는지……."

"하하하! 이런, 창천룡. 나를 벌써 잊은 건가? 천류영 분타주와 함께 작년에 함께 싸웠잖아."

남궁수는 어이없는 표정을 지었다가 '아!' 하는 탄성과 함께 순식간에 미소를 머금었다.

"이런, 형님이셨군요. 하하하, 정말 오랜만입니다."

그가 반갑게 웃자 금검대원들이 경계심을 풀었다.

"아는 분이셨습니까?"

"작년 사천에서 알게 됐지."

남궁수는 웃으며 중년인에게 말했다.

"곧 출진해야 하는데, 아마 차 한잔할 시간은 될 겁니다. 제가 직접 끓이지요."

"한참 비를 맞았는데, 잘됐군."

금검대원들은 출진 준비에 바쁜 터라 곧바로 막사 밖으로 빠져나갔다.

그러자 남궁수의 얼굴이 차가워졌다. 그는 주변에 둘러쳐지는 기막을 느끼며 물었다.

"소소를? 정말인가?"

남궁수가 갑자기 그를 아는 척한 건 전음으로 전해진, 소소를 데리고 있다는 협박 때문이었다.

중년인이 침상에 앉으며 태연하게 말했다.

"차는 안 주나?"

남궁수는 기가 막혔다.

일만 사천이 머무르는 대군영 안에서 남궁세가의 딸을 몰래 납치하는 인간이 존재하다니.

능력도 대단하지만, 그 배포가 질릴 정도였다.

"너는 누구지?"

사내는 자신의 볼을 가볍게 쓰다듬었다.

"인피면구네. 비 오는 날인데도 티도 안 나. 제법 정교하지?"

남궁수는 숨이 막혀왔다.

미친 인간이 아닌가.

"대체 어떻게 여기까지 기어 들어와서……."

사내가 그의 말을 끊었다.

"별로 어렵진 않았어. 경계병 중 한 명이 볼일 보러 나온 것을 잡았고, 그다음엔 그냥 걸어 들어왔지. 자네가 있는 곳을 물으니 친절하게 가르쳐 주더군."

"하아……."

남궁수는 고개를 절레절레 젓다가 그럴 수도 있겠다는 생각을 했다.

곧 출전이다. 자신이야 느긋하게 검을 갈고 있었지만, 대부분은 빗속에서 정신없이 뛰어다니고 있었다.

즉, 놈은 이런 어수선한 상황을 노린 것이다. 동시에 이런 말도 안 되는 일이 벌어질 것이라고는 상상도 못한 사람들의 방심을 이용했다.

"배짱 하나는 인정해 주지."

"훗, 너도 재미있는 녀석이군. 동생의 안부는 안 묻나?"

"미친놈이 아니라면 감히 천하제일검가의 여식을 건드리진 않았겠지."

"천하제일검가라……. 뭐, 좋아. 네 여동생은 안전해. 그리고 내 덕분에 죽을 확률은 더더욱 없을 테니 고맙게 여겨야 할 거야."

"무슨 개소리를⋯⋯. 후우우, 대체 너는 누구냐?"

사내가 하얗게 웃다가 말했다.

"나, 천마검 백운회야."

"⋯⋯!"

남궁수는 말문을 잃어버렸다.

3

남궁수는 지금 자신이 혹시 꿈을 꾸고 있는 건 아닐까 하는 생각이 들었다.

때마침 막사 밖에서 큰 북소리가 일고 뛰어다니며 '집합, 일각 전!' 이라고 고함을 치는 사람이 없었다면 정신을 차리지 못했을 정도로 충격이 컸다.

그의 입술 사이로 신음처럼 말이 흘러나왔다.

"천마검⋯⋯이라고? 정말이오?"

백운회가 여전히 웃는 얼굴로 고개를 끄덕였다.

"그래."

남궁수의 안면 근육이 잘게 떨렸다. 머릿속이 곤죽으로 변해갔다. 어지간한 상황에서도 냉정과 차분함을 잃지 않는다고 자부하던 자신이었다. 그러나 지금은 아니었다.

그만큼 천마검이라는 대마두가 자신의 눈앞에 앉아 있는 작금의 현실이 믿겨지지 않았다.

짜악!

남궁수는 양손으로 자신의 뺨을 세차게 치고는 심호흡을 몇 차례 했다. 백운회는 그런 남궁수를 빤히 보며 물었다.

"차(茶)는?"

"……."

수많은 질문과 갈등이 남궁수의 머릿속에서 폭발했다.

검을 뽑아야 하나?

외부에 이 사실을 알려야 하나?

여동생인 소소는 지금 어떤 처지지?

대체 천마검은 무슨 꿍꿍이로 일만 사천의 대군이 있는 적진 속에 홀로 들어온 걸까?

혹시 저자는 천마검을 사칭하는 인물이 아닐까?

백운회가 말했다.

"칼을 뽑고 싶나? 아니면 소리라도 지르고 싶어?"

남궁수가 다시 심호흡을 하고 피식 웃었다. 칼을 뽑거나 외부에 알리는 건 언제라도 할 수 있었다.

"후후후, 당신은…… 대단하군. 내 생에 가장 간 큰 인물은 천류영이라고 생각했는데…… 당신도 만만치 않소."

그는 고개를 절레절레 저으며 말을 이었다.

"그리고…… 미안하지만, 나는 여동생을 납치한 자에게 차를 대접할 정도로 아량이 넓지는 않소."

백운회는 상체를 뒤로 살짝 뉘며 양손으로 침상을 짚었

다. 그렇게 편한 자세로 고개를 끄덕였다.

"아쉽지만 차는 다음에 마시지."

남궁수는 상대의 느긋한 모습을 보면서 그가 천마검일 거란 생각을 굳혔다. 이곳에서 저런 여유를 보일 수 있는 사람이 세상에 대체 얼마나 있겠는가.

"날 찾아온 용건은?"

순간, 백운회의 눈에 이채가 스쳤다.

남궁수는 충격에서 금방 벗어나 평정을 회복했다. 그가 여동생을 매우 아낀다는 건 세상 모두가 다 알고 있다. 그런 동생을 납치한 인물이 대마두라는 것을 알았음에도 여전히 그녀의 안부를 묻지 않는다.

무엇이 더 중요한지 간파할 줄 아는, 제법 그릇이 큰 녀석이다. 또한 여동생에 집착하면 대화의 주도권을 뺏긴 다는 것을 본능적으로 알고 있는 놈이고.

승부사 기질이 있는 자.

하긴 그러니 천류영의 벗이겠지. 또한 그래서 이 녀석을 점찍은 것이기도 하고.

"나는 현장을 좋아해. 뭐든 직접 보고 느끼는 것이 좋 거든."

백운회의 말에 남궁수가 고개를 갸웃거리다가 희미한 미소를 머금었다.

"이번 전투를 직접 눈으로 확인하겠다는 말이군."

"맞아. 이번 전쟁의 중요한 기로가 될 전투의 결과를 그냥 전해 듣는다면 좀 아쉽잖아."

남궁수는 입술을 꾹 깨물고 잠깐 침묵했다.

말은 그럴듯하지만 설득력이 부족했다. 방금 한 말도 천마검에겐 나름 중요한 이유가 되겠지만, 다른 더 중요한 꿍꿍이도 있으리라.

그러나 그것을 묻는다고 답해줄 것 같지도 않아서 화제를 돌렸다.

"군산도 얘기는 들었소. 시간만 충분하다면 당신의 무용담을 듣고 싶을 정도요."

무림맹 총타가 천마검과 소수의 병력에 의해 철저하게 농락당하고 유린당했다는 연통이 어제 오후에 들어왔다.

이곳의 수뇌부와 핵심 인사들만 알고 있는 사실.

이 얘기가 수하들에게 퍼져 봐야 사기만 떨어질 테니, 철저하게 정보를 통제하고 있었다.

수뇌부는 군산도의 굴욕으로 인해 이번 전투를 반드시 이겨야 한다고 전의를 불태우고 있었다.

무림맹 총타뿐만 아니라 이 전투마저 패한다면, 아무리 정파가 전성기를 누리고 있는 상황이라고 해도 나락으로 떨어질 수밖에 없으니까.

그러고 보니 총타와 이곳까지의 거리는 삼천 리가 넘는다. 천마검은 총타를 유린하고 나서도 이 거리를 사흘 만에 주파했다는 건가?

남궁수는 문뜩 '이자가 진정 천마검이 맞나' 라는 의심이 다시 솟구쳤지만, 이내 고개를 저었다. 그의 본능과 직감이 천마검이 맞다고 말하고 있었다.

또한 인피면구로 얼굴을 가리고 있지만, 분명 피곤한 기색이 있었다.

남궁수는 세밀하게 천마검의 몸을 훑었다. 비에 젖어 옷이 몸에 달라붙어 있었다. 남궁수는 저 옷 안에 몇 개의 붕대가 친친 감겨 있다는 것을 간파했다.

심각한 부상은 아닐지라도 분명 몸 상태가 최상은 아니다.

그래서 더 기가 막혔다.

피로에 지친 몸을 이끌고, 그것도 부상까지 입은 자가 홀로 이곳에 잠입할 생각을 하다니.

미친 자다.

아무리 배포가 크기로서니 어떻게, 여벌의 목숨이 있다고 생각하지 않고서야…….

이어지던 그의 상념을 백운회가 끊었다.

"나는 구경만 할 거야. 물론 약간 간섭할 수도 있겠지만, 그건 아직까지 확정된 게 아니지. 전투의 결과에 따라 달라질 테니까."

"간섭을 할 수도 있다?"

"그래. 하지만 너희 정파에 해(害)가 되는 건 아니니 안심해도 좋아. 자네도 작년에 사천에 있어서 잘 알겠지만, 내가 마교주와 그리 친하지는 않거든. 후후후, 이건 내 이름을 걸고 약속하지."

남궁수는 눈을 빛냈다.

숨겨둔 꿍꿍이다. 어떤 간섭을 하려는 걸까?

동시에 한 가지 중요한 사실을 깨달았다.

천마검과 마교주는 지금 경쟁을 하고 있다는 것을.

기실 천마검이 무림맹 총타를 유린했다는 얘기를 들었을 때, 자신뿐만 아니라 수뇌부가 똑같은 생각을 했다.

천마검과 마교주가 화해를 했다고.

하지만 오판이었다.

둘이 화해를 했다면 천마검이 이곳으로 잠입할 이유가 없다. 마교주 진영에 합류했겠지.

남궁수는 가슴 깊은 곳에서 우러나오는 감탄의 표정을 지었다.

천마검, 이자……

적이지만 자신으로서는 상상도 할 수 없는 큰 그림을 그리고 있던 것이다.

"우리를 돕겠다는 거요?"

"다시 한 번 강조하지만, 전투 결과에 따라 그럴 수도 있지. 어쨌든 너희에게 해를 끼치진 않아."

"당신의 사연이 어떻든, 그건 분명 흑도 진영에선 배신

행위로 몰릴 텐데?"

"하하하! 창천룡, 내가 배신자로 몰리다니, 그런 일이 생길 리 없잖아."

"……."

남궁수는 입술을 잘근잘근 깨물며 고개를 끄덕였다. 천마검의 말마따나 그가 배신자가 되려면 이곳에서 정파를 도왔다는 것이 알려져야 한다.

그리고 그걸 발설할 사람은 자신밖에 없다.

남궁수는 쓴웃음을 깨물었다.

전투가 끝난 후에 천마검이 정파를 도왔다고 어떻게 말할 수 있겠는가.

사람들이 믿지 않을 것이다. 아니, 믿으면 더 곤란하다. 자신은 지금껏 천마검과 내통하고 있던 반역자로 몰리기 십상이니까.

백운회가 미소로 말했다.

"나와의 거래가 마음에 들지 않으면 기회는 지금뿐이야. 검을 들고 천마검이 여기에 있다고 소리쳐."

남궁수는 한숨을 삼키고 대꾸했다.

"그럼 내 동생은 죽겠군."

"글쎄, 자네는 믿기 어렵겠지만, 나나 내 수하들은 그렇게 치졸하지 않아."

남궁수는 고개를 저었다.

자신은 작년 사천에서 보았다.

천마검을 따르는 수하들의 피눈물을. 그 수하들이 천마검이 잘못됐다는 얘기를 들으면 눈이 뒤집힐 것이고, 소소는 죽게 되리라.

이건 치졸하고 말고의 문제가 아니었다.

백운회가 입을 열었다.

"어쨌든…… 넌 확실하게 죽는다, 내 손에."

"뭐, 내가 죽어서 천마검을 잡을 수 있다면, 그것도 나쁘지 않겠지. 그러나 때가 아주 절묘하군. 출병 직전이라……."

지금 천마검이 잠입했다는 사실을 밖에 알리면 군영이 발칵 뒤집힐 것이다. 한바탕 소동이 일 것이고, 또 다른 간자가 없나 색출에 들어가야 한다. 자신들의 계획이 마교로 새어 들어갔다는 불안감에 사기가 곤두박질칠 것이다.

자칫 총타가 유린됐다는 얘기까지 퍼지면 최악이다.

마교주와의 전투 자체가 위태로워지기 십상이다.

잃는 것이 너무 많다.

여동생도 죽고, 자신도 죽기 쉽다. 뿐만 아니라 자신이 마교와 내통했다는 억측이 퍼진다면, 향후 남궁세가의 입지가 현저하게 어려워질 수도 있었다.

얻는 건?

천마검 한 명을 잡는 것이다.

과연 그럴 만한 가치가 있는 걸까?

백운회가 남궁수를 뚫어지게 보며 말했다.

"계산은 끝났나?"

"……."

"내 존재를 알리는 건 언제라도 할 수 있다."

"나에게 언제 어떻게 터질지 모르는 폭탄을 짊어지고 적과 싸워야 하는 결정을 너무 쉽게 재촉하는군."

"약간의 불안을 감수하면 잃는 건 하나도 없을 테니까. 그리고 얻는 건 있지."

"약간의 불안이라……."

남궁수는 작은 탁자 위에 놓인 천을 들어 빙글 꼰 다음에 이마에 둘렀다. 곧 빗속에서 전투를 치러야 하니 눈으로 들어가는 비를 최소화하기 위함이었다.

남궁수가 다시 입을 열었다.

"내가 뭘 얻을 수 있소?"

"여동생의 안전과 네 목숨. 그리고 아직 정해진 건 아니지만, 내가 약간 도와줄 수도 있고."

남궁수는 고개를 끄덕이며 말을 받았다.

"부족하오. 한 가지 더."

백운회가 침상에서 일어나다가 눈살을 찌푸렸다.

"욕심이 많군."

남궁수가 피식 웃고 대꾸했다.

"내가 이렇게 말한다는 건, 당신이 스스로 한 말을 지킬 거라는 믿음이 있기 때문이오. 작년 사천에서…… 당신의 수하들이 보여준 모습을 기억하고 있소. 그런 신망을 얻은 당신이라면…… 분명 마협이라는 또 다른 별호답게 살아온 것이 사실일 테니까."

"……."

"비록 내가 여동생을 아끼나 나와 여동생의 목숨보다 이곳에 있는 수많은 사람들의 생명이 더 중요하다는 것을 모르지 않소. 전투 중에 당신 같은 고수가 갑자기 뒤통수를 친다면…… 우리 쪽 피해가 적지 않을 것이고. 그런데도 나는 대마두인 당신의 약속을 믿는다는 거요. 이건…… 정파인인 나로서는 결코 쉽지 않은 결정이오."

백운회는 묘한 표정으로 한숨을 삼켰다.

창천룡 남궁수.

생각보다 더 제법이다.

분명 자신과 마교주의 관계를 간파하고, 여러 가지 계산을 끝냈다. 그러니 자신이 뒤통수를 치지 않을 거라고 나름 확신하고 있음에도 한 가지를 더 얻으려고 하는 것이다.

"어디, 한 번 말해봐라. 네가 원하는 그 한 가지가 무엇인지 나도 궁금하군."

"무림서생 천류영."

"……?"

백운회는 막사에 들어서고 처음으로 당혹감을 드러냈다.

이 자리에서 왜 천류영 얘기가 나오는가.

남궁수가 백운회를 뚫어지게 직시하며 말했다.

"당신과 천류영이 묘한 관계임을 짐작하고 있소."

"……."

"그 친분, 정파의 누구에게도 발설하지 마시오."

"……."

"천류영은 당신의 호적수지, 결코 동료는 아니오."

백운회는 소리 없이 웃었다. 지금 남궁수는 천류영이 자신과 엮여서 잘못될까 걱정하는 것이었다.

그가 웃음을 그치고 정색했다.

"이런 상황에서 벗을 챙기다니. 뜻밖이지만 마음에 드는군. 하지만 그건 네가 상관하지 않아도 된다."

이번엔 남궁수의 눈가가 찌푸려졌다.

"내 제안을 받아들이지 않겠다는 뜻이오?"

"아니, 그럴 필요가 없다는 거다."

"……?"

"시대가 영웅을 만든다는 말이 있지. 천류영은…… 어떤 모함이나 역경이 있어도 살아남을 수 있을 거다. 왜냐면, 너희 정파는 그가 아무리 마음에 들지 않아도 간절하게 필요해질 테니까. 역도태. 나중에 녀석을 제거할 수도 있겠지만, 지금은 아니야."

"무슨 뜻이오?"

"이번 전투, 너희들이 패한다는 말이다."

남궁수의 굵은 검미가 꿈틀거렸다. 그럴 리가 없다고 항변하고 싶었지만, 이 자리에서 논쟁을 벌이는 건 의미가 없다. 그래도 천마검의 주장을 선선히 받아들일 수는 없었다.

"함부로 결과를 예단하는 건 아니지 싶소."

"후후후, 그건 동감. 하지만 너희 정파는 평화에 길들여져서 너무 물러졌어. 같잖은 자존심과 정파의 전성기라는 허명에만 취해 있지."

"……."

"섬서, 운남, 광서 분타가 그토록 허망하게 깨지고, 총타가 유린됐는데도 아직까지 경각심이 없어. 분노만 하고 있지, 절박함이 모자라."

"하지만 사천은……."

백운회가 말을 끊었다.

"그곳엔 천류영이 있었어. 작년, 그리고 올해에도."

"……."

"그러니까 천류영은 걱정하지 않아도 된다. 이번 전투까지 패하면 너희 정파는 그제야 천류영이 얼마나 대단한지 뼈저리게 느끼게 될 테니까."

남궁수는 한차례 심호흡하고 대꾸했다.

"내 벗을 칭찬해 주는 건 고맙소. 하지만 이곳에선 우리가 승리할 거요. 인원도 곱절이고, 정파의 최정예들이 모여 있으니까.”

＊　　　＊　　　＊

쏴아아아.

빗속을 뚫고 삼천의 무인들이 산을 타고 있었다.

좌군(左軍).

배교로 인해 큰 피해를 입은 소림사와 개방, 남궁세가의 금검단, 화산파의 매화단, 무림맹의 천붕대가 주축을 이뤘다. 거기에 섬서와 하남에서 나름 유명한 몇 개 군소 방파의 무인들도 있었다.

선두에 있던 남궁세가의 가주, 검성(劍星) 남궁성(南宮星)이 흘낏 뒤를 돌아보았다.

오 장여 뒤쪽에서 무림서생이 보냈다는 사람이 남궁수와 바짝 붙어서 따라오고 있었다.

남궁성은 자신도 모르게 혀를 끌끌, 차고는 다시 앞을 보며 부지런히 발을 놀렸다. 오른쪽 옆에 있던 검학자 장로가 미소로 말했다.

“가주, 제가 누누이 얘기했지만, 천류영 분타주는 정말 괜찮은 인물이에요.”

남궁성은 가타부타 대꾸하지 않았다. 다른 사람은 모르

지만, 그는 맹주와 총군사로부터 들은 얘기가 있었다.

무림서생이 절강 분타주 자리에서 쫓겨날 것임을. 아마 지금쯤 총타로 압송 중일 것이다.

자식 가진 부모 마음은 다 똑같다.

자식이 벗을 잘못 사귈까 저어하는 것이다.

남궁수가 처음으로 마음을 주었다는 친구다. 그런 벗이 어려운 지경에 처하면 녀석의 성격에 가만히 두고 볼 리 없었다.

강호의 명숙들이 탐탁지 않게 여기는 무림서생을 벗으로 두었으니, 남궁수의 앞날이 걱정될 수밖에 없었다.

검성의 왼쪽 옆에 있던 대공자, 남궁강이 입을 열었다.

"저는 무림서생을 직접 보지 않아서 뭐라 말하기 어렵습니다. 다만, 그가 아끼는 호위를 수에게 보낸 건 적이 실망스럽습니다."

검학자 장로는 쓰게 웃었다.

전장에 있는 벗을 걱정해 호위무사를 보내준 것. 그건 겉으로 보면 매우 아름다운 우정처럼 보일 수 있다.

하지만 실상은 다르다.

다른 곳도 아닌, 천하제일검가인 남궁세가다.

그 가문의 가주인 검성과 금검단이 함께 움직이는데 호위를 보내주다니.

생각하기에 따라서 남궁세가의 저력을 믿지 못한다는 것으로 비치기도 하는 것이다.

검학자는 이야기를 끌어봐야 좋을 것 없다고 판단하고는 화제를 돌렸다.

"그나저나 소소는 괜찮은 건지 모르겠군."

그 말에 검성이 더욱 얼굴을 찌푸렸다. 그러나 남궁강은 미소로 대꾸했다.

"아직 이런 대규모 전투에 참가하기에는 어린 아입니다."

그들은 남궁소소가 겁에 질려 군영 어딘가에 숨었다고 생각하고 있었다.

지금 정파는 다섯 부대로 나뉘었다.

선봉군과 중군, 좌군, 우군, 그리고 후군.

후군(後軍)은 사실상 군영에 머무르는 일천여 명이다.

비록 그동안 소규모 탐색전에 불과하지만, 삼백여 부상자들이 생겼다. 그들을 포함해 남은 사람들 속에 남궁소소가 있다고 알고 있었다.

왜냐하면 남궁수가 그렇게 말했으니까. 소소가 전투를 앞두고 너무 무서워해서 후군에 데려다주었다고.

남궁강이 풀어지지 않은 검성의 표정을 흘낏 살피며 말을 이었다.

"물론 셋째가 독단적으로 그런 결정을 내린 건 잘못했다고 생각합니다. 하지만 수가 소소를 많이 아끼는 건 아버지도 아시잖습니까?"

검성은 묵묵부답.

원래 말이 없는 성격이었다.

마침내 무리의 선두가 정상에 닿았다.

잠깐의 휴식 시간.

모두가 조용히 산 앞에 펼쳐진 평야를 보았다.

까마득히 먼 거리.

그 평야로 정파의 선봉군이 천천히 전진하고 있었다.

일천여 정예.

그 뒤로 무림맹주 검황이 이끄는 중군, 육천여 명이 이백여 장의 거리를 두고 움직였다.

곧이어 반대쪽에서 마교와 흑천련이 모습을 드러냈다.

그들도 일천의 선봉을 앞세웠다. 그리고 남은 한 부대인 본군이 뒤를 따랐다.

평소와 다름없는 광경이다.

선봉끼리 싸우다가 적당한 시점에서 물러나는 것이다. 이 치열한 눈치 싸움을 거의 한 달 가까이 하고 있는 중이었다.

그러나 이런 식의 탐색은 어제로 끝났다.

오늘은 전면전이 이뤄질 것이다.

선봉군과 중군이 어울려 혈투를 벌일 것이다. 그러면 삼천의 우군(右軍)이 반대쪽 산에서 나타나 마교의 옆구리를 공격할 것이다.

이쪽의 삼천 좌군은 계속 나아가 마교의 본영을 짓밟고 곧바로 회군해 뒤를 몰아치는 것이다.

즉, 후방까지 박살내고 최후의 한 명까지 뿌리 뽑으려는 것이다.

대승을 넘어 완승(完勝)!

정파는 이번 전투로 마교와 흑천련과의 전쟁을 사실상 끝장내려 하고 있었다.

잠깐 휴식을 취한 좌군이 다시 이동을 시작했다. 가장 많은 거리를 주파해야 할 부대가 바로 좌군이다.

때문에 속도가 빨라졌다.

백운회가 정상을 지나치며 평야를 흘낏 보고는 쓰게 웃었다. 그 미소를 본 남궁수가 속삭이듯이 물었다.

"왜 웃는 거요?"

"하나만 묻자. 너희는 회색 눈을 가진 자들을 보았나?"

지옥무저갱의 괴물들.

남궁수가 의아한 얼굴로 고개를 저었다.

"애기는 들었소. 조심해야 할 괴물들이라고. 하지만 본 적은 없소."

그러자 백운회가 말했다.

"오늘을 전면전으로 삼은 건 너희뿐만이 아니야."

남궁수의 눈동자가 흔들렸다. 백운회는 까마득히 먼 거리에 있는 마교의 선봉을 보며 말했다.

"단단히 준비해야 할 거야. 직접 상대해 보면 고작 애기를 들은 것과는 차원이 다를 테니까. 그리고 본 교 최강

인 마풍단도 있지. 너희 선봉과 중군은 우군이 지원할 때까지 버티기 어려울 거다. 당연히 이곳 좌군은 적 후방에서 고립될 테고."

4

남궁수는 천마검의 말을 곧이곧대로 믿기 어려웠다.

무엇보다 저기 까마득히 먼 마교의 선봉군, 그야말로 까만 점들로만 보이는 저들의 생김새나 복장이 보인단 말인가?

그것도 이렇게 비가 쏟아지고 있는데?

남궁수는 부지런히 걸으면서 고민에 빠졌다.

지금 천마검이 해준 경고를 이곳의 수장들에게 알려야 할까?

하지만 그것이 불가하다는 것을 곧바로 깨달았다.

우선 적 선봉군의 정체를 어떻게 알았느냐고 물으면 대꾸할 말이 없었다. 설사 그것을 어찌어찌 둘러댄다고 하더라도 돌아오는 건 질책뿐이리라.

정파의 선봉군과 중군이 그리 쉽게 무너질 거라는 말을 내뱉는 것부터가 불가했다. 전투를 앞두고 그 무슨 불길한 말을 하느냐고 불호령이 떨어지기 딱 좋았다.

또한 자신도 정파가 그리 무력하게 무너질 거라고는 생각하지 않았다.

남궁수가 말했다.

"당신이 생각하는 것만큼 우리가 약하진 않소."

백운회가 어깨를 으쓱하고 대꾸했다.

"알아. 하지만 약해."

남궁수가 발끈하려는데, 백운회가 먼저 말했다.

"무공도 무공이지만, 마음가짐이."

"그건 또 무슨 말이오?"

"지옥무저갱의 괴물들은 하나같이 고수일뿐더러 목숨을 걸고 싸우지. 몸에 고독이 심겨져 있거든."

"......!"

"그들이 살아남는 방법은 하나야. 적을 다 죽이는 것."

남궁수가 어금니를 꽉 깨물었다.

"어차피 전장에 나선 무인의 목숨은 하나. 다들 목숨을 걸고 싸우는 거요."

"훗, 그런 각오까지 부인할 생각은 없어. 흐음, 좋아. 또 하나 묻지. 저곳에 있는 정파인들은 이런 대규모 전투를 언제 해봤지?"

"......."

"없다. 너희 맹주나 총군사를 포함해 대부분의 정파인들은 가지고 있는 힘과 세력으로 약한 자들을 억눌러 왔지. 그런데 만약 초반에 지금까지와는 반대로 일방적으로 밀리게 되면 제대로 대처할 수 있을까?"

"……."

"저 부대의 인물 중 천류영 같은 녀석이 툭 튀어나오지 않는 한 어려울 거야. 그리고 그런 인물은…… 후후후, 너희 기득권 세력들이 이미 싹을 밟아서 없앴거나 말 잘 듣는 개로 길들였겠지."

남궁수는 머릿속이 어지러웠다. 천마검의 말을 다 받아들이지 않더라도, 그럴 가능성도 있다는 생각이 강하게 들었다.

그렇다면 자신은 지금 무엇을 해야 할까?

그 표정을 읽은 백운회가 입을 열었다.

"네가 이곳의 수뇌부에 가서 뭐라고 해봐야 이미 늦었어. 그러니까 지금까지 그래온 것처럼 믿으라고. 너희 정파인들은 강하다고. 설사 역경이 있더라도 차분하게 대처할 수 있을 거라고. 천류영처럼 말이지."

그 말과 함께 백운회가 소리 없이 웃었다. 불쾌해진 남궁수가 그를 노려보다가 말했다.

"생각보다 피해가 커질 수 있겠지만, 그래도 최후의 승리는 우리 것이 될 거요."

백운회가 웃음을 멈추고 고개를 끄덕였다.

"좋아, 그런 마음가짐은. 내 말을 듣고 불안할 텐데도 동료를 믿는 것은 나쁘지 않아."

"……."

"한 가지 조언을 해주지."

"뭐요?"

말이 끝나기 무섭게 물어오는 것을 보고 백운회가 살짝 당황했다. 자존심 때문에라도 버티거나 무시할 줄 알았는데.

"후후후, 너 같은 녀석을 보면 아직 정파에 희망이 남아 있다는 것을 느끼게 돼."

"시답지 않은 덕담은 됐소. 나는 지금 당신의 목숨을 쥐고 있소. 그러니 그 조언을 하지 않으면 이 자리에서 당신의 정체를 폭로하겠소."

"호오, 네 여동생의 안전과 네 목숨은 끝장날 텐데?"

"그보다 일만 사천의 목숨이 더 중하니까."

비장한 남궁수의 표정을 보며 백운회가 싱긋 웃었다.

"후후후, 뭐, 내가 인질로 잡혀 있다는 점에는 동의하지 못하겠지만, 협조하기로 하지. 어쨌든 너와 나는 지금 같은 배를 타고 있으니까."

"……."

"지금 이곳 좌군의 수뇌부에게 가서 마교의 군영에 가봤자 적들이 별로 없어 허탕만 칠 것 같다고 말해라. 아까 정상에서 훑어본 적의 인원이 생각보다 훨씬 많았다고. 수석 군사 마갈은 승부를 걸 때는 모든 것을 다 쏟아 붓는 인물. 전군이 움직였을 거다."

남궁수가 눈살을 찌푸리며 대꾸했다.

"내 말을 믿겠소? 우선 빗속에서 저 멀리 있는 적의 인원을 파악했다는 말부터 신뢰를 얻지 못할 거요."

"맞아. 안 믿지."

남궁수는 기가 막혀서 이를 갈았다.

"지금 나와 뭐하자는 거요?"

"일종의 떡밥이지. 지금은 안 믿겠지만, 본 교의 군영에 당도해서 네 말이 사실인 것을 알게 되면 달라질 테니까. 수뇌부는 그런 생각을 하게 될 거야. 창천룡 남궁수가 보통이 아니라고. 그리고 다음 대책을 세울 때 네게도 의견을 구하겠지."

"……."

"예상했던 것과 다른 현실 앞에서 당황한 수뇌부가 어떤 결정을 할까?"

남궁수는 생각할 것도 없다는 듯이 대꾸했다.

"빤한 것 아니오? 부대를 빨리 이동시켜 마교와 흑천련의 뒤를 노려야……."

"그건 원래 계획이잖아."

"그러니까……."

남궁수는 말을 하다가 끊고 침을 삼켰다. 그의 눈이 빛났다.

"매복?"

백운회가 빙그레 웃었다. 예상보다 빨리 대답을 내놓는다.

"제법이군. 맞아. 내가 마갈이라면 분명 너희가 돌아올 길목에 매복을 두었을 거야."

남궁수가 말을 받았다.

"추인산(禹印山)일 거요."

산이 울창해서 매복하기 좋다.

그뿐만 아니라 산 옆으로 나 있는 길이 뱀처럼 구불구불해 바위나 나무를 굴리면 부대가 이리저리 흩어지기 십상이다.

비록 매복한 병력이 많지 않아도 적지 않은 시간을 교전으로 낭비하게 만들 수 있다. 어쩌면 아군이 자신들의 도움을 간절히 원하고 있을 시간에 말이다.

백운회는 흥미롭다는 눈빛으로 남궁수를 보았다.

"주변의 지형을 조사했나 보군."

"아마 매복한 적은 전날 합류한 사천의 패잔병일 것 같소."

"그렇겠지."

앞으로 뛰어나가려는 남궁수에게 백운회가 물었다.

"지금까지 한 내 말을 믿는 건가?"

남궁수가 고개를 돌려 대꾸했다.

"내 벗인 천류영이 그런 말을 했소."

"……?"

"최악을 준비하라고. 그럼 어떤 위기가 닥쳐도 대처할 수 있을 거라고."

백운회가 흐릿한 미소를 머금으며 고개를 끄덕였다.

"그렇군."

"나도 하나만 묻겠소. 왜 이런 조언을 해주는 거요?"

"훗, 뭔가 착각하고 있나 본데, 나는 정파의 편이 아니야."

"어쨌든 우리에게 큰 도움이 될 것 같으니까 하는 말이오."

백운회는 하얗게 웃으며 어깨만 으쓱거렸다.

조언은 여기까지다.

적을 어떻게 상대하는 것이 가장 효율적인가는 너희들이 생각해야 할 터. 찾아내면 대패를 면할 것이고, 못 찾으면 결과는 변하지 않는다.

딱히 답을 하지 않을 것 같기에 남궁수가 말했다.

"뭐, 이해가 가기도 하오. 당신과 마교주와의 원한이 얼마나 깊을지는 충분히 짐작하는 바이니까. 일단 다녀오겠소."

그가 앞으로 달려 나가자 백운회가 혼잣말을 중얼거렸다.

"후후후, 마교주와의 원한이라……. 뭐, 그것도 맞지만, 그 못지않은 이유가 있지. 그럼 이제 본격적으로 움직여 볼까?"

백운회는 무리와 나란히 걷다가 슬쩍 옆으로 빠졌다. 잠깐 볼일이라도 보려는 듯이.

그런 후, 그는 다시 정파의 좌군에 합류하지 않았다.

*   *   *

정파 선봉군의 수장, 무당파 태상 장로 검존.

그는 최선두에서 천천히 다가오는 마구니들을 보며 미간을 찌푸렸다.

계속 선봉군을 이끌면서 마구니들을 보아왔지만, 오늘은 유달리 마기가 짙은 놈들이었다.

쏴아아아!

내리는 빗줄기가 갑자기 사나워졌다. 검존은 손등으로 이마를 살짝 훔치고는 혀를 찼다.

이제 자신들은 일부러 패해야 한다. 지금까지와는 다르게 탐색의 의미가 아니라, 정면으로 붙었다가 전열이 무너지면서 후퇴해야 한다.

치명적으로 허점을 드러내면서 적을 중군이 있는 곳까지 유인하는, 까다로운 작전이다.

그럼 선봉뿐만 아니라 중군도 우왕좌왕하는 모습을 보이게 될 것이다.

그쯤 되면 마구니들의 중군도 움직일 공산이 컸다. 그렇게 그들까지 전투에 합류했을 때, 반격이 이뤄진다. 중군의 후위에 있는 고수들이 앞으로 나서며 반격하고, 우군이 적의 옆구리를 노린다.

그렇게 교전을 치열하게 이끌면서 유리한 고지를 잡아갈 때, 뒤에서 좌군이 몰아쳐 온다.

그럼 마구니들은 전의를 상실하게 되리라.

기실 총군사의 이런 담대한 책략에 자신뿐만 아니라 많은 이들이 반대했다.

그냥 전면전을 벌이면 되는 것을 왜 초반에 적지 않은 피해를 감수해야 하는가.

그러나 맹주와 총군사는 모든 책임을 자신들이 지겠다면서 밀어붙였다. 또한 그들의 의견은 분명 설득력이 있었다.

전면전으로 붙어 밀리게 되면 적들은 도망칠 테고, 다시 어딘가에 운집해 또 싸워야 했다.

맹주와 총군사는 그런 식으로 전쟁이 장기화되면 어려워지는 것은 정파라고 주장했다. 왜냐하면 대륙 남쪽에서 흑천련이, 그리고 사오주가 움직이고 있고, 그들의 기세가 심상치 않았기 때문이다.

하루빨리 이곳의 전투를 끝내는 것이 크게 보면 피해를 훨씬 줄일 수 있다는 주장은 나름 일리가 있었다.

검존은 느릿느릿 다가오는 적을 보다가 시선을 아군에게 돌렸다.

모두가 긴장한 표정이었다.

싸우는 건 어렵지 않다. 자신들은 칼밥을 먹고사는 무인들이니까. 그러나 싸우다가 도중에 무너져야 한다는 것이 부담스러웠다.

자연스럽게 패하는 것으로 보이기 위해 곳곳의 전열이

뚫려야 한다. 그 과정에서 적지 않은 피해가 날 것을 모두가 인지하고 있는 것이다.

하지만 그럼에도 두려운 기색은 없었다. 설사 자신이 죽더라도 결국 전투는 대승으로 끝날 것임을 믿고 있기에.

검존은 그런 수하들의 의지를 읽고는 기특하다는 표정을 지었다.

마침내 적이 삼십여 장까지 다가왔다. 이제 곧 멈출 거리였다.

잠깐 사납게 내리던 비가 다시 누그러졌다.

검존은 하늘을 보았다.

짙은 먹장구름이 하늘에 가득했다. 오늘도 비가 그치긴 어려울 것 같았다.

검존은 내공을 담아 짧지만 강하게 외쳤다.

"준비하라!"

심후한 공력이 담긴 고함인 만큼 허공이 진저리를 쳤다. 평소라면 미리 선발된 이십여 명이 나아가 소규모의 전투를 펼쳤겠지만, 지금은 모두가 달려 나갈 준비를 마쳤다.

마구니들은 계속 걸어왔다.

그들과의 거리, 이제 이십오 장.

검존의 눈동자가 흔들렸다. 지금쯤이면 멈춰야 하는데. 그리고 잠시 대치하다가 양쪽에서 선발해 둔 무사들을⋯⋯.

검존뿐만 아니라 선봉군 전체의 표정이 흔들렸다.

계속 접근한다.

이십여 장.

이것이 의미하는 건 적 선봉군도 오늘은 제대로 붙어볼 생각이라는 것이다.

검존이 하얀 수염을 쓰다듬고 검을 뽑으며 말했다.

"어차피 상관없겠지. 모두 발검하라!"

차아아아아앙!

정파의 선봉군이 일제히 발검했다.

양쪽 선두의 거리, 십오 장.

검존과 선봉군 중 일부의 미간이 좁아졌다.

공력이 나름 깊은 자들은 마구니 중 상당수의 눈동자가 잿빛임을 알아챘다.

소문으로만 듣던 지옥무저갱의 괴물들이다!

검존을 비롯해 여러 고수들이 조심하라는 말을 주변으로 전파했다.

그때, 적 선두의 노인이 손을 들어 올리자 마교의 선봉군이 일제히 멈춰 섰다.

작년 사천성에서 혈우가 관태랑에게 죽으면서 새롭게 마풍단주가 된 혈령(血靈) 태상 장로였다.

그는 오연한 시선으로 검존과 정파인들을 훑고는 비릿한 미소를 지었다.

"한마디는 하고 시작하는 게 좋겠군."

검존은 점점 커져 가는 마기를 느끼며 입술을 깨물었다.

뭔가 잘못됐다.

적 선봉이 무지막지한 고수들로 가득했다.

이건 마치 적의 최고수들이 모두 선봉에 모인 것만 같
았다.

그가 신음을 흘리면서 어떻게 해야 할지 결정을 내리지
못하는 사이, 혈령이 말했다.

"오늘을 기다리느라 심심해서 죽는 줄 알았다."

"……."

"그러니까 재미있게 해줘야 할 거야. 너무 맥없이 자빠
지면 그동안 기다린 시간들 때문에 화가 날 테니까."

검존이 입을 열었다.

"너희들은……."

혈령은 검존의 말을 무시하고 팔을 내리며 외쳤다.

"단숨에 쓸어라!"

파파파파파파아아아앗!

최선두에 있던 오십여 명이 동시에 이형환위를 펼쳤다.
눈으로 쫓기도 어려울 정도의 빠른 순간 이동.

정파인들이 눈을 치켜뜨고 입을 쩍 벌렸다.

검존이 화급히 검을 들어서 머리로 떨어지는 기형도를
막아냈다.

쩌엉!

그와 동시에 쇳소리가 여기저기에서 들렸다.

쨍! 쨍! 쨍! 쨍! 쨍!

그리고 이어지는 비명 소리.

"으아아아아아!"

검존은 순간 참담함을 느꼈다.

도검이 부딪치는 소리는 고작 몇 개. 그런데 비명은 수십 명에게서 동시에 터져 나왔다.

쨍쨍, 쩌엉!

검존은 잿빛 눈동자의 괴인이 휘두르는 기형도를 몇 차례 쳐내다가 땅을 박차고 몸을 뒤로 띄웠다.

피하는 것으로 보일 수 있다. 그러나 실상은 창졸지간에 일어난 상황을 눈으로 확인하기 위해서였다.

"이럴 수가……."

선봉군 최선두가 벌써 완전히 궤멸됐다. 사방에서 피분수가 터지고, 수하들이 허수아비처럼 픽픽 쓰러졌다. 선봉의 중간은 넋이 나갔고, 후위는 우왕좌왕했다.

전투가 시작되자마자 전열이 붕괴되고 있는 것이다.

검존이 땅으로 착지하면서 빽! 외쳤다.

"전원 후퇴하라아아아아아!"

명이 떨어지기 무섭게 선봉군의 전선은 해체됐다. 마치 그 명을 기다렸다는 듯이 모두 뒤돌아 달렸다.

공포에 질린 얼굴.

지옥무저갱의 괴물들이 괴성을 지르며 도망치는 정파인들의 목을 베어 날려 버렸다.

"크하하하하!"

"으아아아악!"

묵빛 하늘 아래 지옥도가 펼쳐졌다.

마교의 선봉군이 일제히 추격했고, 본군(本軍)도 움직였다. 본군의 선두에서 마교주 뇌황이 여유롭게 웃으며 눈을 빛냈다.

"크크크크, 오늘을 기억해야 할 것이다. 사실상 정파의 숨통이 끊긴 날로."

그 옆에서 수석 군사 마갈이 미소 짓다가 고개를 옆으로 돌려 산을 보았다.

정파의 우군이 내려오기까지 얼마의 시간이 걸릴까?

삼 각에서 반 시진 정도.

아무리 빨리 잡아도 이각 반.

그가 입을 열었다.

"교주님, 호랑이는 토끼를 잡을 때도 최선을 다한다고 했습니다."

"그래, 서두르지."

마교주의 걸음이 빨라졌다. 그리고 그 뒤를 따르는 마교와 흑천련이 일제히 함성을 내지르며 노도처럼 뛰었다.

정파의 중군(中軍) 후위.

전황을 살피기 위해 마차 위에 나란히 있던 무림맹주 검황 단백우와 총군사 제갈천의 얼굴이 일그러졌다.

교전 시작부터 선봉이 무너지고, 작전이 어그러지고 있었다.

검황이 주먹을 쥐며 노호성을 터트렸다.

"검존께서 이렇게 약해 빠진 분이었나?"

제갈천이 급히 말했다.

"하필 우리처럼 저들도 오늘을……."

검황이 빽! 소리를 질렀다.

"하필이라니! 이것이 어찌 우연이란 말인가! 놈들은 우리의 움직임을 다 간파하고 있던 게야. 그리고 마교의 최고수들을 선봉에 몽땅 배치한 게지!"

첩보전과 전술에서 밀렸다는 질책이다. 제갈천은 입이 열 개라도 할 말이 없었다. 맹주의 지적은 틀리지 않았으니까.

"작전을 바꿔야 합니다."

교전 중에 작전을 바꾸는 것은 지극히 위험한 일이다. 그러나 이렇게 가만히 눈뜨고 당할 수는 없는 노릇이었다.

무슨 말을 할지 알겠다는 듯이 검황이 대꾸했다.

"그래, 내가 지금 나서서 막아야……."

제갈천이 고개를 저으며 검황의 말을 끊었다.

"그건 하책입니다."

"응?"

검황은 마차에서 뛰어내리려다가 제갈천의 차가운 눈빛을 보고 피식 웃고 말았다.

"총군사, 대비책이 있나 보군."

"만에 하나 이럴 경우를 생각해 뒀을 뿐입니다."

"……!"

5

무림오화 중 한 명인 백화 남궁소소.

그녀는 깊은 산속에서 눈을 또르륵 굴렸다.

이 장여 거리에 누워서 입을 벌려 비를 받아먹고 있는 대머리.

사금파리처럼 찢어진 눈부터 시작해 인상이 여간 험악한 게 아니었다.

그를 처음 본 순간엔 저절로 눈물이 쏟아졌다.

평범하게 생긴 중년 사내가 자신을 대머리에게 넘기는 순간, 혀를 깨물어야 할지 진지하게 고민했다. 이런 대머리에게 치욕을 당하느니 순결을 지키고 죽는 게 나을 테니까.

그리고 남궁소소는 잇달아 놀랐다.

험악한 대머리가 두목인 줄 알았는데, 자신을 납치한 중년 사내의 졸개였다. 하지만 그건 이내 수긍했다.

중년 사내의 무공은 어마어마해서 감히 반항할 생각은 꿈도 못 꿨으니까. 지풍만으로 아혈을 제압하고 눈앞에서 검강과 이기어검을 보여주는 순간, 그냥 얼어붙고 말았다. 그런 자가 졸개일 리 없지.

그리고 희한하게도 잠깐만 참으면 풀어주겠다는 중년 사내의 목소리에 신뢰가 갔다. 그건 지금 생각해도 이해가 되지 않는 대목이었다. 마치 어떤 사술에 홀린 것처럼 그를 따라 군영 밖으로 나왔으니까.

남궁소소는 붕어처럼 입을 뻐끔거리며 비를 받아먹는 대머리에게 용기를 내 말을 건넸다.

"이봐요."

"……."

"이봐요."

폭혈도가 귀찮다는 표정으로 고개를 돌려 남궁소소를 보았다.

"왜?"

"제가 누군지는 알아요?"

"응."

"뒷감당이 겁나지 않아요?"

폭혈도가 낮게 웃었다.

"겁나? 흐흐흐흐."

남궁소소는 잠깐 풀어진 마음을 다잡았다. 웃음소리

가…… 확실히 나쁜 놈이다.

"아까 그 사람이나 아저씨가 엄청난 고수인 건 알겠는데요, 그래도 우리 가문이 남궁세가예요."

"그런데?"

역시 이런 협박은 먹히지 않는다. 하긴 그런 게 먹혔다면 자신을 납치하지도 않았겠지.

"얼마를 요구할 건데요?"

폭혈도의 이맛살이 확 찌푸려졌다.

"내가 여자를 납치해서 돈이나 뜯어내는 쓰레기처럼 보이냐?"

남궁소소는 자신도 모르게 끄덕여지려는 고개를 간신히 멈췄다. 하지만 궁금한 것은 정말 참기 어려웠다.

"그게 진짜 의문이에요. 대단한 무공 실력을 가지고 있으면서 고작 이딴 짓이나 한다는 것이."

폭혈도는 피식 웃고는 손을 휘휘 저었다.

"어휴, 지금 내가 애하고 무슨 얘기를 하는 건지? 너, 이제 그냥 가라."

"예?"

"시간도 충분히 흘렀으니까 이제 가라고."

남궁소소는 자신의 귀를 의심했다.

"정말 가도 돼요?"

"그래, 가."

"내가 진짜 가면 등에 칼 찌르려는 거죠?"

"크허허허허! 이 아가씨…… 왈가닥이란 소문은 들었는데, 진짜 재미있네. 안 찌르니까 가라고."

"……."

"뭐, 그렇게 불편하면 내가 먼저 가지."

폭혈도는 자리에서 일어나 봇짐을 둘러멨다. 그러고는 남궁소소에게 손을 들어 흔들었다.

"고생했어."

이어 뒤돌아서서 걸어갔다.

남궁소소가 멍하니 있다가 입을 열었다.

"자, 잠깐만요."

폭혈도가 귀찮은 기색이 역력한 얼굴로 돌아봤다.

"왜?"

"아저씨들, 대체 정체가 뭐예요?"

폭혈도는 민머리를 손으로 긁으며 답했다.

"창천룡한테 물어봐. 그럼 알려줄 거야."

"어차피 알게 될 거면 아저씨가 말해줘도 상관없잖아요."

폭혈도가 고개를 갸웃거리며 중얼거렸다.

"그런가?"

그러고는 말해주었다.

"대천마신교 천랑대 일조장, 폭혈도야."

"……!"

남궁소소는 태어난 이후 가장 크게 눈을 떴다.

보통 사람들이 아닌 줄은 알았지만!

"아까 그 중년 사내는 천마검 대종사시지. 영광으로 알아라."

당최 뭐가 영광이지?

어쨌든 남궁소소는 기함하다가 발끈했다.

"거짓말! 나는 천마검의 용모파기를 본 적이 있어요. 조각같이 생긴 얼굴과 뺨에 흉터가……."

"인피면구 썼잖아. 몰랐어? 하긴 워낙 정교하니까."

남궁소소는 자신도 모르게 한숨을 삼켰다.

자신을 납치한 이들이 마구니들이라니. 그것도 보통 마인이 아니라 대마두!

어? 이상하다.

마교도라면 살인과 강간을 밥 먹듯 하는 이들이 아닌가.

아, 물론 천마검은 다르다는 소문을 듣긴 했다. 그래서 마협이라 불린다고.

하지만 자신은 그것을 믿지 않았다.

마구니가 괜히 마구니겠는가.

풀어지던 마음이 다시 긴장됐다. 분명 저러다가 갑자기 덮치거나 칼을 찔러 올지도 모른다는 생각이 들었다.

"저, 정말로 가도 되는 거죠? 뒤에서 갑자기 덮치거나 그러는 거 아니죠?"

순간, 남궁소소의 눈이 커졌다. 상당한 거리를 한순간에 좁히며 대머리가 바로 눈앞에 나타났다.

"역시!"

불안감에 떠는 남궁소소의 얼굴에 흉악한 손이 덮쳐왔다.

딱!

"악!"

폭혈도는 남궁소소의 이마에 알밤을 먹이며 성냈다.

"어떤 상상을 하든, 어떤 선입견을 가지든 상관없어. 어차피 네 머릿속에서 일어나는 일이니까. 하지만 혀는 조심해라. 생각 없이 내뱉는 말이 어떤 이에겐 평생 씻을 수 없는 한이 될 수도 있으니까."

"……"

"너는 남궁세가의 여식이잖아. 유명한 가문의 여식이 다른 사람들에게 함부로 말하면, 그건 그 사람에게 평생의 족쇄가 될 수도 있다는 말이다."

"나 그렇게 함부로 말하는 사람 아니에요. 다만, 아저씨들은 마구니……."

남궁소소가 제 손으로 입을 가렸다.

폭혈도는 그런 남궁소소를 보며 입술을 꾹 깨물었다가 말했다.

"내가 그래서 너희 정파와 싸우는 거다."

"……?"

"미친 마두들이 살인과 강간을 저지르는 건 사실이야. 하지만 너희 정파에는 그런 인간들이 없나?"

"……."

"똑같잖아. 너희도 사람을 깔보고 무시하는 이들이 넘치잖아. 악행을 저지르는 놈들 많잖아. 그런데 왜 천하의 죽일 놈은 우리들뿐인 것처럼 얘기하고, 더 나아가 사람들에게 그런 생각을 주입하는 거지?"

"……."

"난 죽을 때까지 싸울 거다, 너희들이 힘을 가졌다고 멋대로 세상에 심어 정해놓은 지독한 선입견과. 너희들은 모르지? 그런 선입견이 사람을 얼마나 비참하게 만드는지. 태어나는 순간부터 낙인이 찍힌 자들의 기분을 너희들이 어떻게 알겠어?"

"죄, 죄송해요."

남궁소소가 어깨를 움츠리며 몸을 떨었다. 험상궂은 얼굴과 사나운 기세가 그녀를 두렵게 만들었다.

폭혈도는 오만상을 쓰면서 한숨을 뱉었다.

"어휴, 내가 진짜 애하고 무슨 말을. 됐다."

돌아서서 걷던 폭혈도가 멈춰 섰다. 그러고는 고개를 돌려 말했다.

"그래도 시작한 거니 끝은 내야겠다. 우리 천마검 대종사나 섬마검 천랑대주가 이런 말을 하셨지."

"······?"

"사람은 사람, 그 자체로 빛나는 보석 같은 존재라고."

"······."

"그런 사람을 피부색이나 재산, 가문, 지역 따위로 차별하지 마라. 머리가 좀 떨어질 수도 있고, 몸이 불구일 수도 있다. 그래도 이 악물고 사는 사람들을 너희의 오만한 선입견으로 잣대를 들이대지 마라."

"······."

"대답해!"

"예······."

"죽을 때까지 싸운다, 그런 선입견을 깨부수고 뿌리 뽑는 날까지. 그게 바로 나, 폭혈도가 살아가는 이유다."

남궁소소는 순간 제 눈을 의심했다.

저 험상궂은 얼굴에서 왜 빛이 나는 것 같지?

한 가지는 확실하게 깨달았다.

저 마구니······ 아니, 저 사람 좋은 사람이라는 것을.

그녀가 입을 열었다.

"근데 아저씨, 어디로 가는데요?"

폭혈도가 어이없다는 낯빛으로 되물었다.

"그건 왜?"

"아까 그 아저씨가 여기에서 기다리라고 했잖아요."

폭혈도의 얼굴에 곤혹감이 떠올랐다. 남궁소소가 피식

웃고 말했다.

"나 여기 뜨면 다시 돌아오려는 거죠?"

"……."

"그냥 있어요. 이젠 안 불편하니까."

폭혈도는 입맛을 다시다가 근처의 바위에 털썩 앉았다가 눕고는 아까처럼 입을 벌려 비를 받아먹었다.

남궁소소가 그 모습을 뚫어지게 쳐다보자 폭혈도가 말했다.

"안 가나?"

"알아서 갈게요."

"신경 쓰인다. 빨리 가라."

"예. 그런데 왜 그렇게 비를 받아먹어요?"

"……."

"그것만 말해주면 갈게요."

폭혈도는 잠시 침묵하다가 대꾸했다.

"말해주면 가는 거다?"

"약속."

"그냥…… 엄마 젖 먹는 기분을 내는 거지."

"예에? 역시 변태……."

"내가 고아라서."

"……."

"크흐흐흐, 그냥 어릴 때…… 그런 적이 있었거든. 얼굴도 모르는 엄마가 그리워서 울며 누워 있는데, 비가 오더라고. 그런데…… 왠지 하늘이 엄마 같아서, 나 울지 말라고 내 눈물 닦아주는 것 같지 뭐야. 크크크큭, 빗물이 엄마 손길도 되고, 모유도 되고 그러는 거지."

"……."

"자, 얘기도 들었으니 이젠 가라. 참, 우리 정체는 창천룡 외에는 말하지 않는 게 좋을 거야. 괜히 사람들이 오해할 수도 있잖아. 마구니에게 잡혀서 험한 꼴 당한 거 아니냐고……."

폭혈도가 미간을 찌푸리며 고개를 돌렸다. 남궁소소가 다가와 바위에 앉았다. 그러더니 나란히 누워 입을 벌렸다.

폭혈도는 어이가 없어 물었다.

"안 가고 뭐하냐?"

"저도 엄마 젖 먹으려고요."

"뭐?"

"우리 엄마가 나 낳고 바로 돌아가셨거든요."

폭혈도가 당황하며 입술을 꾹 깨물었다. 그러고는 다시 누워 입을 벌렸다.

"내 엄마야. 조금만 먹어."

남궁소소가 눈물을 흘리다가 피식 웃었다.

"이제부턴 제 엄마도 되거든요."

"크크큭, 그럼 우리가 남매냐?"

남궁소소가 상체를 벌떡 일으키며 손뼉을 쳤다.

"아! 그거 좋네요. 우리 의남매 맺어요."

폭혈도가 어이없다는 기색을 띠는 와중에 남궁소소가 말을 이었다.

"남자들 그런 거 잘하잖아요. 의형제 맺고."

"아니, 무슨! 너와 내가 남매라는 게 어울린다고 생각하는⋯⋯."

남궁소소가 그의 말을 끊었다.

"그거 선입견이잖아요."

"⋯⋯."

"맺어요."

폭혈도가 대꾸하기도 싫다는 표정으로 고개를 반대편으로 돌려 버렸다. 그 옆에서 남궁소소가 졸라댔다.

"의남매 맺어요. 예? 제발요. 아저씨가 나처럼 예쁜 여동생을 언제 가져 보겠어요?"

"나 대마두야! 어디서 엉기고 있어?"

"저는 무림오화의 백화예요. 왜 자꾸 무시해요?"

"뭐 이런 철딱서니가? 에휴, 말을 말아야지."

폭혈도가 깊은 한숨을 삼키고는 엄지로 관자놀이를 꾹꾹 눌러 댔다.

남궁소소가 왈가닥이라는 소문은 틀렸다.

미친 왈가닥이었다.

　　　　*　　　　　　*　　　　　　*

　검황 단백우는 제갈천의 확신에 찬 눈빛을 보며 묘한 위화감을 느꼈다. 마치 기다렸다는 듯이 대책을 내놓는 총군사.

　단백우가 아는 제갈천은 결코 임기응변이 뛰어난 인물이 아니었다. 처음부터 세세하게 책략을 꾸미는 자였지.

　뭐랄까.

　이건 마치 적이 이렇게 나올 줄 예상하고 있던 듯싶었다.

　제갈천은 중군의 선두인 일조부터 십조까지, 후퇴해 오는 선봉을 지원하라 명을 내리고는 다시 단백우를 보았다.

　"맹주님."

　"자네, 설마……."

　단백우는 말을 시작하려다 끊었다. 지금은 제갈천의 속내를 캘 때가 아니었다.

　"급히 하실 말씀이라도?"

　"아, 아니네. 그래, 생각해 둔 대책이 뭔가?"

　"저들이 최정예를 선봉에 세웠다면, 우리는 맹주님을 포함해서 중군의 후위에 두었습니다."

　단백우는 미간을 찌푸리며 고개를 주억거렸다.

　"그렇지. 그래서 초반부터 이리 망가지는 게 아닌가!"

"예. 그러니 지금부터 맹주님은 직속 부대를 이끌고 옆으로 빠지십시오."

"응? 그러면 중군의 피해가 걷잡을 수 없이 커질 텐데……."

물론 이미 예상한 것보다 더 큰 피해가 날 것은 자명한 상황이었다. 그런데 자신이 직속부대를 데리고 빠져 버리면 중군의 피해는 그야말로 어마어마해질 것이다.

제갈천이 갑자기 전음으로 말했다.

[상관없습니다. 그 정도의 피해는 나야 뒤에 당도할 구존도 납득하실 겁니다. 상황이 어쩔 수 없었다고.]

"……!"

단백우의 입가가 씰룩거렸다. 팔등을 타고 소름이 돋았다.

그랬구나!

총군사는 첩보전에서 밀린 게 아녔다. 어쩌면 일부러 오늘 전면전을 벌일 것이라고 정보를 흘렸을지도.

단백우가 속으로 혀를 내두르며 고개를 끄덕였다.

"옆으로 빠진 다음엔?"

"마교의 본군을 노리십시오. 본군 선두에 있는 마교주를 잡으시면 됩니다. 그동안 제가 어떻게든 중군으로 적선봉을 붙잡아두겠습니다."

단백우의 눈이 빛났다.

"속전속결이군. 적의 머리를 노려라?"

"예. 명심하셔야 할 것은 반드시 마교주를 죽여야 한다는 겁니다. 일각 안에! 그래야 적 본군에 포위되지 않을 겁니다."

단백우가 비릿한 미소를 머금으며 마차에서 내렸다.

"반 각이면 충분하지."

제갈천도 고개를 주억거렸다. 그는 단백우가 최근에 깨달음을 얻어 폐관수련한 것을 기억하고 있었다. 그로 인해 초절정을 넘어 절대의 경지에 가까워진 것을.

그것을 알기에 이런 승부수를 띄운 것이다.

제갈천이 입을 열었다.

"마교주를 죽인 다음엔……."

단백우가 말을 받았다.

"중군과 합류해서 적 선봉을 잡는 거지?"

제갈천이 빙그레 웃고 전음으로 말했다.

[중군은 포기합니다.]

"……!"

[말했잖습니까, 그 정도의 피해는 나야 한다고.]

선봉이 천이고, 중군이 육천이다.

단백우는 혀를 내둘렀다. 자신의 배포도 대단하지만, 총군사도 만만치 않다는 것을 새삼 깨달았다. 하지만 단백우는 이내 미소를 머금었다.

사상자가 많다는 건 그만큼 어려운 전투였다는 말과 다

름없다. 그 속에서 마교주를 죽이는 전공은 돋보일 수밖에 없을 테고.

[자네 뜻대로 하지. 그럼 나는…….]

[우군과 합류하십시오.]

[자네는?]

[적당한 시점에 알아서 따르겠습니다.]

"그렇게 하지."

단백우가 최정예로 이루어진 일천여 직속 부대를 이끌고 중군 옆으로 빠지기 시작했다.

때마침 적 선봉이 중군의 선두와 충돌했다.

제갈천이 고함을 질러 댔다.

"싸움은 이제 시작일 뿐이다! 당황하지 마라! 십일조부터 이십조까지 앞으로 출진한다. 공격하라! 이십일조부터 삼십조까지 출격 준비하라!"

그렇게 어수선한 때에 한 인영이 바람처럼 정파의 후위에 합류했다.

정파의 옷을 입고 있지만, 그는 천마검 백운회였다.

그는 차분하게 전황을 훑으면서 비릿한 미소를 머금었다.

마차 위에 있는 제갈천을 지켜보던 그는 검황이 일천여 무리와 중군 옆으로 완전히 빠지자 슬그머니 꼬리에 붙었다. 그리고 그 부대는 검황을 필두로 선두부터 함성을 지르며 달려 나갔다.

백운회도 뛸 준비를 하는데, 바로 앞에 있던 곱슬머리 사내가 뒤돌아보았다.

　"응? 자네는 누군가? 못 보던⋯⋯."

　"총군사께서 이리 가라고 하셨소."

　"⋯⋯."

　그는 고개를 갸웃거렸지만, 길게 생각할 시간이 없었다. 이제 자신들이 뛰어나갈 차례였다.

　백운회가 그의 등을 가볍게 치며 외쳤다.

　"갑시다! 마교주의 숨통을 끊어버립시다! 우와아아아아! 정파의 힘을 보여주자아아아!"

　그가 무리를 따라 달려 나갔고, 곱슬머리사내도 함성을 지르며 뛰었다.

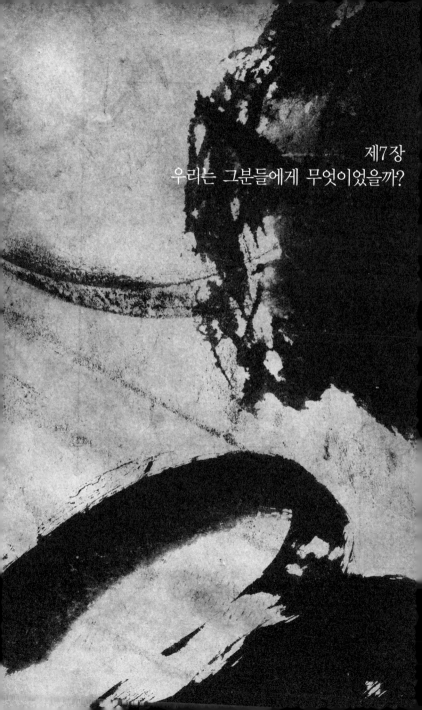

제7장
우리는 그분들에게 무엇이었을까?

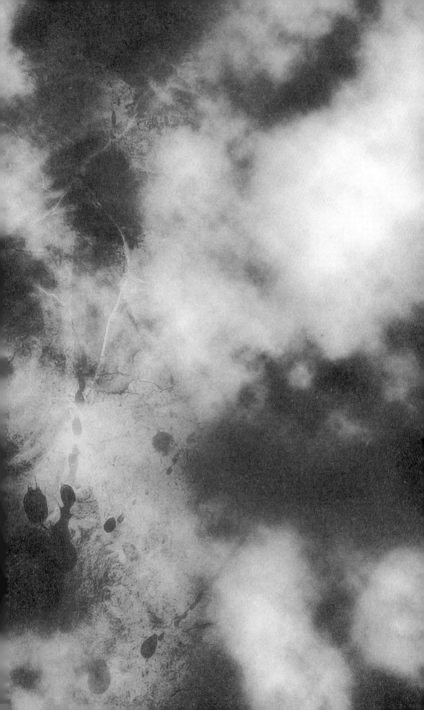

1

무림맹 파사대(破邪隊) 육(六)조장, 우궁.

재작년 초일류에서 특급의 경지로 올라선 마흔한 살의 고수. 이대로 정진하고 운이 따른다면 모든 무사들의 꿈인 절정까지 바라볼 수 있다고 촉망받는 인물.

정파의 전성기라 불리는 시대.

이 시대를 사는 정파인들 대부분이 그렇듯, 그는 스스로 정파인인 것에 더할 나위 없는 자부심을 가진 사내였다.

특히나 그는 별 볼일 없는 군소 방파 출신임에도 오직 노력만으로 남부럽지 않은 출세가도를 달려왔다.

그렇기에 우궁은 이번 전쟁이 기꺼웠다.

크게는 버러지 같은 마도인과 사파인들을 척결할 수 있을 테고, 사적으로는 전공을 세워 사문과 자신의 이름을 드높일 기회였다. 또한 자신을 지금껏 잘 봐준 무림맹의 높은 분들께 보답하고 싶은 마음도 있었다.

그런 우궁이 지금 연신 침을 삼키며 손을 떨고 있었다.

눈앞에서 믿음직스럽던 아군이 속절없이 무너져 내리고 있었다. 하늘같이 우러렀던 무당파 태상 장로인 검존께서 고군분투하고 있지만, 별 소득은 없었다. 아니, 순간순간이 위태로워 금방이라도 잘못될까 저어되었다.

그 정도로 지옥무저갱에서 나왔다는 마교의 괴물들은 소름 끼치게 강해 보였다.

파죽지세(破竹之勢)!

그 괴물들은 아군의 선봉을 순식간에 붕괴시켰고, 중군에서 출발한 앞조의 정파인들도 추풍낙엽처럼 베어 넘겼다.

그렇게 허망하게 쓰러지는 이들 중에는 불과 몇 시진 전에 함께 식사하면서 농담을 나눈 사람도 보였다.

응당 분노해야 했다. 그런데 반대로 두려움이 짙어졌다. 우궁은 그런 자신이 실망스럽고 혐오스러웠다.

쏴아아아아!

쏟아지는 폭우.

"으아아아악!"

쨍쨍쨍, 째애애애애앵!

고막을 찢는 비명과 쇳소리.

"와아아아아아!"

적들이 내지르는 함성.

우궁은 아직 싸우지도 않았는데 벌써 진이 빠지는 기분이었다.

그는 뒤에 있던 파사대원이 침을 삼키며 중얼거리는 소리를 들었다.

"이게…… 진짜 전쟁이구나."

우궁은 수하들의 목소리에서 느껴지는 공포가 싫었다. 하지만 인정할 수밖에 없었다.

자신들은 이런 대규모 전투를 치러본 적이 없다는 것을.

물론 이렇게 큰 전투는 아니지만, 몇 번의 전투를 경험했다. 그러나 상대가 대부분 도적 떼였고, 가끔 사이비 문파를 척결하는 정도로 큰 어려움 없이 승리를 쟁취했다.

하지만 지금 눈앞에서 펼쳐지는 지옥도는 지금까지의 경험과 차원이 다른 전투였다.

우궁은 아프게 입술을 깨물었다.

마교가 십 년도 넘게 새외 지역에서 정복전을 벌이는 동안 정파는 무엇을 했던가.

세 불리기에 정신이 팔려 내실을 다지지 못했다. 마교도를 무시하며 경각심을 가지지 않았던 것이다.

유비무환(有備無患).

미리 준비했어야 했거늘.

보라!

저 마교도의 칼을.

군더더기라고는 찾아볼 수 없이 간결하다.

찌르고, 베고, 막고, 휘두르는 몇 개의 초식만으로 이름이 쟁쟁한 정파의 고수들을 수수깡 베듯, 너무나 쉽게 죽이고 있었다.

그야말로 실전에 특화된 검술이다.

반면, 모두가 그런 건 아니지만, 대개 정파인들의 칼은 화려했다. 오랜 시간 생사투보다는 비무에 치중한 결과였다.

그것을 간파한 것은 우궁만이 아니었다.

앞줄에 있는 파사대주가 큰 목소리로 외쳤다.

"격자각세(擊刺格洗)에 치중해야 한다!"

모든 검술의 기본을 뜻한다.

맹렬히 적을 치는 격, 날카롭게 찌르는 자, 적의 칼을 막는 격, 그리고 베기.

곧 뛰어나가야 할 정파인들이 고개를 끄덕이며 숨을 죽였다. 그들도 방금 파사대주의 말이 옳다는 것에 수긍했다.

하지만 선봉이나 먼저 나간 중군의 앞조 무인들은 그것을 몰랐을까?

그럴 리 없다.

이곳에 있는 이들은 나름 실력 있다고 알려져 있는 정

예들이다.

또한 수뇌부와 간부들은 이번 마교와의 싸움은 지금껏 해온 비무나 소규모 전투와는 전혀 다르다는 것을 누누이 강조해 왔고, 모두가 그것을 충분히 인지하고 있었다.

하지만 아는 것과 그것을 실행하는 것은 전혀 다른 차원의 문제였고, 그 결과가 전투 초반 이렇게 참혹할 정도로 밀리는 것으로 나타났다.

게다가 적은 고수들을 최전방에 대거 배치했다.

이것을 수습할 방도는 누가 보아도 하나밖에 없었다.

중군의 후위에 있는, 맹주께서 이끄는 정파의 최정예가 나서야 한다.

그들이 붕괴되고 있는 사기를 다시 일으켜 세워야 할 때였다.

우궁은 대체 맹주인 검황은 뭘 하고 있는지 궁금해서 고개를 돌리려 했다. 그때, 파사대주가 소리를 질렀다.

"파사대! 집중하라! 이제 곧 우리 차례다!"

흔들리는 대원들의 마음을 다잡으려는 시도였다.

정파 중군의 핵심 부대, 오백 명.

만약 파사대까지 무너지면 중군의 가운데까지 뚫리는 건 불 보듯 빤했다.

파사대원들의 심장박동과 호흡이 빨라졌다.

파사대 일조장이 외쳤다.

"심호흡하라!"

그의 말에 따라 모두가 숨을 크게 들이마셨다가 내뱉었다. 우궁도 심호흡을 하다가 이를 악물었다.

왜 그런 생각이 들었는지 모르겠지만, 불현듯 집에 있는 노부모와 아내, 그리고 딸의 얼굴이 떠올랐다. 그래서 힘주어 중얼거렸다.

"산다. 살아야 해!"

이번 전쟁으로 명예를 거머쥐겠다던 야망은 연기처럼 사라졌고, 살고 싶다는 바람이 간절해졌다. 그렇다고 도망치고 싶어진 것은 아니다.

자신은 무사다.

어떻게든 싸워 극복하리라.

그리고 이겨서 가족들 품에 돌아가고 말겠다!

괜찮다. 괜찮을 거다.

저들은 최정예가 선봉에 집결해 있는 것이다. 저들만 막아내면 훨씬 쉬운 싸움이 될 거야. 저 선봉의 괴물들만 극복하면 되는 거야.

우궁이 그렇게 스스로를 세뇌하는데, 파사대 일조장이 파사대주에게 빽! 외쳤다.

"대주님! 당장 나가서 도와야 합니다! 앞 전선이 무너집니다."

기실 앞에서 싸우고 있는 정파인들 중 여럿이 도와달라

고 외치고 있었다. 검존 또한 사자후를 터트렸다.

"대체 뭣들 하는가! 이들은 강하다!"

어떻게 생각하면 어이없는 장면이었다.

전투가 시작된 지 얼마 되지도 않았는데 일천의 선봉과 지원 나간 중군의 일천이 연이어 일방적으로 밀리고 있다는 것이.

우궁이 일조장의 말에 맞장구쳤다.

"제 생각도 일조장과 같습니다. 지원해야 합니다."

파사대주가 초조한 기색으로 대꾸했다.

"아직 총군사로부터 명이 떨어지지 않았다."

성정이 과격한 일조장은 성난 어조로 맞받아쳤다.

"아군의 피해가 너무 커지고 있습니다. 저들이 죽어가는 걸 정녕 구경만 하고 계실 겁니까?"

"안다, 나도 알아! 하지만 출격령이…….."

"대체 맹주님과 총군사께서는 무슨 생각을 하고 계신 겁니까? 몇 백씩 찔끔찔끔 나가서 각개격파로 전멸당하길 원하는 거랍니까?"

일조장의 분노에 우궁은 눈살을 찌푸렸다.

"일조장, 말씀이 과하십니다!"

"뭐라?"

"훌륭한 분들이십니다. 다 생각이 있으시겠지요."

"생각이 있는 분들께서 지금…….."

일조장의 말은 이어지지 못했다. 중군의 옆에서 조금 떨어져 함성을 지르며 나오는 무리가 있었다.

무림맹주 검황이 이끄는 최정예 부대, 위정대(爲正隊)다!

파사대원들뿐만 아니라 정파인들이 반색했다. 우궁은 안도의 미소를 지으며 주먹을 불끈 쥐었다.

"그렇지! 저 보십시오! 늦지 않게 지원해 주시지 않습니까! 그분들께서 아군을 희생시킬 리 없지요. 암요. 자! 이제 반격이 시작될 겁니다!"

우궁의 말마따나 파사대와 중군의 정파인들은 밀리는 전세를 단숨에 역전시키자며 결의를 다졌다.

하지만 그들은 곧 당혹감에 휩싸였다.

검황은 적 선봉의 옆을 우회해 마교의 본군을 향해 달렸다. 파사대주가 아연한 표정으로 신음을 흘리며 중얼거렸다.

"맹주님과 총군사는…… 난전(亂戰)을 택하신 건가?"

일조장이 낮게 욕설을 뱉었다.

"미친! 그때까지 여기는 어떻게 버티라고. 아니면 중군 모두 돌격령을 내리든지!"

우궁도 이번에는 이해하기 어려웠다.

어느 정도 버티면 우군이 합류할 것이다. 그러니 적의 공세를 차분히 받아내면서 우군이 당도할 때 반격하는 것이 상식적이다.

한데 그런 정공법을 피하고 왜 도박과 같은 승부를 펼

치려는지. 이런 식의 전투는 승리하더라도 피해가 상당할 수밖에 없다.

그러고는 깨달았다.

총군사가 왜 이리 자신들의 출격을 미루고 있는지.

적 선봉이 빠르게 쇄도하게 놔둠으로써 적 본군과의 거리를 벌려준 것이다. 검황이 적 본군에 접근하기 쉽게 말이다!

대체 왜 그렇게까지?

일조장이 이를 바드득, 갈면서 파사대주에게 낮게 말했다.

"전투가 끝나면 공식적으로 항의하셔야 합니다. 이렇게 무모한 전술은 아군의 피해를……."

우궁이 그의 말허리를 끊었다.

"일조장, 함부로 말하지 마십시오. 저도 이상하기는 하지만, 분명 깊은 뜻이 있을 겁니다."

그도 여러 가지가 의문스러웠지만, 존경하는 분들을 일조장이 욕하는 것을 차마 지켜볼 수가 없었다.

일조장이 어이없다는 표정으로 우궁을 쏘아보다가 혀를 찼다.

"쯧쯧, 권력에 세뇌당한 개군."

"일조장! 내 충성심을 모욕하지 마시오!"

"부디 자네의 충성심을 높은 나리들께서 이용하는 게 아니길 나도 진심으로 바라네. 하지만……."

파사대주가 끼어들어 일조장과 우궁을 질책했다.

"싸움이 한창이다. 이 무슨 추태인가! 특히 일조장, 억측이 과하다!"

그는 수하들을 보며 강조하듯이 이어 외쳤다.

"맹주께서…… 분명 마교주 뇌황을 잡으실 것이다. 암, 금방 잡으시고말고. 우린 그때까지 버티기만 하면 되는 거다. 아니, 우리가 적 선봉을 깨뜨려야지!"

왜일까?

우궁은 대주의 외침이 왠지 확신이라기보다는 간절한 바람같이 느껴졌다.

어쩌면 파사대주도 일조장과 같은 의심을 하고 있을지 모른다. 그러나 지금은 전투가 한창이다. 수뇌부에게 달려가 왜 이런 지시를 내리냐고 따질 상황이 아니었다.

그리고 마침내 제갈천 총군사의 명이 떨어졌다. 그가 내공을 담은 고함을 질렀다.

"파사대 전원! 공격하라아아아!"

명이 떨어지기 무섭게 일조장이 또 욕설을 뱉었다.

"빌어먹을, 굼벵이가 명을 내려도 이보단 빠르겠네."

파사대주가 그런 일조장을 흘낏 노려보다가 고개를 절레절레 젓고는 힘껏 외쳤다.

"가자! 무림맹 파사대의 힘을 보여주자!"

정파의 중군.

그 부대의 가운데에서 약간 앞에 위치해 있던 파사대가 함성을 지르며 뛰어나갔다.

"와아아아아아!"

그 순간, 전선에서 가장 고군분투하던 검존이 쓰러졌다. 그리고 거의 동시에 정파의 전선에 숭숭 구멍이 뚫렸다. 그러자 힘겹게 버티던 정파인들이 도륙되며 떼죽음을 당했다.

선봉과 중군의 최선두 일천의 전선이 결국 와해된 것이다.

"크흐흐흐흐."

잿빛 눈동자의 괴물들이 광소를 터트리며, 달려오는 파사대를 마주 향해 짓쳐 들었다.

파사대 일조장이 다시 분통을 터트렸다.

"젠장! 조금만 빨리 돌격령을 내렸으면……."

옆에서 달리는 우궁도 이번 말에는 딴죽을 걸 수 없었다. 일조장의 말마따나 조금만 빨리 자신들이 지원 나갔더라면 앞조의 사람들이 훨씬 많이 살아남을 수 있었을 텐데.

그리고 마침내 파사대가 적 선봉과 충돌했다.

쩌어어어어엉!

우궁은 잿빛 안광의 괴물과 일 합을 나누는 순간, 기겁성을 토할 뻔했다.

운이 없게도 충돌 때 밟은 땅이 진창이라 미끄러지면서 힘을 제대로 싣지 못한 것이다. 그로 인해 충돌과 함께 곧바로 뒤로 나동그라졌다.

불행 중 다행이란 생각도 들었다. 몸의 중심을 잃는 순간, 침착하게 대처하지 않았다면 목이 날아갈 뻔했으니까.

일어서는 우궁은 오만상을 썼다. 손목이 깨질 듯 아프고, 허리도 욱신거렸다.

슈가가가각! 파파파아앗, 쨍쨍!

사방에서 도검이 충돌했다.

귀청을 찢는 함성과 비명이 지척에서 울리고, 시뻘건 혹은 새파란 검기가 너울거렸다.

"으아아악!"

자신의 조원이 비명을 지르며 고꾸라졌다. 동료들의 수급이 허공으로 둥실 떠올랐다.

파사대주가 빽! 소릴 질렀다.

"버텨라! 버텨라!"

그도 직접 충돌하고 깨달은 것이다. 이 괴물들을 상대로 돌파, 전진은 어림도 없다는 것을!

일조장이 고함쳤다.

"전선을 유지하라! 동료와…… 크윽."

명을 내릴 정신도 없었다. 그만큼 상대의 칼은 빠르고 강했다.

우궁은 다시 앞으로 움직여 전선에 합류하려다가 자신도 모르게 뒤를 돌아보았다.

쏴아아아!

쏟아지는 빗줄기 너머 정파의 동료들이 안타까운 표정으로 자신들을 보고 있었다. 돕고 싶어서 발을 동동 구르는 이들도 있었다.

아마 조금 전까지 자신들도 저런 모습이었겠지.

그의 시선이 훌쩍 뒤로 넘어갔다.

중군의 가장 후위에 있는 마차.

그 마차의 지붕 위에 서 있는 총군사가 흐릿하게 보였다.

우궁은 입술을 깨물고 돌아섰다.

자신은 무사다.

지금은 전투 중, 삿된 의심을 할 때가 아니다.

그래도 자꾸 의심이 들었다.

총군사께서는…… 마교의 선봉을 향해 중군이 총공격을 하면 적 선봉이 물러나며 맹주님의 뒤를 노릴까 저어하는 것인지도 모른다.

중군 전체의 안전보다 맹주의 전공이 더 중요하다는, 그런 삿된 의심.

우궁은 고개를 흔들며 앞으로 뛰었다.

"충(忠)! 깊은 생각이 있으신 거겠지."

다시 전장이 주는 거대한 압박이 훅, 하고 들어온다. 그러나 우궁은 총군사를 믿고 칼을 휘둘렀다.

쨍, 쨍쨍쨍!

이 괴물들을 실력으로 무너트리는 건 어렵다. 그러나

방어에만 치중한다면 어느 정도 버틸 수 있으리라.

"크윽."

우궁은 몇 합을 막아내다가 주르륵 밀려났다. 잠깐 버티는 것도 쉽지 않았다.

하지만…… 분명 무너지기 전에 동료들이 지원 올 것이다. 총군사가 그렇게 명을 내릴 것이다.

방금 전, 선봉과 중군 일천의 희생은…… 맹주님이 마교주를 잡도록 공간을 확보하기 위한 어쩔 수 없는 선택이었을 것이다. 거기에 돌격령을 내리는 시기를 놓치는 실수도 있었겠지. 그분들도 사람이니까.

우궁은 자신이 무림맹에 입성한 날을 똑똑하게 기억하고 있었다. 어마어마한 경쟁률을 뚫고 무림맹도가 되던 그날을.

그날 맹주님과 총군사께서 자신을 향해 미소로 말해주셨다.

이젠 같은 식구라고, 가족과 진배없다고.

열심히 노력하면 안락한 삶으로 이끌어주겠다고 약속하셨다.

쩽, 쩽쩽쩽! 째애앵!

"크윽."

우궁은 신음을 삼키며 전력을 다했다. 이마의 혈관이 툭툭 튀어나왔다. 단전이 미친 듯 회전하며 공력을 뽑아

올렸다. 그러나 잿빛 눈동자의 괴물이 휘두르는 칼은 정말이지 감당하기 어려웠다.

쩡쩡, 쩡쩡쩡! 콰직.

왼쪽 어깨가 부서졌다.

퍼억.

괴물의 발이 우궁의 가슴을 강타했다.

"크억!"

우궁의 입에서 피분수가 뿜어져 나왔다. 그의 신형이 뒤로 붕 떠올랐다가 떨어졌다.

철퍽!

그의 얼굴이 진흙탕에 빠졌다. 정신을 잃을 것 같은 고통에 치가 떨렸다.

하지만 어금니를 깨물고 일어섰다.

"하아아, 하아아……."

잇새로 하얀 김이 뿜어져 나왔다. 귀에서 윙— 하는 이명이 심해졌다.

우궁은 정신을 차리기 위해 고개를 세차게 흔들고 전선에 합류하려다가 눈을 치켜떴다.

가치관이 달라 견원지간이었던 일조장.

그의 몸이 양단되고 있었다. 머리부터 사타구니까지 갈라진 그의 몸이 좌우로 무너져 내렸다.

우궁이 그 자리로 달려가려는데, 발 앞에 수급 하나가

떨어졌다.

파사대에서 가장 친하던 오조장의 수급.

순간, 우궁의 눈이 뒤집혔다.

"개새끼들!"

파사대의 전선이 붕괴하기 시작했다.

고작 반 각 만에.

우궁은 앞으로 달리면서도 믿어 의심치 않았다.

총군사께서 지원을 보냈을 거라고. 뒤에서 정파의 동료들이 함성을 지르며 뛰어오고 있을 거라고.

그러나 끝내 뒤돌아보진 못했다.

아주 잠깐이면 될 터인데, 그는 고개를 돌리지 않았다.

믿으니까.

같은 식구라고 하셨으니까.

나는 죽어라 노력해 왔고, 그러니까…… 그분들께서는 나와 내 가족들을 지켜주실 테니까.

"이 마구니들아, 다 덤벼라!"

쩡쩡, 쩌어어엉!

쇄애애액— 슈각.

푸욱.

옆구리에 칼이 박혀들었다.

급히 물러난 우궁이 입술을 바르르 떨며 의지를 다잡았다. 하지만 몸이 말을 듣지 않았다.

철퍽, 철퍽.

잿빛 눈동자 괴물이 스산한 미소를 지으며 다가왔다. 그때, 총군사의 명이 우궁의 귀에 들렸다.

"파마대(破魔隊) 돌격하라!"

중군 전원이 아니고?

우궁은 앞에 선 괴인이 자신의 심장에 칼을 찔러 넣는 것을 목도하며 고통에 입을 벌렸다.

잿빛 눈동자의 괴물이 어이없다는 기색으로 우궁을 보았다.

"울어? 크크크, 그렇게 무섭나? 한심하군."

눈물을 흘리며 털썩 쓰러진 우궁은 떨리는 입술로, 마지막 힘을 쥐어짜 내며 외쳤다.

"충(忠)!"

그의 얼굴이 다시 진창에 처박혔다. 그 마지막 순간, 우궁은 가족이 보고 싶어졌다.

그리고 안타까웠다.

너무 바쁘게 살다 보니, 딸아이의 얼굴이 잘 기억이 나지 않는다는 게.

좋은 남자를 만나야 할 텐데……

2

천마신교 수석 군사 마갈은 앞으로 이동하면서도 전황과 정파 중군의 움직임을 세심히 관찰했다. 그러다 검황이 일천여 명을 이끌고 중군의 옆으로 빠져나오는 것을 보며 눈을 빛냈다.

그는 서둘러 뇌황을 소리쳐 불러 세웠다.

"교주님, 잠시만 진격을 멈추십시오!"

선봉을 따라 정파의 중군을 박살내려던 뇌황이 의아한 표정으로 멈추며 물었다.

"무슨 일인가?"

"저기를 보십시오."

뇌황은 안력을 높여 쏟아지는 빗속을 뚫고 선두의 인물을 확인했다.

고급스러운 하얀 비단 무복.

가슴팍에 황금색으로 수놓아진 용(龍).

"무림맹주 검황이겠군."

"그렇습니다."

뇌황은 고개를 갸웃거렸다.

"그런데 자네는 왜 나를 멈추게 한 건가?"

검황과 직속부대는 분명 마풍단과 지옥무저갱으로 이뤄진 선봉을 노릴 것이다. 그러니 자신이 검황의 앞을 막아 상대하는 것이 수순이었다.

마갈이 비릿한 미소로 입을 열었다.

"상황이 재밌게 돌아가는 것 같습니다. 검황은…… 우리 선봉이 아니라 교주님을 노리고 있습니다."

"응? 설마……."

근처에 있던 흑천련의 하나인 삼혈곡(三血谷)의 곡주, 혈운신(血雲身)이 입을 열었다.

"그러니까, 검황과 저 일천여 명이 교주님을 잡기 위한 결사대라도 된다는 말이오?"

마갈의 미소가 짙어졌다.

"그런 것 같습니다."

"그럴 리가? 왜 그렇게 생각하시오?"

혈운신도 뇌황처럼 마갈의 말을 믿기 어려웠다.

지금 전투는 초반의 승기가 이쪽으로 넘어왔다.

정파인들은 더 이상 사기가 떨어지기 전에 한시라도 빨리 마교 선봉의 전진을 저지하고 전열을 재정비해야 할 때였다.

그런데 중군이 어려워지는 것을 방관하고 교주를 잡기 위해 본군을 노린다고?

아무리 생각해도 무모한 승부였고, 그렇게 할 까닭이 없었다. 성공하더라도 정파의 피해는 상당할 수밖에 없었다.

마갈은 앞에서 벌어지는 교전을 보며 입을 열었다.

"저도 이해가 되지는 않습니다만, 검황이 우리 선봉을 노린다면 중군 전체가 나서는 게 이치에 맞습니다."

뇌황과 혈운신이 고개를 끄덕였다.

사실 그들도 그게 의문스럽던 참이었다.

선봉끼리의 대결이 일방적으로 깨졌음에도 불구하고 정파인들은 지원을 간헐적으로 하고 있었다. 그래봐야 각개격파로 피해가 급증할 텐데 말이다.

마갈의 말이 이어졌다.

"지금 정파의 중군 전부가 움직이면 우리의 선봉이 물러설까 저어하는 게지요."

뇌황의 눈에 이채가 스쳤다.

"그러니까 자네 말은…… 지금 저들은 내 목을 따기 위해서 적지 않은 피해를 감수하면서까지 우리 선봉이 물러서지 않게 붙잡아두고 있단 말인가?"

"그것 외에는 저런 무리수를 둘 이유가 없습니다."

혈운신이 혀를 차며 끼어들었다.

"검황이 별동대로 교주를 노린다는 것이 더 무리수요."

마갈이 소리 없이 웃고는 동의하는 낯빛으로 고개를 끄덕였다.

"그렇지요."

"그런데 왜 그런 무리수를 두겠소?"

마갈이 미소를 멈추고 정색했다.

"몇 가지 자잘한 이유가 있을 것 같군요. 뭔가 숨겨진 이유도 있을 수 있고요. 하지만 결국 핵심은 하나입니다."

뇌황과 혈운신은 눈앞에서 벌어지는 치열한 교전을 바라보며 동시에 물었다.

"그게 뭔가?"

"그만한 이유라는 게 뭐요?"

때마침 검황과 별동대가 함성을 지르며 움직이기 시작했다.

마갈은 그들을 물끄러미 보며 말했다.

"자신감."

뇌황의 얼굴이 일그러졌다.

"자신감? 본좌를 상대로 말인가?"

마갈이 뇌황을 보며 답했다.

"무림맹주가 기연이나 깨달음을 얻었나 봅니다. 그러지 않고서야 이런 무리수를 두지는 못합니다."

뇌황의 얼굴이 분기로 달아올랐다.

"그러니까 놈이 나를…… 금방 죽일 수 있다고 믿고 그런다는 건가?"

마갈이 단호하게 대꾸했다.

"그렇습니다."

"감히!"

"무림맹주가 초절정의 경지를 넘어섰다면…… 절대고수란 뜻이 됩니다."

혈운신은 몸을 흠칫거렸지만, 뇌황은 코웃음 쳤다.

"흥! 정파의 무공 경지라는 건 우리보다 한두 단계 밑이야."

그의 말은 실전(實戰)에서 마교의 이류는 정파의 일류를, 절정은 초절정을 이긴다는 의미였다. 그리고 실제로 정파 고수들을 상대로 마교 고수들은 종종 그런 결과를 보여주었다.

마갈이 빙그레 웃었다.

"우리는 알지만, 콧대 높은 정파인들은 그것을 인정하려 들지 않으니까요."

그는 달려오는 검황과 일천 정파인들을 보며 말을 이었다.

"그리고 검황과 함께 달려오는 수하들도 무림맹의 최정예일 겁니다."

혈운신이 동감한다는 낯빛으로 고개를 끄덕였다. 그러지 않고서야 이리 위험천만한 승부수를 띄울 리 없었다.

그가 조심스러운 어조로 입을 열었다.

"교주, 검황이 정말 절대고수라면…… 조심하는 게 낫지 않겠습니까? 만에 하나라도 교주께서……."

혈운신은 차마 말끝을 잇지 못했다.

뇌황이 허망하게 죽어버리기라도 한다면 이 전투는 곧바로 끝이다.

그게 마교의 싸움 방식이었다.

최고 수장이 죽으면 항복하고, 전투는 패배로 끝나는 것.

그에 반해 정파인들은 달랐다.

최고 수장이 죽어도 끝까지 포기하지 않는다. 왜냐하면 무림맹이라는 곳 자체가 무수한 방파들로 이뤄진 단체이고, 그곳엔 누가 수장이 되더라도 이상하지 않을 명숙들이 득실득실하니까.

마교와 정파의 그 오랜 전쟁에서 정파가 매번 최후의 승리를 거머쥘 수 있던 것은 이런 특징 때문이기도 했다.

혈운신의 제안을 뇌황은 일언지하에 거절했다.

"내가 선두에 서서 놈을 꺾겠다."

혈운신이 눈살을 찌푸리며 마갈을 보았다. 뇌황의 고집을 꺾을 사람은 그밖에 없으니까.

그런데 마갈은 히죽 웃고는 고개를 선선히 끄덕였다.

"당연히 그리하셔야지요. 지금 교주님께서 뒤로 물러서는 모습을 보이면 우리는 두 가지를 잃게 됩니다."

혈운신이 눈을 껌뻑이며 물었다.

"두 가지가 뭔가?"

"첫째는 교주님의 위신입니다. 무림맹주는 그의 무공실력을 떠나서 정파의 상징입니다. 그런 상징에게 꼬리를 마는 모습을 수하들에게 보여줄 수는 없습니다. 그렇다면 이번 전쟁을 아예 시작하지도 말았어야지요."

"흠, 아마 제갈천은 그런 것을 염두에 두고 이런 승부수를 띄운 것 같군. 영악한 인간 같으니라고. 그럼 두 번째는 뭔가?"

"우리 선봉을 잃게 될 공산이 큽니다. 검황은…… 교주님께서 뒤로 물러서는 것을 보면 방향을 틀어 우리 선봉을 잡으려 할 테니까요. 그리되면 우린 체면도 잃고, 실리도 잃게 됩니다."

검황과 위정대가 마교 선봉 옆을 우회하며 움직였다. 과연 마갈의 말대로 검황은 마교주를 노리고 있는 것이었다. 그 광경에 혈운신이 감탄의 표정으로 마갈을 보았다가 혀를 찼다.

"그럼 우리는 검황을 상대로 전면전을 벌이는 거군. 그야말로 난전, 개싸움이 되겠군."

마갈이 어깨를 으쓱하고 말했다.

"저들이 이런 승부수를 띄울 수 있는 또 한 가지의 이유가 있습니다."

"……?"

"조금만 버티면 정파의 지원군이 당도할 것을 알고 있으니까요. 난전이 되면 교전 시간이 길어지고 그러다 지원군이 당도하면 저들이 훨씬 유리해지니까요."

"그건 그렇지. 우리도 정파의 우군을 경계해서 선봉의 싸움부터 속전속결로 밀어붙이려고 한 게 아닌가."

혈운신은 난감한 표정을 지었다.

그냥 힘으로 몰아붙이려고 했는데, 싸움이 복잡하게 흘

러가고 있었다. 이런 난전은 교전 시간이 길어지므로 자신들에게 불리했다.

검황과 중군을 몰아붙일 수는 있어도 끝장내거나 궤멸에 가까운 전과를 올리기 전에 정파의 지원군이 당도하면 대승은 물 건너간다.

중원무림을 장악하기 위해 아직 많은 싸움이 남아 있는 자신들에겐 그런 여유가 없었다. 작은 피해라도 줄일 필요가 있었다.

점점 더 다가오는 검황과 정파인들을 보면서 뇌황이 물었다.

"마갈, 그대 생각은?"

"상대가 승부수를 띄웠으니, 우리도 맞받아쳐야지요."

"크크큭, 승부수라……. 좋군. 말하라."

"기왕 개싸움이 된 거, 제대로 해야지요."

마갈은 시선을 혈운신에게 옮겼다.

"교주님께서 검황과 충돌하면, 곡주께서는 삼혈곡과 본교의 청랑대, 백랑대, 염라단, 지옥단을 이끌고 정파 중군을 치십시오."

마갈은 말이 끝나기 무섭게 지척에 서 있는 마교 네 부대의 수장들에게 눈짓을 했다. 혈운신의 명을 따라 움직이라고.

혈운신의 눈이 커졌다.

그리되면 이곳은 이천만 남는다. 물론 검황의 부대보단 곱절이다. 하지만 만약 마교주가 잘못되기라도 한다면…… 자신이 정파 중군을 대파하더라도 의미가 없다.

마갈의 말이 이어졌다.

"정파의 총군사는 이제 자신이 얼마나 큰 실수를 했는지 깨닫게 될 겁니다. 아마 스스로 감당할 수 있을 거라 믿고 있겠지만, 그것이 착각이란 사실을 뼈저리게 통감할 겁니다."

마갈은 저 멀리 정파의 가장 후위의 마차 위 인영을 보며 말을 이었다.

"이런 전투를 해본 적이 없어서일까, 그는 정쟁에 노련할지는 몰라도 전투엔 참으로 미숙하군요. 음모는 뒤에서나 꾸며야지. 쯧쯧."

그는 진심으로 한심하다는 표정을 지었다. 그와 동시에 저 자리에 있는 인물이 무림서생이 아니란 것을 다행이라 여겼다.

무림서생 천류영이었다면 이리 멍청한 승부수는 결코 띄우지 않았을 테니까.

그러면서 동시에 의아한 생각도 들었다.

아무리 그래도 명색이 정파의 총군사다. 이런 전투를 경험해 본 적이 없으니 더 신중해야 할 텐데, 왜 이렇게까지 무리수를 두는 걸까?

물론 어중간한 상대였다면 제갈천의 노림수는 충분히 먹혀들 수 있었다.

하지만 자신은 마교의 수석 군사 마갈이다. 또한 마교의 최정예가 운집한, 마교주가 이끄는 부대였다.

그리고 결정적으로 한 가지 더.

천마검과 자신 외에는 아무도 모르지만, 마교주는 이미 몇 년 전에 절대고수에 올라섰다.

           *   *   *

선두에 선 마교주 뇌황은 광오한 시선으로 지척까지 다가온 검황과 졸개들을 훑었다.

그의 좌우로 마교의 태상 장로 유마객(流魔客), 장로 악소(惡笑)가 자리했다.

그렇게 셋 뒤로 일 장 거리에 마교도들이 눈을 이글이글 불태우며 서 있었다.

팅팅, 팅팅팅.

그들로부터 거대한 마기가 솟구쳐 곳곳에서 빗방울이 허공에서 팅겨 나갔다. 무지막지한 고수들이 곳곳에 있다는 의미다.

그걸 본 검황의 직속부대인 위정대원들이 눈살을 찌푸렸다.

마교의 최고수들은 선봉에 총집결한 것이 아니었나?

과연 마교란 말밖에 떠오르지 않았다. 이리 고수들이 많을 줄이야.

불현듯 미묘한 불안감이 뇌리를 스쳤다.

그러나 위정대원들은 흔들림 없는 표정으로 움직였다.

그들은 무림맹에서 엄선된, 검황이 직접 고른 정예였다. 초일류와 특급으로 구성된 일천여 명의 최강 부대!

그리고 위정대주를 포함해 절정고수가 다섯이나 있었으며, 최근 위정대의 고문으로 합류한 종남파의 최고수인 종남신검(終南神劍) 공수 진인은 초절정고수였다.

공수 진인이 이를 바드득 갈았다.

"마구니들, 모조리 다 죽여주마."

그의 눈에는 원독이 가득했다.

그도 그럴 만한 것이, 사제인 종남파의 장문인을 비롯해 수많은 제자들이 섬서 분타에서 이 마교도들의 손에 죽었기 때문이다.

그는 자신이 섬서 분타에 따라가지 않은 것을 땅을 치고 후회했다. 그날 이후로 복수의 날만 학수고대하고 있었던 것이다. 그리고 마침내 때가 도래했다.

검황 단백우는 자신의 우측에서 달리는 공수 진인을 흘낏 보고 웃으며 말했다.

"마교주는 제 몫입니다."

꼬장꼬장한 성격인 공수 진인이 퉁명스럽게 대꾸했다.

"맹주께서 반 각 이내에 잡겠다고 하신 것만 기억하세요."

반 각이 넘으면 자신이 끼어들겠다는 뜻이다. 단백우가 피식 웃었다.

"그럴 일은 없습니다."

둘의 대화를 들은 위정대의 사기가 들끓었다.

이미 그들의 머릿속은 이번 전쟁을 끝맺는 영웅이 자신들이란 생각으로 가득했다.

그리고 그들은 충분히 그런 생각을 할 수 있는 실력자들이었다.

마교, 너희들의 선봉이 아군의 중군을 짓밟는다면, 우리들 역시 너희 마구니들의 본군을 박살 내주마!

단백우가 시선을 반대쪽으로 돌렸다.

자신이 총애하는 차남, 단황몽이 약간은 긴장한 기색을 짓고 있었다.

이제 전투가 시작되려는 찰나, 아비로서 뭔가 조언을 해줄까 하는 생각이 얼핏 들었지만, 이내 고개를 저었다.

옆에 바투 붙어 있는 위정대 부대주 공손찬이 알아서 녀석을 지켜줄 것이다. 특히 단황몽과 절정고수인 공손찬의 합격술은 누구에게도 쉽게 무너질 실력이 아니었다.

단백우는 서서히 속도를 줄이며 손을 들어 올렸다. 그러자 위정대가 심호흡을 하며 멈춰 섰다.

마구니의 최선두인 마교주와의 거리 불과 십여 장.

단백우는 눈을 빛내며 두근대는 가슴을 진정시켰다.

제갈천의 말마따나 마교주는 뒤로 숨지 않았다.

이제 남은 건 놈을 죽이고 영웅이 되는 일이다. 그리고 패왕의 별로 가는 맨 앞자리를 약속받는 것뿐이다.

그리되면 지금 산동에서 흉흉하게 번지고 있다는, 천마검이 지껄인 얘기들은 자취도 없이 사라지리라. 대신 자신의 찬란한 전공을 연호하는 세인들로 넘쳐 날 것이다.

육십육 년 평생에서 가장 빛나는 순간이 다가왔다.

아쉬운 것이 있다면 태양이 찬란히 빛나는 날이 아니라 먹구름이 낀, 비 내리는 날이란 것뿐.

단백우는 마교주를 쏘아보며 웃었다.

멋진 한마디가 필요한 순간이다. 무림 역사에 길이 남게 될 테니까.

"나 검황 단백우가 마교주 네놈의 수급을 취해 죽어간 정파 동료들의 원혼을 위로하고 강호무림의 안정과 평화를 지키리라."

뇌황이 비릿하게 웃으며 오연한 눈빛으로 턱을 치켜들었다.

"곧 죽을 병신이 꼴값 떠는군."

순간, 위정대의 가장 후위에서 짧지만 웃음소리가 터져 나왔다.

"하하하하……."

그로 인해 위정대의 분위기가 싸늘해졌다. 위정대의 후위에 있던 무사들이 고개를 돌려 사고를 친 주인공을 찾았다.

백운회 옆에 있던 곱슬머리가 아연한 표정으로 입을 쩍 벌렸다가 말했다.

"당신, 미쳤소?"

백운회는 자신을 바라보는 주변의 정파인들을 보며 싱긋 웃었다.

"긴장을 풀자는 의미요."

그들은 기가 막힌다는 표정으로 곱슬머리에게 눈빛으로 물었다.

못 보던 놈인데 누구냐고.

곱슬머리는 자신도 잘 모르는 놈이지만, 총군사께서 보낸 자라는 말을 하려다가 말았다. 지금은 이런 사소한 것 가지고 떠들 때가 아니었다.

바야흐로 강호 역사에 큰 획을 그을 전투가 시작될 테니까. 그리고 실제로 맹주의 명이 떨어졌다.

시간을 끌어봐야 좋을 것이 없다는 건 양쪽 다 마찬가지였다.

"마구니들을 죽이자!"

뇌황도 맞고함을 질렀다.

"저들의 목을 모조리 따버려라!"

양쪽에서 동시에 함성이 터졌다.

"와아아아아!"

"우와아아아!"

곱슬머리도 고함을 지르며 앞으로 움직이려다가 옆의 백운회를 보고 눈살을 찌푸렸다.

이놈!

설마 지금 하품을 하고 있는 거냐?

백운회는 어이없다는 표정으로 자신을 보는 곱슬머리를 향해 싱긋 웃고는 등을 툭툭, 두드려 주었다.

"나는 조금 더 기다려야 하는데, 그게 지겨워서 말이지. 당장에라도 칼을 빼 죽이고 싶은 놈이 두 놈이나 되는데."

"……."

"어쨌든 힘내라고."

"……."

"어차피 죽겠지만."

곱슬머리는 순간 마교도들보다 이 유들유들한 정체불명의 동료에게 더 짙은 살심을 느꼈다. 정말이지, 모두들 앞으로 뛰어가지만 않았으면 이놈과 멱살잡이를 할 뻔했다.

백운회가 그의 등을 다시 치고는 밀었다.

"뭐해? 싸워야지."

"너…… 이따 보자."

그때, 선두에서 충돌이 일었다.

째애애애앵! 쩡쩡쩡! 쩌어어엉!

천공을 찌르는 함성 속으로 몇몇 이들의 비명이 울렸다.

마교주 뇌황, 태상 장로 유마객, 장로 악소.

무림맹주 검황, 종남신검 공수 진인, 단황몽과 위정대 부대주 공손찬.

이렇게 일곱은 자신들의 좌우로 수하들이 달려 나가 싸우는 와중에도 서로를 노려보며 움직이지 않았다.

그들 일곱의 눈에 짙은 살기가 흘렀고, 입가엔 비릿한 미소가 자리 잡았다.

그렇게 전투가 본격적으로 시작됐을 때, 마교 본군의 후위에서 삼혈곡주가 고함을 질렀다.

"가자!"

그 명과 함께 삼천이 훌쩍 넘는 이들이 이동하기 시작했다. 그 광경에 단백우의 눈동자가 흔들렸다.

뭐지? 자신들 뒤를 포위하려는 건가?

역시 일각, 아닌 반 각 안에 승부를 내야 한다.

단백우의 검신에 눈부신 백광이 어리기 시작했다.

검강(劍罡).

그러자 뇌황의 검에도 핏빛 검강이 솟구쳤다.

단백우를 비롯한 정파인들의 눈동자가 흔들렸다.

마교주가 절대고수였던가?

뇌황이 발을 내디디며 말했다.

"초짜 절대고수. 선배의 무서움을 보여주마!"

단백우가 맞받아쳤다.

"후후후, 네가 먼저였나? 그래도 내가 이긴다. 반 각 안에."

절대의 경지는 공력에 크게 영향을 받지 않는다. 그러나 내공의 차이가 압도적으로 크면 힘에서 우세를 점할 수 있다.

단백우는 세상에서 자신의 내공이 가장 심후하다는 것을 확신하고 있었다.

무려 삼 갑자의 내공.

화선부의 침술과 환약이 없었더라면 불가능한 공력이었다.

뇌황의 눈자위가 짙은 살기로 샛노래졌다.

"건방진 놈!"

파앗!

뇌황이 이형환위로 몸을 날렸다. 거의 동시에 유마객과 악소의 신형도 자리에서 사라졌다.

슈가아아아앗.

허공을 찢는 파공성.

콰아아앙!

검과 검이 부딪쳤는데 쇳소리가 아닌 폭음이 터졌다.

제8장
대체 저 괴물은 누구냐?

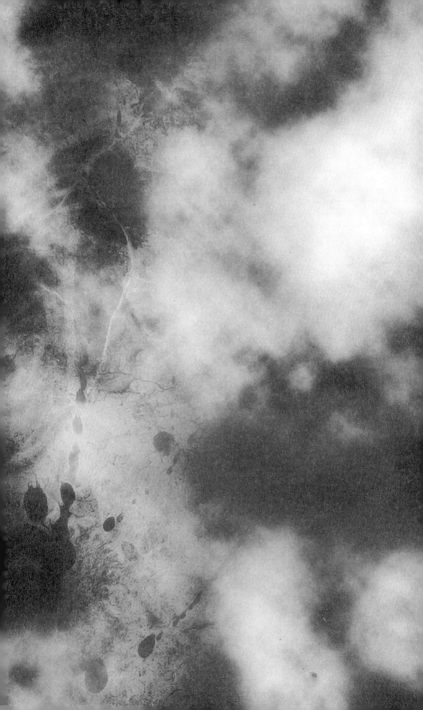

1

　검성 남궁성과 개방주 황걸, 소림의 무현 대사를 비롯한 좌군의 수뇌부는 텅 비어 있는 마교의 군영을 보며 허탈한 표정을 숨기지 못했다.

　아니, 어디 수뇌부뿐이랴. 삼천여 수하들도 어깨를 축 늘어뜨리고는 기가 찬 낯빛이었다.

　거센 비를 쫄쫄 맞으며 험한 산길을 몰래, 그것도 빠르게 움직이느라 고생한 것이 물거품이 된 것이다.

　대체 뭘 위해서 이 고생을 한 것인가.

　지금 아군은 마교도와 격렬한 전투를 벌이고 있을 것이 뻔한데, 자신들은 엉뚱한 곳에서 진만 뺀 꼴이었다.

무림맹 천붕대의 대주가 텅 비어 있는 막사들을 보다가 가장 가까운 막사의 기둥을 칼로 베어버렸다.

마음 같아서는 모조리 불질러 버리고 싶지만, 장대비가 내리니 그럴 수도 없었다. 그렇다고 이 무수한 막사들을 부수고 다닐 시간도 없었다.

화산파의 매화단 단주가 입을 열었다.

"서둘러 회군해야 합니다."

개방주 황걸이 맞장구쳤다.

"갑시다. 조금이라도 빨리 가서 도와야지요."

검성 남궁성이 묵묵히 고개를 끄덕이는데, 소림의 무현 대사가 연신 주변을 두리번거렸다. 그걸 본 남궁세가의 대공자 남궁강이 물었다.

"대사님께서는 무얼 찾고 계십니까?"

"자네 동생인 창천룡은 어디에 있는가?"

남궁세가의 검학자 장로가 말을 받았다.

"대사님께서도 아까 수가 한 말을 생각하셨군요."

모두가 쓴웃음을 깨물었다.

한창 산행을 하고 있을 때, 남궁수가 긴히 할 말이 있다면서 엉뚱한 주장을 펼친 일이 있었다.

오죽했으면 과묵한 검성이 호통까지 쳤을까.

전투를 앞두고 해괴한 소리를 한다며 진노하는 바람에 마땅찮은 표정이던 수뇌부의 다른 이들이 오히려 검성을 만류할 정도였다.

개방의 황걸이 고개를 끄덕이며 신중한 표정을 지었다.

"창천룡이 과연 사천의 영웅들 중 일인입니다. 내 배교의 마물들을 상대하면서 빙봉과 하월의 능력을 보고 놀랐는데, 창천룡 역시 대단해요. 하하하, 장강의 뒷물이 앞물을 밀어낸다더니, 정파의 미래를 이끌어갈 동량들입니다."

검성은 묘한 미소를 머금었다가 이내 정색했다.

"지금 그런 얘기를 할 때가 아닌 것 같습니다."

"그렇지요. 어서 회군을 해야지요."

그는 아직도 미련이 남아 군영을 뒤지고 있는 이들에게 집합하라고 외치며, 남궁수는 어디에 있느냐고도 물었다. 그러자 금검단의 한 사내가 달려와 말했다.

"창천룡께서는 수인산 근처에서 잠시 후에 합류하겠다고 말하시고는 자리를 뜨셨습니다."

검성의 얼굴이 딱딱하게 굳었다.

"군기는 추상같은 법이거늘, 어찌!"

수뇌부의 표정도 황당해졌다. 설마 탈영이라도 했단 말인가.

당황한 금검단원이 급히 말을 이었다.

"늦지 않게 오시겠다고……."

검성이 진노하며 그의 말을 끊었다.

"이놈이 고집불통에다가 제멋대로인 것은 알고 있었지만, 이 정도로 안하무인이 된 줄은 몰랐구나. 강호의 어른들이 여럿 계시고, 전쟁을 수행 중인 부대에서 제멋대로……."

그 순간, 검성은 부대 뒤쪽의 구릉에서 누군가 모습을 드러내는 기운을 포착하고 입을 다물었다가 열었다.

"수야, 이노옴! 당장 이리 오지 못할까?"

구릉 위로 모습을 드러낸 남궁수는 경공을 펼쳐 빠르게 달려와 고개를 숙였다.

"자리를 비워 죄송합니다. 하지만 꼭 확인해야 할 것이……."

"닥쳐라! 이번엔 운 좋게 네 예상이 맞았지만, 만약 이곳에 마교도가 있었으면 어떻게 됐겠느냐! 네놈은 전투가 무서워 도망친 탈주병이 되는 것이고, 본 가의 명예를 더럽힌 놈이 되는 것이다."

남궁수는 입술을 꾹 깨물었다가 담담하게 대꾸했다.

"이곳에 출전하지 않은 마교도가 있었다면, 저 한 명이 없다고 한들 우리 삼천으로 어렵지 않게 제압할 수 있었을 겁니다. 그러나 그렇지 않을 경우를 염두에 둘 필요가 있었습니다."

검성이 다시 화를 내려는 순간, 무현 대사가 끼어들었다.

"아미타불, 삼공자께서는 자신의 생각에 확신을 가지고 있었나 보군요."

남궁수는 무현 대사를 보며 미소로 말했다.

"그건 아닙니다."

"……."

"반반이었습니다. 그러나 방금 말씀드렸다시피, 마교도의 잔존 세력이 있었어도 이 전투는 어렵지 않았을 겁니다. 그러나 없을 경우를 대비할 필요를 느꼈습니다."

"허허허, 그렇습니까?"

"삼천여 명 중에 한 명 정도는 그런 준비를 해도 되지 않겠습니까?"

무현 대사가 부드러운 미소를 머금었다.

"창천룡 소협은 대단한 용기를 가지셨군요. 스스로의 확신이 틀렸다면 징계를 피하기 어려웠을 텐데."

"제 개인의 굴욕보다 더 중요한 건 삼천 명의 안전입니다. 또한 어쨌든 잠시 탈영한 것은 사실이니 나중에 죗값은 치르겠습니다."

"허!"

무현 대사뿐만 아니라 수뇌부의 얼굴에 감탄의 기색이 떠올랐다. 말은 쉽지만, 이건 정말 용기라 말할 수 있는 행동이었다.

검성 역시 성난 표정을 풀고 무뚝뚝한 어조로 말했다.

"확인해야 할 것이 무엇이었느냐?"

"이곳에 적이 없다면 우리는 바로 회군해야 합니다."

황걸이 고개를 주억거리며 맞장구쳤다.

"그렇지. 그러니 이제 빨리 가야지."

"우리가 당연하다고 생각하는 것, 그것을 적이 모르겠습니까?"

수뇌부의 눈동자가 흔들렸다. 검성이 신중한 기색으로 물었다.

"매복이냐?"

"저희가 회군할 경우, 매복하기에 가장 좋은 지형이 수인산입니다."

황걸이 침을 삼키고 입을 열었다.

"그곳을 확인한 건가?"

"예. 인원은 정확히 알 수 없지만, 적어도 일천은 넘는 적이 매복한 것이라 추정됩니다. 그리고 그들은 전날 사천에서 온 패잔병인 것이 거의 확실합니다."

잠깐 침묵이 흘렀다.

만약 몰랐다면 큰 피해를 입을 뻔했다.

무현 대사가 염주 알을 굴리며 미소를 머금었다.

"아미타불, 시주가 큰 공을 세웠어요. 자칫 큰 화를 당할 뻔했습니다. 허허허."

그러자 남궁수가 등허리를 꼿꼿이 펴고 검성을 향해 말

했다.

"제가 한 것이 아닙니다."

"······?"

"제 벗인 천류영이 연통을 넣어 알게 된 겁니다."

"······!"

"모두 아시잖습니까, 출전 직전에 천류영이 저에게 사람을 보낸 것을."

황걸이 기가 막힌다는 표정으로 말했다.

"말도 안 돼! 그자는 앉아서 만 리(萬里) 밖을 본단 말인가."

무현 대사도 고개를 절레절레 저었다.

"빙봉과 하월로부터 무림서생에 대한 칭송은 많이 들었지만, 그래도 이건 도무지······."

남궁수는 거짓말을 밀어붙였다. 아버지인 검성이 천류영을 인정해 주길 바라면서.

"물론 수인산이나 몇 가지는 제가 추정한 것들입니다. 그러나 천류영은 마교의 수석 군사에 대해 파악해 두었고, 몇 가지 중요한 조언을 전했습니다. 예를 들어 그는 전장에 나가면 군영에 인원을 남기거나 후군을 편성하는 일이 없다고 합니다. 총력전이지요. 또한 특별한 경우를 제외하고는 좌군과 우군도 편성을 하지 않습니다."

모두가 혀를 내두르는 동안 남궁수는 계속 말을 이어

갔다.

"시간이 없으니 핵심만 말하겠습니다. 우리가 선택할
수 있는 방법은 크게 두 가지입니다. 첫째, 조금 돌아가겠
지만 수인산을 피해 이동하는 겁니다."

매화단주가 물었다.

"두 번째는?"

"마교와 싸우고 있을 우리 정파의 선봉과 중군, 그리고
우군을 믿는 겁니다. 그리고 우리는 수인산에 매복해 있
는 적의 후위를 기습, 섬멸하는 거지요."

의견이 갈렸다. 몇몇은 전자를, 몇몇은 후자를 선택했
다. 그러자 침묵하고 있던 검성이 남궁수를 뚫어지게 보
며 말했다.

"네 의견은 무엇이냐?"

"저라면……."

그는 자신에게 집중되는 시선을 느끼며 차분하게 답했
다.

"후자를 선택할 겁니다."

"아군을 믿고 매복한 적을 섬멸한다?"

"음, 조금 다릅니다."

"……?"

"수인산을 우회해 이동하면 아무리 서둘러도 반 시진의
시간이 더 지체됩니다. 그럼 그곳의 전투는 이미 끝났을

공산이 큽니다. 승리든 패배든."

황걸이 이맛살을 찌푸리며 물었다.

"양쪽의 인원이 무려 일만이 넘는 대규모 전투가 그리 빨리 끝날 거라 생각하나? 내 생각엔 밤늦게까지 이어질 공산이 높은 것 같은데."

"이곳이 비어 있는 것을 보면 짐작하시겠지만, 마교도도 오늘을 교전일로 잡았습니다. 그리고 수인산에 매복까지 심었지요. 이것이 의미하는 건…… 우리의 작전이 새어 나갔다는 겁니다."

남궁수의 충격적인 말에 수뇌부와 주변 무사들이 술렁였다. 그러나 더 기가 막힌 말이 이어졌다.

"그리고…… 제 개인적인 생각으로는 작전이 간파당했을 확률보다 맹주나 총군사가 일부러 정보를 흘렸을 공산이 더 크다고 생각합니다."

표정의 변화가 심하지 않던 검성조차 기함하며 입을 벌렸다. 검학자가 신음을 삼키고 말했다.

"수야, 신중하게 말을 해야……."

검성이 장로의 말을 끊었다.

"왜 그렇게 생각하지?"

"그건…… 죄송합니다. 검학자 장로님 말씀처럼 제가 신중하지 못했습니다. 지금은 이 말을 할 때가 아닌 듯하고 시간도 많지 않으니, 전투가 다 끝난 다음에 말씀드리겠습니다."

"……."

"어쨌든 마교도는 우리 부대 편성 정보까지 꿰뚫고 있다는 겁니다. 좌군이 군영을 습격할 것을 예상하고, 수인산에 매복까지 심어두었으니까요. 그렇다면 마교도들은 우군의 존재도 간파했을 것이라 보는 게 타당합니다."

모두가 고개를 끄덕이는 가운데 남궁수의 말이 이어졌다.

"그렇다면 마교도들은 우리 우군이 합류하기 전에 중군과의 전투를 어떻게든 끝장내기 위해 총력을 다할 겁니다."

검성이 물었다.

"적이 그리 서두른다면, 아군은 방어만 하면서 우군이 합류하기를 기다릴 것이다. 안 그러냐?"

모두가 고개를 끄덕였다. 그게 상식이었다.

남궁수가 어깨를 으쓱하더니 귀밑머리를 긁적였다. 천류영처럼.

그리고 좌군 수뇌부를 향해 오히려 되물었다.

"검황과 총군사가 정녕 그리할 거라 생각하십니까?"

"……."

"사람을 판단하는 가장 좋은 방법은 살아온 자취를 살피는 겁니다."

"……."

"그들은 전공을 나눈 적이 단 한 번도 없습니다."

무현 대사가 신음을 흘리며 남궁수를 보았다.

"전공을 독식하기 위해서…… 맹주와 총군사가 이리 무모한 판을 벌였다는 말인가? 정보를 일부러 흘리면서까지?"

남궁수는 입술을 깨물며 자신을 바라보는 이들을 훑었다. 그러고는 무겁게 입을 열었다.

"제 개인적인 의견은 전투가 끝나고 말씀드리겠습니다. 어쨌든 제 예상은 그렇다는 겁니다. 그러니 이것은 배제하고 판단을 내려주십시오."

"……."

"말씀하신 것처럼 아군이 방어로 치중한다면, 우리가 늦게 가도 큰 문제는 없습니다. 중군과 우군이 마교도들을 협공할 테니까요. 그러니 우리는 그러지 않을 경우를 염두에 두고 움직이는 것이 현명한 판단이라고 생각됩니다."

"그건 그렇지."

"만약 우리가 매복한 적을 두고 전장으로 간다면, 그리고 그 전장에서 승리한 마교도를 마주하게 된다면…… 우리까지 어려운 지경에 처하게 될 겁니다."

황걸이 눈을 부라리며 외치듯 말했다.

"그럼 지친 마교도들을 우리가 쓸어버려 복수를 해야지!"

남궁수가 말했다.

"그 점까지 마교의 수석 군사는 예상하고 있을 겁니다."

"……!"

"우리가 그 마교도들과 싸우는 것까진 좋습니다. 다만, 수인산에 매복한 적이 우리 뒤를 칠 경우도 염두에 두어야 합니다. 그렇게 앞뒤로 협공당하면, 우린 이겨도 태반이 죽게 될 겁니다."

"……."

"물론 제 개인적인 바람은…… 맹주와 총군사가 전공을 독식하더라도 정파가 승리하길 기원합니다."

모두가 깊은 침묵에 빠진 것을 보며 남궁수가 말했다.

"마지막으로…… 수인산의 매복을 해치우고 전력을 보존하며 전장에 나갔을 때, 만약 아군이 패한 상태라면 우리는 그들의 생명을 지켜줄 최후의 보루가 되어줄 수 있습니다."

"……."

"이상으로 제가 드릴 말은 다 했습니다. 어떤 것을 선택하든 빨리하셔야 합니다. 우리가 이곳에 너무 오래 머무르면 수인산에 매복한 적들이 허탕을 쳤다 생각하고 움

직일 수도 있으니까요. 그럼 기습으로 얻는 유리함을 잃
게 됩니다."

검성이 나직한 한숨을 내쉬고 남궁수를 향해 말했다.

"많이…… 컸구나. 제법이다."

남궁수가 빙그레 웃었다.

"천류영 덕분입니다."

검성은 흐릿한 미소를 머금고 말했다.

"애비가 바보로 보이느냐?"

"……."

"물론 어느 정도의 도움은 받았을지도 모르지. 그러나
너 역시 많은 것을 스스로 생각하고 움직였다. 그리고 무
엇보다…… 벗을 위해 네 공을 양보할 줄 아는 것, 그것
이 제법이라는 말이었다. 실력은 노력해 키울 수 있어도
사람의 그릇은 좀처럼 바뀌지 않거든."

"……."

"그릇이 커졌어."

"그 역시 저를 자극하는 좋은 벗이 있기 때문입니다."

검성은 고개를 절레절레 흔들며 소리 없이 웃었다.

"그런 벗이라면…… 알겠다, 인정해 주마. 그리고 내가
조금은 그 아이를 도와줄 수 있을 것 같구나."

그는 총타에 압송될 천류영을 도와주기로 결심했다. 자
신과 같은 많은 명숙들이 반대할 터이고, 그로 인해 손해

도 제법 있을 것이다.

그러나 그보다 더 중요한 건, 남궁세가의 앞날을 책임지고 이끌어갈 자식에게 좋은 선물을 주는 것이라고 믿었다.

＊　　　　＊　　　　＊

콰아아앙!

검황과 뇌황이 충돌하며 폭음이 터졌고, 유마객과 종남신검, 공손찬과 악소도 부딪쳤다.

그 결과에 많은 이들이 아연한 표정을 지었다.

"크윽!"

검황 단백우가 신음을 흘리며 뒤로 주르륵 밀려나다가 간신히 중심을 잡았다.

밀려난 보폭이 무려 열두 걸음.

유마객과 종남신검의 싸움도 충격적이었다. 종남의 최고수인 종남신검이 유마객의 창에 연신 밀려났다.

쨍쨍, 슈슈슈슉─

째앵, 쨍쨍쨍!

그야말로 번개처럼 공간을 찔러 들어가는 유마객의 창은 종남신검으로 하여금 막기에 급급하게 만들었다.

더 큰 문제는 악소와 부딪친 위정대 부대주 공손찬이었다.

그는 비명도 지르지 못하고 악소의 기형도에 심장이 꿰뚫렸다.

공손찬은 절정고수였다. 그런 그가 일 초식도 받아내지 못하고 절명한 것이다. 곁에 있던 단황몽이 놀라 부리나케 뒤로 도망쳤다.

믿겨지지 않을 정도로 일방적이며 충격적인 결과는 곧바로 사기로 직결됐다.

"우와아아아아!"

마교도들의 기세가 하늘을 찔렀다.

반면, 정파인들은 순식간에 위축되었다. 가뜩이나 빠져나가는 마교도들이 뒤로 돌아 포위하려는 것은 아닐까 걱정하던 판국에 맹주가 어처구니없을 정도로 밀릴 줄이야.

뇌황이 스산한 웃음을 흘리며 눈을 번뜩였다.

"검황, 너와 정파인들은 우리의 힘을 오판했다."

단백우가 호흡을 고르며 이를 악물었다.

대체 뭐가 어떻게 된 거지?

분명 삼 갑자의 공력을 모두 담아 검으로 후려쳤는데, 왜 자신이 밀린 거지?

뇌황은 앞으로 발을 내디디며 말을 이었다.

"본좌는 고금제일인인 천마 조사님의 무공을 거의 다 내 것으로 만들었다. 또한 나는 그분의 상승 비급 중 여럿을 백 명에게 풀었지."

뇌황은 작년 천마검에게 일방적으로 깨지면서 자신을 도와줄 핵심 고수의 부족을 절절하게 느꼈다. 또한 천마검이 배신했을 리 없다는 내부 여론을 잠재우기 위해서 원로원과 장로회를 단속할 필요도 느꼈다.

그 모두를 손쉽게 해결하는 방법은 백운회로부터 전수받은 천마동의 무공을 나눠 주는 것이었다.

고금제일인이라고 불리는 천마 조사의 무공 비급은 막강한 권력을 자랑하는 원로원과 장로회, 그리고 천마신교 오대마가(魔家) 중 흑룡가를 제외한 네 가문의 의심을 단숨에 잠재웠다.

상승 무공을 얻기 위해서라면 목숨도 거는 존재가 무림인이다. 하물며 천마 조사의 무공이니 더 무슨 말이 필요하겠는가.

그 비급을 전수받은 백 명 중 두 사람인 유마객과 악소가 비릿하게 웃었다.

또한 곳곳에서 이뤄지고 있는 충돌에서 압도적으로 강한 무력을 뿜내는 마교 장로들이 모습을 드러냈다. 물론 그들 역시 뇌황으로부터 천마 조사의 무공을 받은 자들이었다.

"끄아아아악!"

"커흑. 가, 강하다."

충돌 시작, 팽팽한 것 같던 위정대와 마교의 균형은 삽시간에 마교 쪽으로 기울어져 갔다.

단백우는 불신의 눈빛으로 이를 갈았다.

귀한 상승 무공이 무림인에게 어떤 의미인지 아는 그로서는 믿기 어려웠다. 그런 무공을 백여 명의 고수에게 풀다니.

자식에게도 정말 아끼는 녀석 외에는 내주지 않는 법이거늘! 미치지 않고서야 어찌 그런 짓을 한단 말인가.

뇌황은 단백우를 보며 웃었다.

"믿겨지지 않겠지? 하지만 말이야, 너도 천마검이라는 놈을 상대해 봤으면 나와 같은 결정을 내렸을 거야. 작은 욕심 때문에 목숨을 잃을 뻔했거든. 패왕의 별이 될 본좌가 죽을 수야 없지 않겠어?"

단백우가 빽! 소리를 지르며 움직였다.

"그 별은 내 것이다!"

쇄애애액!

단백우의 검에서 빛무리가 일며 수백여 개의 강기가 유성처럼 폭사했다. 그러나 뇌황은 코웃음쳤다.

"네놈의 공격은 천마검에 비하면 어린애 장난 수준이군. 이 초짜 애송이 절대 놈아!"

말과 함께 뇌황의 검이 전면의 공간을 후려쳤다.

콰아아앙!

수백여 강기가 모조리 폭발하며 휘황찬란한 빛을 뿌리다 소멸했다. 그런 후, 뇌황의 검에서 번쩍 빛이 일렁이더니 강기 한 줄기가 섬전처럼 뻗어 나갔다.

파지직.

그 강기를 쳐내던 단백우가 몸을 부르르 떨었다.

마치 진짜 벼락을 맞은 듯 몸이 경련을 일으키며 진기가 진탕됐다.

"끄윽!"

그의 코에서 혈흔이 비쳤다.

슈우우웃, 퍼어엉!

뇌황의 장력에 단백우의 신형이 뒤로 팽개쳐지듯이 튕겨 나갔다. 그 순간, 종남신검 공수 진인이 유마객의 창에 복부가 뚫리며 비명을 질렀다.

예상과 다르게 뒤로 밀리던 위정대에 정신적 공황까지 찾아왔다.

뿐만 아니라 멀리서 이 광경을 지켜보던 제갈천 총군사 역시 충격에 턱을 바르르 떨었다.

그는 자신이 지금껏 쌓아온 모든 것이 우르르 무너지는 것을 느꼈다. 쉽지 않은 승부수라 생각했지만, 이렇게 실력의 간극이 어마어마할 것이라고는 상상조차 하지 못했다.

왜 섬서 분타가 그리 허망하게 붕괴되었는지 그는 이제야 비로소 절절히 깨달았다.

"이, 이건 악몽이야. 이럴 수는 없어!"

제갈천을 향해 정파의 간부들이 성난 고함을 질러 댔다.

"마교 선봉을 막을 수가 없습니다!"

"대군이 몰려옵니다!"

"총군사! 명을! 어서 지시를 내려주십시오!"

제갈천이 퍼뜩 정신을 차렸다.

그러고는 급한 대로 중군 중 가장 선두에 있는 부대인 파악대(破惡隊)을 향해 돌격령을 내렸다. 이어 그다음에 위치한 부대를 우측으로 이동하라고 지시를 내리려는 데…… 그런데 파악대가 움직이지 않았다.

파악대주가 제갈천을 쏘아보다가 크게 외쳤다.

"더 이상 총군사의 지시를 따를 수가 없소! 여러분, 우리 모두 함께 움직입시다!"

제갈천이 기가 막혀 일갈하려는데, 사방에서 고함이 터져 나왔다.

"그럽시다!"

"파악대주의 말에 동감이오! 함께 나갑시다!"

"모두 움직입시다!"

제갈천이 빽! 소리를 질렀다.

"다들 미쳤는가! 전투가 한창인데 지금 뭣들 하는 건가! 적 선봉뿐만 아니라 대군이 몰려오고 있다. 일단 앞을 막으며 전선을 넓게……."

그의 이번 명은 작금의 상황에서 최선이었다. 그러나 이미 그와 무사들과의 신뢰는 깨져 버렸다.

"닥치시오!"

"……!"

"일단 마구니의 선봉에 집중합시다!"

파악대주의 말에 모두가 공감하며 우르르 몰려나갔다. 제갈천은 마차 지붕 위에서 털썩 주저앉으며 악을 써 댔다.

"이 바보들아, 저 대군이 좌우로 갈라져 들이치면 우린 순식간에 붕괴된단 말이야아아아!"

그러나 정파인들은 이미 제갈천의 말을 귓등으로 흘렸다.

한편, 위정대의 가장 후위에서 전황을 지켜보던 백운회가 혀를 끌끌 차며 말했다.

"내가 본 전투 중 최악이군."

진심으로 한심했다.

아무리 제대로 된 대규모 전투를 경험한 적이 없다고 하더라도 이건 너무 심했다.

소수의 탐욕이 비극을 불러오고 있었다.

만약 정파가 부대를 나누지 않았다면 어땠을까?

그래도 마교가 이겼을 것이다. 하지만 분명 마교 쪽도 적지 않은 피해를 입었을 것이다.

하지만 권력자의 욕망이 수많은 목숨을 저승으로 내몰며 정파를 완패로 치달리게 만들었다.

"끄아아아악!"

누군가가 비명을 지르며 백운회의 앞까지 물러났다. 옆구리를 베인 그는 숨을 헐떡이다가 백운회를 보고는 눈을 부릅떴다.

"너, 이 자식! 지금껏 구경만 하고 있던 거냐?"

곱슬머리였다.

백운회는 하얗게 웃으며 말했다.

"그러지 않아도 지금부터 영웅 놀이 좀 해보려고."

2

너무 기가 막혀 말문까지 잃어버린 곱슬머리를 뒤로하고 백운회는 앞으로 천천히 발을 내디뎠다.

쏴아아아.

쏟아지는 빗줄기가 다시 강해졌다.

마치 사방에서 이는 고함과 비명을 조금이라도 지우려는 듯이, 곳곳에서 짙어지는 피비린내를 약간이라도 누그러뜨리려는 듯이.

하나의 전장에서 펼쳐지는 두 곳에서의 충돌.

뇌황의 마교도가 검황의 위정대를 일방적으로 몰아붙였다. 또한 삼혈곡의 혈운신은 대군을 둘로 나눠 정파의 좌우로 파고들었다.

수천의 인원이 맞붙는 대규모 전투가 시작된 지 고작

일각 반이다. 그런데 전황은 벌써 완연하게 흑도 쪽으로 기울어갔다.

백운회는 두 곳에서 벌어지는 전투를 훑다가 전면에 있는 산을 보았다.

정파의 우군이 언제쯤 모습을 드러낼까?

앞으로 일각 내에 도착하지 못한다면 정파는 대패를 면할 수 없어 보였다. 또한 산 아래로 내려와 이곳까지 오는 데도 반 각은 소요될 것이다.

순간, 백운회의 발이 멈췄다. 그의 입에서 감탄성이 흘러나왔다.

"호오!"

금방이라도 무너질 것 같은 위정대였다. 그러나 위정대주가 재빠르게 공격령을 취소하고 수비로 전환시켰다.

"위정단, 삼십 보 후퇴! 막는 것에 치중한다! 돌파가 아니다. 수비다. 옆의 동료와 열을 맞춰라! 부상자는 곧바로 후위로 빠지도록!"

그가 연이어 고함을 질러 댔다.

"전원 다시 이십 보 후퇴. 곧 우군(右軍)이 온다. 그때까지 버티면 우리가 이긴다. 버텨라!"

그는 최전선에서 쉴 새 없이 검을 휘두르면서도 마치 눈이 몇 개라도 달린 것처럼 전황을 정확히 파악하고 잇달아 명을 하달했다.

"좌측, 십오조! 물러나 전열을 정비하고 십팔조와 십구조가 나서라! 팔조와 구조! 옆으로 이동해 방진을 꾸려 적을 막는다! 너희들이 뚫리면 본대의 옆구리가 붕괴된다. 목숨으로 막아라!"

"복명!"

"현율! 어려워도 자리를 사수하라. 십삼조! 현율을 지원하라. 육조와 칠조! 이열에 대기하며 각자의 판단하에 앞으로 나선다. 명심할 것은 이 인 일 조로 합격하되, 결코 전진하지 마라. 그리고 이십이조와 이십삼조!"

속사포처럼 지시를 내리던 위정대주는 두 개 조를 부르고 잠깐 뜸을 들였다. 그건 상대하고 있는 덩치 큰 마교도가 워낙 격렬하게 달려든 탓도 있지만, 아직까지 결정을 내리지 못한 것으로도 보였다.

백운회는 묘한 시선으로 위정대주의 뒤통수를 보며 자신도 모르게 혀로 입술을 훑었다.

비록 적이지만 탐이 날 정도의 인재였다.

위기에 처한 현 상황에서 참으로 시의적절한 명만 내리고 있었다. 그 한 사람으로 인해 삽시간에 무너져 내리던 전선이 복구되고 유지되었다.

백운회 역시 숱한 전투를 치렀지만, 이 정도의 능력을 가진 자는 얼마 보지 못했다. 그만큼 걸출한 사내였다.

위정대주가 다시 명을 하달했다.

"이십이조와 이십삼 조는 맹주님의 뒤를 지원하라!"

"복명!"

두 개 조의 조장이 동시에 외치며 검황의 뒤로 달렸다. 그리고 백운회는 혀를 차며 고개를 저었다.

천류영이나 관태랑만큼 뛰어난 용병술을 지닌 자라고 생각했는데…… 결국 마지막 가장 중요한 선택의 순간에 한계를 드러냈다.

물론 위정대주가 어떤 고민을 했는지 알 수 있었다.

잠깐 사이에 훌쩍 뒤로 밀려난 위정대는 대주의 천재적인 임기응변으로 붕괴를 막고 전열을 빠르게 재편성하는 데 성공했다. 문제는 뇌황과 격돌하고 있는 맹주와의 거리가 벌어졌다는 점이다.

여기서 위정대주는 고민에 빠졌다.

고립되어 위험에 빠진 맹주를 지원할 것인가.

간신히 붕괴를 막고 있는 위정대의 전선을 유지하는 데 집중할 것인가.

그리고 그는 전자를 선택했다.

맹주가 죽기라도 한다면 위정대, 더 나아가 아군 전체의 사기도 땅에 처박힐 것이라 판단한 것이다.

기실 오판이라고만 할 수도 없었다.

그의 직속상관이며 정파의 상징이라고 할 수 있는 무림맹주가 마교주의 손에 죽게 되는 상황을 방치할 수는 없었을 테니까.

그럼에도 명백한 실수였다.

왜냐하면 검황이 일방적으로 밀리고 있긴 했지만, 그도 산전수전 다 겪고 맹주 자리를 차지한 인물이다.

검황은 처음처럼 과감한 공격을 하지 않고 방어에 치중하며 허점을 노리기 시작했다. 매우 아슬아슬해 보였지만, 아직까진 치명적인 부상을 입지 않았다.

또한 마교주는 혼자 힘으로 맹주를 잡을 자신이 있기에 좌우의 유마객과 악소에게 끼어들지 말라는 눈짓을 해둔 상태였다.

즉, 검황보다 위정대가 더 빨리 무너지기 쉽다는 것이다.

위정대의 이십이조와 이십삼조가 앞으로 이동하자 뇌황의 근처에서 뒷짐을 진 채 구경하던 유마객과 악소가 눈을 번뜩이며 움직였다.

위정대 한 개 조에 삼십 명.

유마객과 악소는 이형환위로 그들 앞에 나타나 창과 기형도를 휘둘렀다.

쇄애액, 쇄액!

파파팟, 쩌어엉!

섬뜩한 파공음과 격렬한 쇳소리 뒤로 비명이 터져 나왔다.

이십이조와 이십삼조는 수비가 아니라 전진하는 전투를 선택했고, 그건 마교의 초절정고수와 절정고수에게 좋은 먹잇감이었다.

"끄아아아악!"

잠시 팽팽하던 전선.

그러나 이십이조와 이십삼조의 선두가 도륙되면서 위정대의 사기가 흔들렸다.

바둑에 이런 말이 있다.

악수(惡手)는 악수를 부른다는.

당황한 위정대주가 급히 명을 내렸다.

"이십사조! 이십오조! 도와라!"

이십사조의 조장으로 보이는 자가 곧바로 반박했다.

"대주님! 저희가 이곳에서 빠지면……."

그때, 위정대의 후위까지 도망쳐 온 단황몽이 서슬 퍼런 고함으로 끼어들었다.

"당장 맹주님을 돕지 않고 뭐하는가!"

이십사조 조장의 얼굴에 갈등이 어렸다. 그리고 그는 항명을 선택했다.

"지금은 그럴 여건이 아닙니다. 재고해 주십시오!"

그 와중에도 이십이조와 이십삼조는 유마객과 악소에 의해 붕괴되고 있었다.

쩽, 쩽쩽! 파파팍, 서걱!

"으아아악!"

보다 못한 이십오조가 그들을 지원하기 위해 달려 나갔

다. 그렇게 그들이 이십여 보 이동했을 때, 악착같이 버티던 전선의 균형이 깨졌다.

"크하하하하! 다 죽여주마, 정파의 풋내기들!"

백운회도 잘 알고 있는 친교주파 장로, 풍권양.

그가 몸을 띄웠다가 이십오조가 빠진 자리를 다른 위정대원이 메우기 전에 차지하고는 주먹을 휘둘렀다.

퍼퍼퍼어어엉!

핏빛 강류가 사방을 휘몰아쳐 주변 정파인들을 쳐내렸다. 그리고 그렇게 잠깐 벌어진 틈으로 마교의 고수들이 득달같이 쇄도했다.

마침내 금이 가고 있던 둑이 무너져 내렸다.

위정대주가 하얗게 질린 얼굴로 빽! 소리를 질렀다.

"이십구조, 삼십조……. 크윽."

그는 명을 하달하지 못하고 신음과 함께 뒤로 물러났다. 아무리 절정고수인 그라고 해도 마교의 고수와 대결하면서 전황을 살피고 명을 내리는 데는 한계가 있었던 것이다.

부우우우웅.

묵직한 파공음과 함께 방금 왼쪽 어깨를 부순 철봉이 위정대주의 정수리로 떨어졌다.

쩌엉!

위정대주는 상대의 가공할 정도의 무거움에 치를 떨었

다. 가뜩이나 버거워서 양손으로 칼을 쥐어 상대했는데, 어깨가 부서지며 그럴 수도 없게 되었다.

부우우우웅.

거대한 덩치의 마교도가 철봉을 휘둘러 위정대주의 옆구리를 노렸다. 위정대주는 철봉을 상대하는 척하다가 급히 허리를 숙이며 땅을 박찼다.

이형환위에 가까울 정도로 빠른 몸놀림. 그의 검첨이 철봉을 쥔 마교도의 허벅지를 찔렀다.

푸욱! 서걱!

위정대주의 검이 마교도의 허벅지를 찢으며 빠져나왔다. 순간 마교도가 철봉을 내던지듯 놓고는 양손으로 위정대주의 머리를 움켜잡았다.

찰나 둘의 시선이 마주쳤다.

푸욱.

위정대주의 검이 철봉덩치의 아랫배에 쑤셔 박혔다. 그의 입가에 미소가 맺히려는 순간, 눈동자가 흔들렸다.

자신의 머리를 쥐고 있는 놈의 양손.

그건 정말이지 무시무시한 악력이라고밖에 할 수 없었다.

콰직!

위정대주의 두개골에 금이 쩍쩍 가더니 박살났다. 비명조차 지르지 못하고 죽은 그의 몸 위로, 마지막 힘을 폭발시킨 철봉덩치가 쓰러졌다.

"허수아비 정파 놈들을 모조리 죽여라!"

"대천마신교의 힘을 보여라!"

"와아아아아아!"

마교도들이 거센 함성을 지르며 위정대의 전선을 곳곳에서 뚫었다. 위정대의 사상자가 빠른 속도로 늘어 삼 할을 넘어섰다.

단황몽은 이제 적 진영에서 완전히 고립된 아버지 검황을 보며 갈등에 휩싸였다.

당연히 구하러 가야 한다. 그러나 그의 몸은 사시나무처럼 덜덜 떨리고 있었다.

비명을 지르며 무너지는 위정대.

그들 모두 강호에서 고수라 불리는 최정예다. 단황몽은 이들과 함께 움직인다면 수천의 마교도도 어렵지 않게 부술 수 있다고 생각해 왔다.

하지만 지금, 그 확신이 무너지고 있었다.

아니, 정확히 말하면, 아버지인 검황이 마교주에 밀리는 순간부터였다. 하지만 확고부동하게 각인되어 있던 자부심이 무너지기까지 잠시 시간이 소요됐던 것뿐이다.

"어, 어떻게 하지?"

그는 계속 뒷걸음질 치며 턱을 떨었다.

그러다 그의 등이 누군가의 가슴에 부딪쳤다. 단황몽이 움찔 놀라 고개를 돌리자 평범하게 생긴 중년인이 빙그레 웃으며 말을 건네왔다.

"겁나나?"

"그 무슨……."

백운회가 그의 말꼬리를 잘랐다.

"그게 아니라면 나가서 싸워야지. 동료들은 죽어가면서도 도망치지 않는데, 너는 뭐하고 있는 건가? 한심하군."

감히 자신을 향해 이런 독설을 뱉을 수 있는 자가 수하중에 있었던가?

어쨌든 기가 막혀 대꾸할 말을 찾지 못하는데, 그의 뒤에서 곱슬머리사내가 말했다.

"단 소협, 총군사께서 보내셨다는데…… 머리가 약간 이상한 놈입니다. 상대하지 마십시오."

곱슬머리는 상의를 벗어 옆구리 상처를 꽁꽁 묶은 모습으로 백운회를 향해 말을 이었다.

"겁쟁이는 네놈이 아닌가. 싸우는 게 그리 무서우면 지금이라도 도망치든가."

백운회는 다시 전투에 합류하기 위해 앞으로 달려 나가는 곱슬머리를 보고는 피식 웃었다.

"단황몽, 저 곱슬머리를 보면서 느껴지는 게 없나? 저 녀석 옆구리 부상이 제법 심해. 몇 번만 상대와 칼을 부딪쳐도 베인 곳이 심하게 벌어질 거라고. 저 녀석은 죽을 것을 알면서도 싸우러 가고 있다."

"대체 네놈은 누구냐? 누군데 감히 나에게……."

백운회가 그의 말을 또 끊었다.

"비록 수뇌부가 썩었어도 저런 녀석들이 있기에 너희들이 버티고 있는 거다."

단황몽은 초조한 표정으로 다시 전황을 살피고는 백운회에게 일갈했다.

"네 무례함은 나중에 묻겠다. 당장 나가서 싸우지 못할까!"

백운회가 고개를 끄덕이며 웃고는 말을 받았다.

"그러지. 네 아비를 구하러 가자. 여기에서 죽게 둘 수는 없으니까. 내 뒤를 따라와라."

백운회가 앞으로 발을 내디디다가 눈살을 찌푸리며 단황몽을 보았다.

"안 갈 거냐?"

"……"

"설마, 아버지를 버리고 도망가려는 건 아니겠지? 그 정도의 패륜아는……."

단황몽이 욱해서 외치듯 말했다.

"헛소리! 가자!"

단황몽은 잠시만 놈의 뒤를 따라 움직이기로 결심했다. 비록 도망치고 싶은 마음은 간절하지만, 지금은 아니라고 생각했다. 적어도 아버지를 구하기 위한 최소한의 뭔가는 아군에게 보여줄 필요가 있었다. 설마하니 위정대 전원이 몰살당하지는 않을 테니까.

백운회는 단황몽이 무슨 생각을 하고 있는지 빤히 보인다는 미소를 짓고는 다시 앞으로 걸었다.

그리고 그가 전선에 합류했다.

차가운 비가 쏟아지고 있건만, 그 공간은 뜨거운 열기로 가득했다. 그리고 마교가 지르는 함성과 위정대의 비명으로.

백운회는 고개를 돌려 잔뜩 긴장한 단황몽을 보며 말했다.

"나와 일 장 이상 떨어지지 마라. 그럼 네 목숨을 보장하지 못하니까."

단황몽은 그제야 이상함을 느꼈다.

전장의 뜨거운 열기와 터질 듯한 압박감이 피부에 와 닿는다.

바로 전장이라는 괴물이다. 그 괴물은 고수든 하수든 사람들을 긴장하게 만드는 법이다. 그런데도 이 사내는 너무나 태연했다. 마치 이런 사선을 셀 수도 없이 경험한 것처럼.

순간, 단황몽의 눈에 빛이 일었다.

"멍청한! 피해야……."

그 순간, 단황몽은 태어나 가장 크게 눈을 치켜떴다. 아군인 건 분명해 보이는 건방지고 낯선 중년인에게 비수가 짓쳐 들었다.

그런데 중년인이 손을 들어 올리자 비수의 속도가 눈에 띄게 느려지다가 허공에서 멈춰 섰다.

"헉!"

단황몽이 기겁성을 토했다. 이건 자신의 아버지도 할 수 없는 경지였다. 그러고는 깨달았다.

이 사람은 숨어 있는 고수라는 걸.

사문이 어딜까? 왜 이런 고수를 자신이 모르고 있었지? 아버지는 알고 계셨을까?

총군사가 보냈다고 했지? 그가 숨겨둔 비밀 병기인가? 그렇다면 왜 이제야 움직이는 거지?

백운회가 하얗게 웃으며 말했다.

"내 뒤를 놓치지 말고 따라와라!"

단황몽은 격하게 고개를 끄덕였다.

"예!"

무수한 의문이 머릿속에서 폭발했지만, 지금은 그 의문을 풀 상황이 아니었다.

지금 중요한 건 또 한 명의 절대고수가 등장했다는 사실이었다. 어쩌면 이자로 인해 아버지를 구출할 수도 있다는 희망이 생겼다.

비록 실낱같은 바람일지라도 상관없었다.

이자가 죽으면, 그때 도망치면 되니까.

백운회는 여전히 허공에 떠 있는 비수를 잡고는 앞으로 던졌다.

쇄액!

빛살처럼 날아간 비수가 한 마교도의 심장에 박혔다.

"으아아악!"

그것을 시작으로 백운회가 움직였다.

계속 밀려나는 위정대와 반대로 앞으로 뛰었다.

쇄애애액, 쇄액, 팟팟팟.

"으아아아악!"

"끄아아악!"

비명, 뒤이어 터져 나오는 또 다른 비명.

도검이 충돌하는 쇳소리도 없다. 그만큼 백운회의 검은 빠르게 상대의 숨통을 끊었다.

달리는 백운회의 눈에 살기가 짙어졌다.

지금 자신이 상대하는 이들은 참정대(斬正隊).

이 부대는 마교의 오대마가 중 적룡가(赤龍家) 출신이 주를 이루고 있다. 그리고 마교주 뇌황이 바로 적룡가의 전(前) 가주였다.

적룡가는 관태랑의 흑룡가와 함께 마대오가 중 가장 큰 세력을 가지고 있는 가문이었다.

쩌엉!

마침내 누군가가 백운회의 검을 막았다.

천마신교의 장로이며 적룡가의 가신인 적마(赤魔).

피부색이 유독 빨간 그는 참정대의 고문이기도 했다.

그가 백운회의 검을 사정없이 쳐 대며 웃었다.

"크하하하, 제법이구나!"

적마의 패검에서 붉은 검기가 줄기줄기 뻗어져 나와 백운회에게 덮쳐들었다. 백운회는 적마의 패검을 잇달아 막아내며 중얼거렸다.

"홋, 혈인검법(血刃劍法)이군."

천마 조사의 상승 검법 중 하나다. 즉, 뇌황으로부터 전수받은 무공이라는 의미다.

백운회의 읊조림을 들은 적마의 눈동자가 흔들렸다.

퍼퍼퍼퍼어엉!

핏빛 검기가 백운회의 신형 지척에서 터져 나왔다. 동시에 그의 무쌍검이 적마의 검이 이끄는 대로 빨려 들어가다가 갑자기 방향을 틀었다.

푹!

"컥!"

적마의 배에 무쌍검이 쑤셔 박혔고, 그 검에서 뿜어져 나온 강기가 적마의 창자를 찢어발겼다.

"끄아아아악!"

적마는 죽는 순간에도 이해하지 못했다.

대체 저놈이 어떻게 혈인검법을 알고 있으며, 또한 그

검법의 약점을 간파하고 있는 것인지.

아주 잠깐 멈췄던 백운회가 다시 달렸다. 적마의 죽음으로 그의 강함을 알아챈 참정대의 고수들이 복수를 위해 달려들었다.

쇄애애액! 파앗, 팟팟팟!

비수와 같은 암기들이 짓쳐 들었고, 고수들이 백운회의 앞을 막아섰다. 그 주변으로 어마어마한 마기가 퍼져 나와 빗방울이 이 장여 허공 위에서부터 튕겨 나갔다.

쨍쨍, 쨍쨍쨍!

백운회는 검을 살짝 흔들며 암기들을 쳐냈고, 앞을 막아서는 참정대의 고수들을 베어 넘겼다.

쇄애애액!

검풍, 검기, 검사와 같은 강류가 주변에서 넘실거리며 진검이 들이닥쳤다.

퍼어어엉, 펑펑펑! 쨍쨍, 쩡!

"으아아아악!"

"괴물이다. 잡아야 한다. 잡아야…… 끄아악!"

"대체 저 괴물은 누구냐?"

참정대의 고수들이 백운회의 칼에 계속 쓰러졌다.

쩌엉! 스르르륵. 푸욱.

검과 검이 부딪치며 쇳소리가 터지는 순간, 백운회의 무쌍검은 어느 사이에 상대의 검신을 타고 내려가 손목을 끊어버렸다.

파라라라라!

허공에서 떨어지며 공격하는 이의 발목이 무쌍검에 잘려 나갔고, 옆구리를 노리던 이의 머리가 주먹에 으깨져 뇌수를 뿌렸다.

쇄애애애애액.

백운회의 앞이 검영으로 가득해지며 다가서는 참정대의 십여 정예를 날려 버렸다. 아니, 그건 검영이 아니라 진검이었다. 단황몽은 사람이 그리 검을 빠르게 휘두를 수도 있다는 것에 기함했다.

이건 거의 검막에 근접한 경지였다.

촤아아아악!

피, 피, 피!

쓰러지는 이들이 뿜어내는 피 분수가 허공에 뿌려졌다가 비가 되어 내렸다.

어느새 절반 이상 무너진 위정대.

그들 중 백운회의 전진을 목도한 일부가 함성을 내질렀다.

"와아아아아!"

"포기하지 마라! 싸우자아아아!"

백운회의 뒤를 따르던 단황몽은 충격에 휩싸였다.

"세상에…… 이런 무력이라니."

등줄기를 따라 전율이 짜르르 타고 올라왔다.

더욱 기가 막힌 건, 이 중년 사내가 아직까지 내공을 제대로 개방하지 않고 있다는 점이다. 몸 안으로 갈무리한 채 싸우고 있었다.

만약 이 사내가 내공을 활짝 개방한다면 얼마나 무시무시한 신위가 눈앞에 펼쳐질까.

생각만으로도 소름이 돋을 정도였다. 그래서 아쉬운 마음도 들었다. 이 사내가 사방으로 강기를 뿌려 대며 싸웠다면 분명 수많은 아군들이 보고 힘을 냈을 터인데, 주변의 일부밖에 이 압도적인 신위를 보지 못하는 것이 안타까웠다.

그나저나 이 사람의 정체는 대체 무엇일까?

그때, 단황몽의 뇌리에 한 가지 생각이 스쳤다.

"아! 그렇구나!"

단황몽은 백운회의 정체를 간파했다.

'십천백지, 천존이시다!'

3

비원에서 파견된 십천백지의 고수, 구존이 아니라면 어느 누가 이런 신위를 지녔겠는가.

천존을 그림자처럼 따르는 십지는 왜 보이지 않는 걸까? 아마 천존이 먼저 도우러 온 것일지도.

그는 흥분에 휩싸이면서도 고개를 갸웃거렸다.

아까 곱슬머리가 말하길, 총군사가 보낸 사람이라고 했다. 총군사는 구존께서 이미 전장에 합류해 있음을 혼자만 알고 있었던 것인가?

대체 왜?

머릿속이 복잡해졌다.

하지만 지금은 고민할 때가 아니다. 지금 천존의 뒤를 따라가는 것만으로도 단황몽은 죽을 지경이었다.

마교도들이 천존을 향해 뿜어 대는 살기와 마기가 자신에게까지 영향을 주고 있었다. 누군가와 검을 섞지도 않았는데 호흡이 거칠어졌다.

쇄애애액! 쩡쩡, 쩡쩡쩡!

백운회는 적마를 상대할 때 잠깐 멈춘 것을 제외하고는 계속 앞으로 움직였다.

그의 앞은 온통 피와 비명뿐이었다.

그리고 마침내 그의 앞이 뻥 뚫렸다.

뇌황과 검황.

두 절대고수가 강기를 뿌려 대며 싸우는 영역이라 사람들이 자리를 피한 공간.

단황몽이 흥분해 외쳤다.

"아버지를 도와주십시오, 천존!"

백운회는 호흡을 고르며 고개를 돌려 단황몽을 보았다.

"힘든가?"

"괘, 괜찮습니다."

백운회는 흐릿한 미소를 머금으며 소리 없이 웃었다.

자신을 보고 천존이라······.

그 얘기는 십천백지의 인물이 합류하기로 되어 있다는 뜻이다. 백운회의 머리가 빠르게 회전하는데, 단황몽이 다시 말했다.

"어서 제 아버지를······."

백운회는 자신을 향해 달려오는 풍권양을 보며 품에서 작은 목궤를 꺼냈다. 그러고는 뚜껑을 열어 환약 두 개를 꺼내 자신이 하나를 삼키고 남은 하나를 단황몽에게 넘겼다.

얼떨결에 환약을 받은 단황몽은 당황하면서 물었다.

"이것이 무엇입니까?"

"진기가 진탕되었으면 빠르게 안정시켜 줄 것이고, 그렇지 않더라도 반나절 가까이 공력을 삼 할 증진시켜줄 것이다. 체력도 마찬가지고."

"······!"

"어서 취해라. 이제부터는 너도 네 몸을 스스로 지켜야 할 테니까."

단황몽은 약간 꺼림칙했다. 그러나 그는 주변을 빠르게 훑고는 결심을 굳혔다.

자신은 이미 적진 한가운데에 고립되어 있었다. 어차피

천존의 도움 없이는 살아서 빠져나가긴 그른 상황.

그리고 천존이 이 환약을 먹는 것을 보았다.

지금 상황에서 의심은 불필요했다. 만약 천존께서 자신을 해코지할 심산이었다면 군이 환약이 아니더라도 자신을 떨어트려 놓는 것만으로 충분했을 테니까.

그는 환약을 꿀꺽 삼키고 말했다.

"아버지를 도와주십시오."

백운회는 뇌황과 검황의 결투를 흘낏 보고 대꾸했다.

"지금은 아니야."

"예?"

"일단 저놈부터."

백운회가 풍권양을 가리키며 비틀린 미소를 머금었다.

친교주파이며 죽은 소교주 뇌악천의 심복으로, 관태랑의 다리를 직접 잘라낸 놈이었다.

백운회가 풍권양을 향해 발을 내딛자 단황몽은 눈살을 찌푸렸다. 물론 지척까지 다가온 마교 고수를 경시할 수는 없다. 하지만 위태로운 상황의 아버지에게는 별 관심이 없다는 투로 말한 것이 섭섭한 까닭이었다.

하지만 단황몽은 이내 자신의 억측이라고 생각했다. 아버지를 구하려는 생각이 없었다면 적진 한복판까지 오지도 않았을 테니까.

그는 불안한 눈으로 자신을 노리는 마교도들이 없는지

두리번거리면서 급히 천존의 뒤를 쫓았다.

사방이 적인 이곳에서 유일하게 기댈 곳은 천존밖에 없었으니까.

백운회가 흘낏 단황몽을 돌아보고는 담담하게 말했다.

"네 공력을 가득 담아서 고함을 질러줘야겠다."

"예?"

"너도 짐작하겠지만, 오늘의 전투는 이기기 어려워."

"하지만 우군이 곧 합류하면……."

백운회가 고개를 저으며 단황몽의 말허리를 끊었다.

"그렇더라도 피해가 너무 커졌어. 상황이 이러니 네 아버지와 사문의 명예라도 지켜야지."

단황몽이 눈을 또르륵 굴리며 물었다.

"무슨 말씀이십니까?"

"누군가는 이 사태에 책임을 져야 한단 말이야. 너는 그 인물이 네 부친이 되길 원하진 않겠지?"

마차의 지붕 위에 있던 제갈천은 탄식을 멈추고 독한 표정을 지었다.

지옥무저갱의 괴물들이 주축인 마교의 선봉은 여전히 파죽지세로 정파의 전선을 뚫었다. 그것도 모자라 몇몇의 괴물들이 조를 이뤄 마구잡이로 날뛰었다.

어디 그뿐이랴.

자신이 경고한 것처럼 적들은 좌우로 들이닥쳤다.

앞은 이미 너덜너덜해졌고, 좌우는 금방이라도 무너질 듯이 위태로웠다.

적이 강할 뿐만 아니라 중군의 남은 무사들은 턱없이 약했다.

기실 제갈천은 중군을 버리기로 작심한 터라 선두 쪽에 정예를 배치하고, 나머지는 비교적 수준이 떨어지는 이들로 채웠기 때문이다. 그리고 선두의 정예는 각개격파로 적에게 내주고 말았다.

"끄아아악!"

자신의 명에 항명했던 파악대주가 비명과 함께 쓰러졌다. 그리고 좌우의 전선 곳곳에서도 마교도들이 안으로 파고들기 시작했다.

제갈천은 입술을 꾹 깨물고 시선을 멀리 맹주가 싸우고 있는 전장으로 옮겼다.

잠깐 버티던 위정대가 결국 힘없이 무너지기 시작했다.

"틀렸어. 멍청한 맹주 같으니라고. 고작 저 정도의 힘을 가지고 승리를 장담하다니!"

그는 이 모든 책임을 검황 단백우에게 돌리며 마차 주변을 훑었다. 사문에서 파견 나온 제갈세가의 이백여 제자들. 그들은 초조한 기색으로 전장과 제갈천을 번갈아 보고 있었다.

제갈천은 더 이상 결심을 미루다간 자신도 빠져나가기 어렵다는 것을 알고 있었다.

그는 자신을 바라보는 사문의 제자들을 보며 고개를 끄덕였다.

"우리는 빠져나가서 우군과 합류한다. 진짜 싸움은 그때부터가 될 것이다."

제갈세가 제자들의 얼굴에 묘한 표정이 스쳤다.

다행이라는 안도감 한편에 정녕 그리해도 되는가 하는 의문이 떠올랐다.

제갈천은 잠시 침묵하다가 말을 이었다.

"어차피 수하들이 항명하는 바람에 내가 이곳에서 할 수 있는 건 아무것도 없으니까."

설득력 있는 말에 모두가 고개를 주억거렸다.

그때였다. 전장 저 멀리에서 싸우고 있던 단황몽의 거대한 고함이 터져 나온 것은!

"제갈천 총군사님! 당신의 오판으로 이리 위험에 처했습니다. 그래도 맹주님께서는 당신을 아직 믿고 있으니, 어서 빨리 이 난국을 책임지고 수습하십시오!"

마차 지붕에서 뛰어내리려던 제갈천의 얼굴이 하얗게 질려갔다.

이 무슨 말도 안 되는 기가 막힌 처사인가.

적과의 전투가 한창인 이때, 잘잘못을 따지다니! 그것

도 누명을 씌워 자신에게 책임을 전가하다니!

제갈천의 꼭 쥔 주먹이 바르르 떨렸다. 어처구니가 없어서 순간 숨 쉬는 것조차 힘들 지경이었다.

제갈세가의 제자 중 한 명이 분노해 말했다.

"맹주가 책임을……."

제갈천은 손을 들어 그의 말을 제지시켰다. 만약 자신이 지금 똑같이 고함으로 항변한다면 이 얼마나 황당하고 웃긴 비극이겠는가.

두고두고 세상의 조롱거리로 전락하게 되리라.

제갈천은 이를 박박 갈다가 중군에서 터져 나오는 외침에 아연실색했다.

"총군사는 대체 뭐하고 있는 겁니까?"

"이 멍청한 작자야! 뭐라도 대책을 내놓으라고!"

죽어가는 중군의 정파인들은 욕설까지 내뱉었다.

모두가 지금 위기에 몰린 것을 총군사의 책임이라 믿고 있었다.

제갈세가의 제자들 역시 하얗게 질린 얼굴로 제갈천을 보았다. 제자 중 한 명이 말했다.

"이런 모욕을 가만히 당하고 계실 겁니까?"

제갈천은 너무 분노하다 보니 헛웃음이 흘러나왔다.

"허허허, 그럼 지금 나더러 아군과 설전(舌戰)이라도 하란 말이냐? 이 상황에서?"

"하지만……."

"되었다."

제갈천은 허탈한 표정으로 허공을 보다가 마차 지붕에서 뛰어내렸다. 그러고는 마차에 오르며 분노를 삭인 목소리로 말했다.

"맹주, 당신의 뜻이 그렇다면 소탐대실(小貪大失), 아주 큰 실수를 한 거요. 당신의 가문은 보잘것없지만 내 가문은 오랜 세월 동안 명문으로서 정파무림을 지켜온 제갈세가란 말이오. 벼락출세한 천한 놈을 대우해 줬더니 주제도 모르고! 이래서 출신이 중요하단 말이지."

그는 신경질적으로 마차 문을 닫고는 말했다.

"가자."

그는 마차의 창밖으로 죽어가는 정파인들을 보며 팔짱을 꼈다. 그리고 한마디, 한마디 힘을 주어 혼잣말했다.

"산동에서 퍼져 나가는 괴소문이 사실로 알려지면 지금 당신이 한 말을 그 누가 믿겠소? 화선부를 파탄 낸 그 악당의 말을 말이오."

그들이 전장을 이탈해 우군이 내려올 산으로 빠르게 이동하자 중군의 정파인들도 더 이상 버티지 못하고 뿔뿔이 흩어져 도망치기 시작했다.

마교주의 거센 공격을 막아내면서 기회를 엿보던 단백우

는 갑자기 뒤쪽에서 들려온 아들의 고함에 아연실색했다.

"이이, 멍청한 놈이……."

물론 아들이 왜 저런 고함을 질렀을지는 충분히 이해할 수 있었다. 전황이 생각한 것과는 전혀 다르게 전개되니 차후에 책임을 벗어나려는, 나름 머리를 굴린 꾀였다.

하지만 자신과 제갈천은 지금 한 배를 타고 있었다. 그리고 단백우는 자신이 아무리 용을 써봐야 명문가의 저력을 넘어설 수 없음을 잘 알고 있었다.

출신의 한계.

단백우는 그것을 극복하려면 '패왕의 별'이 되는 수밖에 방법이 없다는 것도 잘 알고 있었다. 그리되면 자신의 가문도 명문 무가와 어깨를 나란히 할 수 있었다. 아니, 그 이상의 존재가 될 터였다.

그런데 어려서부터 고생을 모르고 자란 아들 녀석은, 제갈세가와 산동 단씨가 별 차이 없다고 착각하고 엄청난 실수를 저지르고 만 것이다.

콰아아앙!

"크윽!"

아들의 실수로 잡념이 생긴 단백우는 뇌황의 장력에 제대로 방비하지 못하고 뒤로 볼썽사납게 나자빠졌다가 벌떡 일어났다.

"하아아, 하아아……."

단백우는 거친 호흡을 고르며 어금니를 깨물었다.

시골의 작은 무관 출신으로 여기까지 올라선 그는 숱한 경험을 했다. 힘없는 자의 서러움을 누구보다 잘 아는 그이기에 성공을 위해서라면 어떤 짓도 마다하지 않았다.

헤쳐 나오기 어려운 역경에 부딪친 것이 얼마나 많았던가. 그래도 그는 맨바닥에서 시작해 여기까지 올라왔다.

그 과정에서 가장 중요한 것은 힘이었다.

힘이, 능력이 있으면 기득권층은 자신을 버리지 않았다. 단백우는 그렇게 그들에게 이용당하면서 자신도 그들을 이용해 지금껏 성공 가도를 달려왔다.

그 과정에서 거치적거리는 양심 따위는 이미 예전에 버렸다. 사랑, 우정, 믿음보다 야망과 힘, 그리고 돈과 권력을 좇았다.

그리고 이제 거의 다 왔다. 여기에서 포기할 수는 없었다.

"놈, 네놈을 죽일 수만 있다면!"

단백우는 다가오는 뇌황을 보며 검을 휘둘렀다.

제갈천과 틀어진 지금, 상황을 역전시킬 수 있는 유일한 방법은 하나였다.

여태 그래왔듯, 힘을 보여주는 것.

마교주를 죽이면 어떻게든 살아남을 수 있을 것이고, 더 높은 곳으로 올라갈 수 있다.

패왕의 별까지.

"네놈만 죽이면!"

쇄애애액! 쩌엉!

짓쳐들어오는 뇌황의 검을 있는 힘껏 후려쳤다. 이젠 승부를 걸어야 할 때였다.

위정대가 빠르게 무너지고 있는 상황.

우군이 당도하기 전에 위정대가 먼저 무너질 것 같았다.

시간을 더 끌다간 포위되어 죽게 되리라.

쩡쩡쩡, 쩌엉! 콰아아앙, 쾅쾅쾅!

강기가 서로를 향해 날아들었고, 검강 맺힌 검이 격렬하게 부딪쳤다. 그들 주변으로는 빗방울도 침입하지 못했고, 곳곳에서 돌개바람이 일어나 허공을 할퀴어 댔다.

퍼어어엉!

강기에 맞은 땅들이 움푹움푹 파이며 커다란 구멍들을 만들어냈다. 맹렬히 공세를 취하던 뇌황의 이맛살이 찌푸려졌다.

무림맹주가 함께 죽어도 좋다는 식으로 나오고 있었기 때문이다.

"크흐흐흐, 사생결단의 각오인가? 그렇다고 너 따위가 본좌를 꺾을 수 있다고 생각하는 것이냐?"

뇌황의 비아냥에 단백우가 성난 어조로 받아쳤다.

"반드시 네놈을 죽이고 말리라!"

파라라라!

그의 신형이 번개처럼 움직여 강기와 함께 검을 휘둘렀다. 뇌황은 광오한 눈빛으로 코웃음을 치면서도 신중하게 검을 놀렸다.

맹주가 이리 공세로 전환하면 허점이 드러날 수밖에 없기에 자신으로서는 유리하다. 그런데 쉽게 처리하지 못하는 것은, 놈이 동귀어진의 각오로 달려들기 때문이었다.

놈을 죽이더라도 팔이나 다리 하나는 내주어야 할 정도의 각오가 필요한데, 뇌황의 입장에서 그것만큼은 사양이었다. 이깟 놈을 상대하면서 그런 출혈을 감수할 하등의 이유가 없었다. 곧 허점을 파고들어 숨통을 끊으면 그만인데.

그때, 뒤에서 지켜보던 마갈이 외쳤다.

"교주님, 이제 끝내셔야 합니다!"

그 말의 의미는 정파의 우군이 마침내 산에서 빠져나와 모습을 드러냈다는 뜻이다.

그들이 이곳에 도달하기까지 반 각.

충분한 시간이었다.

이제 위정대는 팔 할이 죽었고, 정파 중군은 저 멀리 군영에 있을 후군을 향해 도망쳤다.

뇌황은 단백우와 연신 검을 부딪치다가 몇 걸음 물러나며 말했다.

"마갈, 우군도 쓸어버릴 준비를 하도록."

마갈이 미소로 대꾸했다.

"여부가 있겠습니까."

그는 돌아오는 삼혈곡주 혈운신을 봤다가 시선을 한 사내에게 돌렸다.

사실 아까부터 신경 쓰이던 인물이다.

위정대의 가장 끝에서 시작해 교주가 싸우는 전장의 한가운데까지 단숨에 돌파한 정체불명의 괴인.

비록 그가 딱히 눈에 띌 만한 내공을 보여주지는 않았지만, 능수능란한 초식만큼은 혀를 내두를 정도로 빼어났다.

저 정도의 고수라면 이름이 알려졌을 텐데, 그의 머릿속에 입력된 정파의 주요 고수들 목록에 없는 인물이었다.

어쨌든 마갈이 그 괴인을 향해 마교의 장로 두셋을 동시에 붙일까 고민하던 참에 풍권양이 그와 붙었다.

마갈은 풍권양이 괴인에 미치지 못한다고 판단했다.

그런데 웬걸?

일진일퇴의 충돌이 계속 이어졌다.

괴인의 초식은 대단했으나 풍권양이 압도적인 내공을 앞세워 공격하니 그것을 뚫기는 어려운 모양이었다.

마갈은 다시 교주와 맹주의 결투로 시선을 옮겼다.

콰아아아앙!

"크으윽."

단백우가 뒤로 주르륵 밀려나다가 간신히 몸의 중심을 잡았다. 뇌황은 이형환위로 이동해 단백우의 목을 향해 검을 휘둘러 갔다.

슈캉!

검이 충돌하는 순간, 단백우가 눈을 번뜩였다.

드디어 마교주의 허점이 드러났다.

쇄액.

단백우의 발이 뇌황의 사타구니를 향해 파고들었다.

퍼억!

뇌황이 씩 웃으며 발을 들어 단백우의 들어오는 발바닥을 쳤다.

"큭."

단백우는 고통에 눈살을 찌푸리면서도 튕겨 나가는 발을 따라 몸의 중심을 이동시키며 빙글 돌았다.

파라라락!

그런 후, 단백우의 팔꿈치가 뇌황의 가슴에 작렬했다.

콰직.

그와 동시에 뇌황의 검이 단백우의 배를 베었다.

"으음……."

뇌황이 가슴을 얻어맞고 물러나며 신음을 흘렸다.

"끄으윽!"

단백우가 고통의 비명을 삼키며 뒤로 훌쩍 물러나다가 중심을 잃고 나동그라졌다. 깊게 베이진 않아서 내장이 상하진 않았지만, 길게 혈선이 이어졌다.

큰 동작을 취하면 상처가 벌어질 터라 위험한 부상이었다. 즉, 이제 단백우가 뇌황을 이길 확률은 거의 없어진 것이나 진배없었다.

단황몽이 '아버지!'라고 외치며 발을 동동 굴렀다.

마갈은 미소를 지으며 고개를 뒤로 돌렸다.

이곳의 싸움은 사실상 끝난 것이다.

그때, 그의 귀로 익숙한 인물의 비명이 들렸다.

풍권양이다.

마갈은 눈을 번뜩이며 그곳을 보았다. 풍권양이 두 다리가 잘린 채 비명을 지르고 있었다.

정체불명의 정파인은 그 모습을 지켜보며 피식 웃고는 돌아섰다.

마갈은 의아했다.

왜 죽이지 않는 거지?

풍권양을 이대로 죽이기는 싫다는 건가?

왜? 대체 왜?

마갈과 괴인의 시선이 폭우를 뚫고 마주쳤다. 괴인이 턱을 오연하게 살짝 쳐들고 입꼬리를 올렸다.

순간, 마갈은 알 수 없는 위화감을 느꼈다.

그 괴인은 땅에 떨어져 있던 누군가의 검을 발로 툭, 찼다.

파아앗!

그 검이 섬전처럼 뻗어 나가 무림맹주의 목숨을 끊으려는 뇌황에게 폭사했다.

어마어마한 속도에 마갈은 순간 모골이 송연해졌다.

뇌황도 화들짝 놀라 몸을 피하고는 괴인을 보았다.

감정을 드러내지 않는, 무표정한 낯빛의 괴인은 뇌황을 향해 걸으며 말했다.

"뇌황, 거기까지다."

함성을 지르며 달려오는 정파의 우군.

빠르게 전열을 재편하는 마교.

마침내 도망치며 우군을 향해 전장을 우회하는 위정대.

그 속에서 백운회는 심호흡했다.

적진 한복판.

뇌황과 검황.

이 얼마나 기다리던 순간인가.

죽는 순간까지 잊지 못할 참담함과 굴욕을 안겨주리라.

그의 단전이 빠르게 회전하기 시작했다. 그러자 그의 신형에서 거대한 기운이 흘러나왔다.

마와 죽음이 뒤엉킨 기운.

뇌황과 마갈, 아니, 주변 마교도들의 눈동자가 흔들렸다.

마갈이 신음을 흘리며 나지막이 중얼거렸다.

"설마……."

쏴아아아!

비는 지치지도 않는지 계속 쏟아졌다.

4

백운회는 격해지려는 감정을 추스르며 속으로 쓰게 웃었다.

하마터면 천추의 한을 남길 뻔했다.

명색이 무림맹주 검황이니 일이 각은 충분히 버틸 수 있을 것이라 여겼는데…….

분명 마교주의 실력이 한 수 위지만, 그는 좋게 말하면 신중하고 나쁘게 말하면 소심한 구석이 있는 인물이었다.

승리가 확실하지 않은 상황에서는 모습을 드러내지 않는 성격.

그런 뇌황이니 궁지에 몰린 검황이 동귀어진으로 공격을 하면 쉽게 승부가 나지 않을 거라 판단했는데, 오판이었다.

한편, 뇌황은 방금 보여준 백운회의 일수(一手)에 보통 인물이 아님을 간파하고는 물었다. 불현듯 떠오른 불길한 상상을 애써 지우며.

"독특한 기운이군. 정파에 너 같은 놈이 있었나?"

말을 하면서 그는 바닥에 있던 돌멩이를 발로 찼다.

쇄액.

돌멩이가 벼락처럼 단백우의 이마를 노렸다. 단백우가 인상을 쓰며 고개를 피하려고 했다.

순간, 그 광경을 지켜본 모두가 자신의 눈을 의심했다.

괴인은 오 장여 거리에 떨어져 있었다. 그런데 그의 신형이 흐릿해지더니, 단백우의 옆에 나타나 뇌황이 발로 찬 돌멩이를 손으로 잡아 쥐었다.

백운회가 씩 웃었다.

"꼭 멍청한 것들이 경고를 못 알아듣는단 말이지."

바스스스스.

그의 손안에서 가루가 된 돌멩이가 흩어져 내렸다.

뇌황의 얼굴이 굳었다.

극성의 이형환위.

절대고수인 자신도 이렇게까지 빨리 움직이는 건 쉽지 않았다.

"너는…… 누구냐?"

마갈도 끼어들었다.

"너는 정파인이 아니다. 정체를 밝혀라!"

질문을 던지는 마갈의 목소리가 은은히 떨렸다. 그리고 대답을 기다리는 주변의 마교도들도 침을 꼴깍 삼켰다.

왜 그런지 모르겠지만, 한 사람이 유령처럼 그들의 머릿속을 배회했다.

천마검 백운회.

아군일 때는 더없이 든든한 무적, 불패의 명장.

적으로 맞선다면 그자의 존재만으로 재앙이 되는 불세출의 고수.

만약, 만약에 저 괴인이 천마검 백운회라면 어떻게 되는 걸까?

지금 이곳은 천마신교의 최고수들로 가득했다. 그럼에도 모두가 불안한 표정을 좀처럼 지우지 못했다.

그들은 세상 누구보다 천마검 백운회가 얼마나 무서운 인물인지 가장 잘 알고 있었기에.

수천의 고수들이 몰려 있는 이곳이지만, 분명 저자와 상대해야 할 초반의 동료들은 모두가 죽게 되리라.

그리고 그건 곧 마주쳐 싸워야 하는 정파의 우군을 코앞에 둔 상황에서 재난이나 다름없었다.

누군가가 말했다.

"그자일 리가 없어."

그리고 모두가 고개를 끄덕였다, 그러길 바란다는 간절한 소망을 담고.

방금 말한 자의 말마따나 저 괴인이 천마검일 리가 없었다.

우선 괴인이 흘려내는 기운은 마기뿐만 아니라 낯선 죽음의 기운도 혼재돼 있었다.

또한 그들이 알고 있는 천마검의 최근 행보는 산동 단

씨가를 박살내고 북방으로 몸을 피했다는 것이다.

아직 이곳에 있는 마교도들은 천마검이 삼천 리 떨어져 있는 동정호 군산도의 무림맹 총타를 유린한 사실을 알지 못했다.

정파도 총타로부터 전서구를 받고 어제 오후에 알게 된 정보이니 당연한 것이다. 이곳의 마교도들에게 정보를 보내줄 곳은 없고, 소문은 아직 다다르지 못했으니까.

태상 장로 유마객과 장로 악소가 조용히 뇌황의 뒤로 다가와 자리했다.

마갈은 그러고도 마음이 놓이지 않는지 마풍단을 주변에 배치시키고 나서야 돌아섰다.

괴인의 정체를 알고 싶은 마음이 굴뚝같지만, 지금은 다가오는 정파를 상대해야 할 때였다.

한편, 백운회의 정체가 궁금한 것은 단백우도 마찬가지였다. 백운회의 신형에서 흘러나오는 기운이 거슬릴 수밖에 없는 상황.

"도와줘서 고맙소. 그런데 당신은 누구요?"

단황몽도 께름칙한 표정을 지었다가 말했다.

"아버지, 천존이십니다."

석연치 않은 구석이 있긴 하지만, 자신을 도와 아버지를 구했다. 마도인이거나 사파인이라면 이런 도움을 줄 이유가 없었다.

또한 아까 이 사람이 자신에게 건네준 환약의 영향도 있었다.

그의 말마따나 몸에 활기가 솟구치고 있었다.

이렇게 자신과 아버지를 도와준 사람이 적일 리 없다. 지금 이 사람의 신형에서 흘러나오는 기운은 분명 무슨 까닭이 있을 것이리라.

궁지에 몰려 절박한 처지의 단황몽은 그렇게 희망적으로 사태를 바라볼 수밖에 없었다. 만약 그렇지 않다면 자신과 아버지는 이곳에서 뼈를 묻을 수밖에 없을 테니까.

단백우가 눈으로 백운회에게 물었다.

사실이냐고.

또한 마갈을 따라 이동하지 않고 남아 있는 마교도들도 대답을 기다렸다.

마음 같아서는 당장 쳐 죽이고 싶지만, 상대의 정체를 아는 것이 매우 중요하기에 참았다.

적어도 지금은.

백운회는 거만한 표정으로 고개를 끄덕이며 말했다.

"그렇다. 나는 세상을 평화롭게 지키는 하늘 중 하나, 십천백지의 천존이다!"

산동 단씨가에서 만났던, 칠존의 말을 흉내 내며 백운회가 외쳤다.

뇌황이 미간을 좁히며 물었다.

"십천백지의 무공이……."

"홋, 오백 년 전, 우리의 선조들은 천마와 싸웠었지."

"……."

"마구니에 불과한 놈이지만, 무공은 제법 쓸 만했다. 이이제이(以夷制夷)라……. 그래서 우리도 마공을 연구했지."

임기응변으로 대처한 변명이지만, 어느 누가 진실을 어떻게 알 수 있겠는가.

백운회가 여전히 광오한 눈빛으로 말을 이었다.

"덤벼봐라. 하찮은 네놈들의 마공보다 우리가 연구, 개발한 마공이 훨씬 나을 테니까."

뇌황을 비롯한 마교도들의 얼굴이 분노로 씰룩거렸다. 동시에 역시 천마검이 아니었다는 생각에 안도하는 기색도 슬쩍 비쳤다.

뇌황이 이를 갈며 윽박질렀다.

"건방진 놈, 본좌가 패왕의 별로 가는 길을 십천백지 따위가 막을 수는 없다."

그가 손을 들어 올렸다.

그러자 유마객과 악소가 그의 앞으로 나섰고, 혈령 태상 장로가 이끄는 마풍단이 넓게, 그리고 빠르게 움직이면서 백운회를 포위했다.

단황몽은 그들을 흘낏 보며 백운회에게 물었다.

"천존, 저에게 주셨던 환약을 저희 아버지께도 내줄 수는 없습니까?"

백운회는 작은 목궤를 꺼내 단황몽에게 던지며 말했다.

"지금부터 이곳을 빠져나갈 터이니, 네가 맹주를 잘 지켜라."

단황몽이 반색하며 고개를 숙였다.

"감사합니다. 이 은혜는 잊지 않겠습니다."

단백우는 아직 여러 의문이 있었다.

천존이라면서 왜 그를 호위하는 십지가 없는지부터 시작해서, 어찌 예상보다 일찍 당도해 있는지, 그리고 왜 자신을 구하려고 하는지까지.

하지만 마기를 풀풀 날리며 다가오는 마교도들을 보며 고개를 저었다. 목숨이 경각에 처한 상황에서 한가하게 문답 놀이나 할 수는 없지 않은가!

그는 단황몽이 건네는 환약을 보며 물었다.

"이게 무엇이냐?"

"제가 조금 전에 먹은 겁니다. 천존께서도 드셨고요. 내공의 삼 할이 증폭되고, 심신이 청량해지는 게…… 대단한 영약 같습니다."

순간, 단백우의 머릿속에서 까마득히 잊고 있던 기억 하나가 떠올랐다.

그런 약이 화선부에 있었다.

잠력단(潛力丹)이라고.

그 단환의 효능과 부작용까지 기억하고 있었다. 백 일간 거의 힘을 쓰지 못하게 된다.

설마 이 약이 잠력단일까?

그는 아들이 빨리 먹으라고 떠미는 단환을 보며 잠깐 갈등했다.

께름칙했다.

자신이 지우고 싶은 기억 중 하나인 화선부를 떠올리게 했으므로.

하지만 천존도 이 약을 먹었다니, 백 일간 힘을 못 쓰지는 않을 거라는 생각도 들었다.

그냥 비슷한 약일 것이다.

그리고 설사 그런 부작용이 있다 해도 지금은 다른 선택의 여지가 없었다.

아무리 천존이라도 자신이 돕지 않으면 포위망을 뚫고 빠져나가기 어려울 것이다.

지금은 살아남는 것이 가장 중요했다. 살아야 뒷일도 생각할 수 있는 법이다.

그는 짧은 고민을 끝내고 환약을 삼킨 후 일어났다.

그동안 아들이 붕대로 배를 단단히 묶어주었지만, 확실히 불편했다. 하지만 지금 이런 문제로 불평할 때가 아니었다.

"천존만 믿겠습니다."

백운회가 비릿한 미소를 머금고 말했다.

"우린 제갈세가가 아니라 널 선택했다."

"......!"

"제갈천이 탐욕을 부린 죄를 우린 용서하지 않을 것이야."

단백우의 눈에 이채가 스쳤다.

십천백지는 이번 사태의 범인을 자신이 아니라 제갈천이라 생각하고 있는 것이었다.

그렇다면!

이곳에서 살아서 나가기만 하면 재기를 도모할 수 있게 된다. 자신이 마교주를 죽이지 못해서 패왕의 별이 될 수는 없겠지만, 그래도 나락으로 떨어지는 것은 피할 수 있었다.

그때, 정파의 우군과 마교의 선봉이 충돌하는 소리가 들렸다.

쏟아지는 장대비처럼 거대한 함성과 비명, 그리고 쇳소리가 허공을 두드렸다.

유마객과 악소, 그리고 마풍단이 의아한 표정으로 뇌황을 보았다.

손을 내리면서 척살령을 내려야 할 때가 지났다.

교주는 지금 무엇을 망설이고 있는 걸까?

아니, 이상한 것을 넘어서 교주의 안색이 창백해져 있었다.

유마객 태상 장로가 눈살을 찌푸리며 입을 열었다.

"교주님?"

"······."

"어서 이놈들을 처리하고 전장으로 가셔야지요."

뇌황은 침을 삼키며 심호흡했다. 그는 조금 전 자신의 고막에 파고든 전음에 충격을 받은 상태였다.

십천백지의 천존이라 정체를 밝힌 괴인이 보내온 전음.

[여전히 소심하군. 막상 나와 상대하려니 불안한가? 뭐가 불안해서 자신은 뒤로 빠지고 장로와 마풍단을 앞세우는 건가? 쯧쯧, 당신의 그릇은 예나 지금이나 종지만 해. 그러면서 패왕의 별을 꿈꾸다니.]

뇌황은 그 전음으로 상대가 누군지 명확하게 깨달았다.

천마검이다!

이놈이 결국 자신의 앞에 다시 등장한 것이다.

악소도 채근했다.

"교주님, 뭐하십니까?"

뇌황은 자신의 손이 떨리지 않게 하기 위해, 표정이 흔들리지 않기 위해 안간힘을 썼다.

지금 이놈이 천마검이란 것을 밝히면 어떻게 될까?

마교도라면 모두의 머리 깊게 각인되어 있는 이놈의 존재.

아군일 때는 희망이지만, 적일 때는 공포다.

상대가 천마검이란 것을 밝히면 이곳에서의 전투도 엉

망이 되어버릴 수 있다.

불과 한 명이지만, 천마검은 그런 존재였다.

뇌황의 머릿속이 핑핑 돌아갔다.

천마검 역시 자신의 존재가 드러나면 좋지 않을 것이
다. 정파를 도와 본 교를 공격했다는 사실이 드러나면 그
의 명성은 물거품처럼 사라진다.

그 사실을 밝히면 자신이나 놈, 둘 다 무너지게 되는
것이다.

그러나 뇌황은 이내 탄식을 흘렸다.

자신이 놈의 정체가 천마검이라고 밝혀도, 놈이 잡아떼
면 입증할 방법이 없었다. 놈을 죽여 분명 인피면구일 저
가면을 벗겨내지 않는 이상.

천마검의 망령에서 벗어나지 못했다며 조롱만 당하기
십상이다.

뇌황은 주변의 수하들을 보았다.

자신과 이들이 힘을 합치면 저놈을 잡을 수 있을까?

작년, 비수에 가슴을 찔리고 절독에 당한 천마검에게도
일방적으로 밀렸는데?

저놈은 인간이 아니다. 신이 실수로 탄생시킨 괴물이다.

특히 저놈은…… 자신만은 어떻게든 죽이려 할 것이다.
그리고 자신은 그것을 막아낼 수 없었다. 그렇다고 계속
수하들 뒤에 숨어서 도망치는 모습을 보이는 것은 더욱

절망스러운 수치였다.

하지만 살려 보낸다면?

천마검 백운회는 자신을 건드릴 수 없다. 본 교를 배신하는 행위이므로.

그러나 지금 놈은 날뛸 수 있고, 자신을 죽일 수도 있었다. 십천백지의 천존이니까.

혈령이 짜증스러운 기색으로 말했다.

"교주님, 어서 명을 내려주십시오."

뇌황이 어금니를 악물었다가 입을 열었다, 속으로 통곡하며.

"보내주면…… 갈 텐가, 천존."

유마객과 악소, 그리고 마풍단 전원이 기함했다. 자신들이 교주가 한 말을 잘못 들은 것은 아닌지 옆의 동료를 보며 눈으로 확인할 정도였다.

단백우와 단황몽도 눈을 치켜뜨고 멍한 표정을 지었다.

백운회는 하얗게 웃었다.

그건 명백한 조소.

아직도 손을 들고 있는 뇌황은 힘껏 입술을 깨물었다. 찢어진 입술에서 핏방울이 흘러나왔다.

"아직, 아직은…… 십천백지와 충돌하고 싶은 생각이 없다."

악소가 성난 어조로 끼어들었다.

"그 무슨 말도 안 되는 소립니까?"

뇌황이 크게 숨을 내쉬고 대꾸했다.

"나중에…… 나중에 사정을 말해주겠소. 지금은 본 교의 흥망성쇠가 달려 있는 전투가 한창. 본좌를 믿고 참아주시오."

"말도 안 됩니다. 무림맹주를 그냥 살려 보내다니요!"

유마객 태상 장로도 화를 내려다가 갑자기 몸을 흠칫 떨었다. 그러더니 백운회를 뚫어지게 보다가 이를 악물었다.

고민이 가득한 표정이 그의 얼굴에 나타났다가 사라졌다. 이윽고 그의 입술이 열렸다.

"지금은…… 교주님의 말씀을 따르세."

악소와 마풍단이 또 멍청한 표정을 짓고 말았다. 단백우와 단황몽도.

뇌황이 굴욕으로 붉게 상기된 낯빛으로 말했다.

"마풍단은…… 저들의 퇴로를 열어라."

혈령 단주가 뇌황과 유마객을 번갈아 쳐다보다가 물었다.

"십천백지가 두려워 무림맹주를 살려주자는 것, 이 일의 후폭풍을 감당하실 수 있겠습니까? 천하일통을 꿈꾸는 우리가 십천백지가 두려워 이런 말도 안 되는 짓을 하는 게 합당하다고 생각하십니까?"

뇌황이 다시 말했다.

"모든 책임은 내가 진다. 퇴로를 열어라."

"교주님! 미치지 않고서야 대체 왜?"

그 순간, 악소가 이형환위를 이용해 백운회에게 달려들었다.

쇄애액.

그의 기형도가 섬전처럼 백운회의 정수리를 향해 내리꽂혔다.

악소는 이 한 번의 공격에 자신의 모든 공력을 실었다. 단숨에 끝내지 못하면 지금 머리가 이상해 보이는 교주와 유마객 태상 장로가 방해할 테니까.

단칼에 죽이면 된다. 그럼 결국 교주도 자신의 잘못을 깨달을 것이다. 설사 교주가 반발하더라도 후회는 없었다.

정파 따위에게 이런 굴욕을 당할 거라면 중원으로 들어서지도 않았을 테니까.

파앗.

눈에 보이지도 않을 정도의 쾌도가 백운회의 머리를 가르려고 했다. 그런데 악소는 그 순간 뭔가가 잘못됐다는 것을 직감했다.

놈이 피식 웃고 있었다.

"컥!"

악소는 입을 쩍 벌리며 고통의 단말마를 토해냈다. 놈이 어느 사이에 자신의 목을 커다란 손아귀로 움켜쥐고 비틀었다.

투툭!

악소의 목뼈가 부러지며 몸이 축 늘어졌다.

그것을 본 모두가 입도 벙긋 못했다. 특히나 뇌황의 눈에는 짙은 절망감과 공포가 깃들었다.

더 강해졌다.

훨씬 더.

자신도 작년의 일로 미친 듯 무공을 수련하고 제법 만족할 만한 성취도 얻었지만, 놈은 언제나 그래왔듯이 상상을 훌쩍 뛰어넘는 모습으로 다시 나타났다.

그리고 직감했다.

천산수사로부터 전해진 보고, 천마검이 마신지경에 올랐다는 말이 사실이었음을. 말도 안 되는, 터무니없는 보고라 여겼는데…….

백운회는 뇌황을 뚫어지게 보며 빙그레 웃었다.

"헤어지려니 아쉽군."

"……."

"생각이 바뀌면 지금이라도 덤벼. 십천백지 천존의 힘을 보여주지. 후후후."

"……."

백운회는 돌아서고는 눈을 찡그렸다.

여전히 퇴로를 막고 있는 마풍단.

백운회가 고개를 들어 뇌황을 보았다.

"마풍단…… 다 죽일까?"

뇌황은 다시 입술을 질끈 깨물었다. 참담함이 지나쳐 숨 쉬는 것조차 힘겨울 정도였다. 그가 과한 분노로 바로 대꾸하지 못하자 유마객이 한숨과 함께 나섰다.

"마풍단은 당장 물러나라."

혈령이 발끈하려다가 멈췄다. 유마객의 전음이 그에게 전해진 것이다.

혈령의 눈동자가 거칠게 흔들리더니, 백운회를 뚫어지게 보았다.

"너, 너는……."

백운회가 혈령을 쏘아보며 말했다.

"그렇게 죽고 싶소?"

혈령은 입술을 꽉 깨물었다.

그의 꽉 쥔 주먹이 거칠게 떨렸다. 잇새로 새어 나오는 호흡이 불규칙하게 격해졌다. 으드득, 이를 가는 소리도 흘러나왔다.

그러나 그는 눈을 감고 탄식하듯 말했다.

"길을…… 터라."

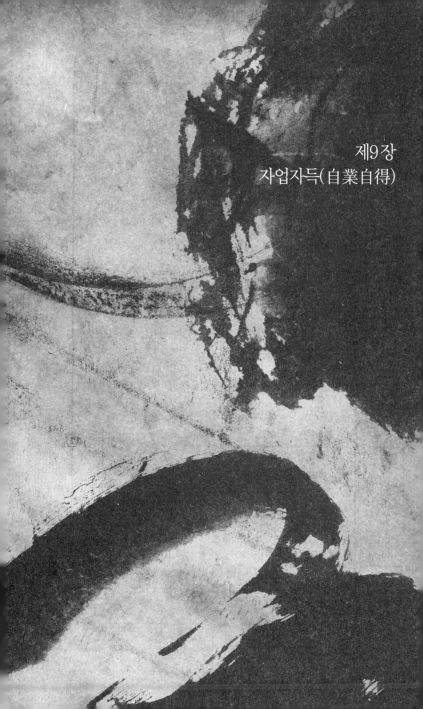

제9장
자업자득(自業自得)

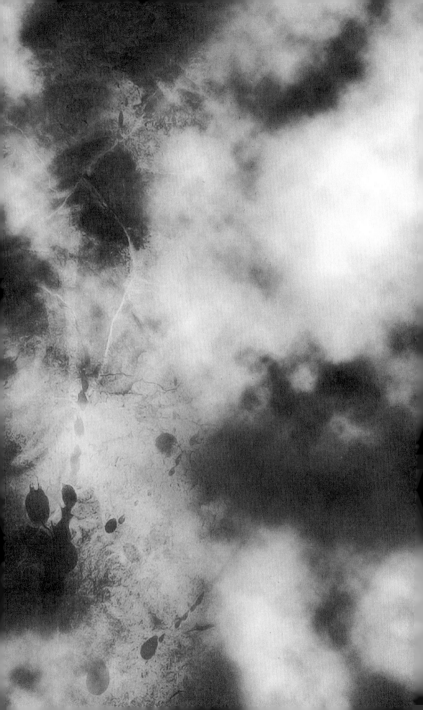

1

수인산.

정파의 좌군이 오기를 기다리며 매복하고 있는 일천의 흑천련 무사들은 피곤한 기색이 역력했다.

사천에서 천류영에게 패한 후, 이곳까지 오느라 달포 가까운 강행군을 했다. 그런데 제대로 휴식도 취하지 못 하고 전투에 나서게 되었으니, 피로도 피로지만 불만이 만연했다.

사황궁의 궁주, 사혈강 옆에 있던 독문의 내원주가 또 불평을 해 댔다. 물론 뒤쪽에 매복해 있는 수하들의 사기 를 고려해 낮은 목소리로.

"마교주와 마갈 군사가 우리를 패잔병인 양 취급하고 있습니다. 그러지 않고서야 하필 오늘을 교전일로 잡을 리가 없지요. 안 그렇습니까, 궁주님?"

사혈강은 쓴웃음을 깨물며 내원주를 보았다.

패잔병 취급이 아니라 패잔병이 맞지 않는가.

"글쎄, 교전일은 우리가 아니라 정파 쪽에서 잡은 것으로 알고 있는데. 그 정보를 미리 간파한 마갈 군사가……."

혈기방장한 내원주가 답답하다는 듯이 주먹으로 제 가슴을 쳐 대며 말을 끊었다.

"그럼 군영을 뒤로 물리면 되는 것 아닙니까? 이삼 일만 그렇게 물러난 뒤, 그다음에 싸우면 우리도 휴식을 취하고 전력에 큰 보탬이 될 터인데."

"……."

"굳이 정파가 원하는 날에 맞춰서 싸우는 건, 우리를 전혀 배려하지 않는 겁니다."

사혈강은 가뜩이나 머리가 복잡한데 괜히 대꾸했다고 생각하며 침묵했다.

독문 내원주의 말이 전혀 일리가 없는 건 아니나 투정에 가까웠다. 정파의 책략을 간파했는데, 그 정보를 이용하지 않는 것은 어리석은 짓이기 때문이다.

사혈강이 입을 닫았음에도 내원주는 옆에서 계속 쫑알

거렸다. 그래서 결국 사혈강이 입을 열었다.

"어쨌든 우리도 전공을 세울 기회를 가졌네. 지금은 그것으로 만족해야지."

내원주가 어이없다는 기색으로 물었다.

"정말 그렇게 생각하십니까?"

"무슨 뜻인가?"

"아무리 우리가 매복 기습을 한다고 해도 정파 좌군은 삼천의 정예라고 했습니다. 초반에야 정파 놈들을 혼란에 빠트릴 수 있겠지만……."

내원주가 말꼬리를 흐렸다. 결국 힘에 부쳐 자신들이 밀릴 것이란 말을 차마 하지 못한 것이다.

모처럼 사혈강이 고개를 끄덕이며 동의했다.

"그래, 쉽지 않은 싸움이 될 거네."

내원주가 냉큼 말을 받았다.

"물론 마갈 군사의 말마따나 초반에 정파 놈들을 최대한 흩어놓는 데 성공한다면 이길 수 있겠지요. 하지만 아무리 생각해도 쉬운 일이 아닙니다."

"……."

"궁주님을 못 믿는 건 아니지만, 상황에 맞춰 적절한 지시도 쉽지 않을뿐더러, 수하들이 일사불란하게 움직일 체력이 남았는지도 장담하기 어렵습니다. 승리하더라도 피해가 아주 클 겁니다."

사혈강이 다시 고개를 끄덕이고는 대꾸했다.

"아네. 하지만 어쩔 수 없지 않은가. 이건 우리에게 주어진 마지막 기회란 말일세."

내원주의 눈이 동그래졌다.

"예? 그건 무슨 말씀이십니까?"

"마교주와 마갈 군사는…… 우리에게 이렇게 말하고 있는 거네. 이번 작전을 성공리에 수행하면 패배의 책임을 묻지 않고 계속 함께해 주겠다고. 무림을 일통한 후에 우리에게도 콩고물을 나눠 주겠다는 말이지. 하지만 실패하면…… 폐기 처분하겠다는 최후통첩이고."

"……!"

"자네는 아직도 우리의 상황과 우리가 어떤 일을 해야 하는지 정확하게 이해하지 못하고 있군. 우린 오늘 여기에서 반드시 작전을 성공시켜야 하네. 정파인들을 몰살시키지 못해도 괜찮아. 중요한 건 정파 좌군이 전장에 당도하는 시간을 최대한 지연시키는 것이니까."

내원주가 눈을 껌뻑거리다가 반박했다.

"하지만 마갈 군사는 분명 우리에게 정파 좌군을 모조리 쓸어버리라고……."

사혈강이 혀를 차며 말을 끊었다.

"쯧쯧, 똑같은 말을 들었지만 자네와 내 해석은 천양지차군. 하긴 마갈 군사의 입장에서는 우리가 어떻게 이해하고 움직이든 상관없을 테지만."

내원주는 입술을 꾹 깨문 채 침묵하다가 말했다.

"그럼 궁주께서는 적당히 싸우다가 물러나서 마교와 합류할 생각이십니까?"

"사실 그 문제를 고민하고 있었는데, 결정이 쉽지 않군."

"……?"

"자네 말처럼 움직일 수도 있고, 정반대로 할 수도 있지."

내원주의 눈이 가늘어졌다.

"반대라 하시면?"

"적당히 몰아붙이다가 뒤로 빠지는 거지. 그럼 정파 놈들은 우리를 쫓기보다는 전장으로 바삐 움직이려 할 수도 있어."

"그럴 수도 있겠군요. 정파의 중군과 우군이 걱정될 테니 말입니다."

"그래. 그럼 우리는 몰래 그들의 뒤를 쫓아서 마교와 충돌했을 때 그 뒤를 치는 거지."

내원주가 반색하며 손뼉을 쳤다.

"후자가 훨씬 낫지 않겠습니까? 정파 좌군을 마교와 함께 앞뒤에서 공격하면 우리도 돋보일 테고 말입니다. 고민하고 자시고도 없는 겁니다."

사혈강은 쓰게 웃고 대꾸했다.

"만약 정파 우군이 전장으로 가지 않고 우리를 쫓는다면? 그럼 우리는 도망가다가 몰살당할 위험이 있네."

"아, 그렇군요. 하지만 어떤 것을 선택하든 서둘러 결정을 내려야지요. 지금까지 혼자 고민만 하시다니……."

그는 이런 얘기를 여태 자신에게 하지 않은 사혈강이 섭섭했다. 물론 사혈강이 아직 결정하지 못했다고는 하지만, 같이 고민이라도 했으면 좋았을 텐데.

그 표정을 보고 속내를 간파한 사혈강이 말했다.

"그게…… 미리 결정을 내리기보다는 정파의 대처에 따라 유연하게 판단할 필요가 있다고 생각했다네. 정파 놈들이 미숙하게 대처해 사방으로 흩어지면 우리가 각개격파할 수도 있는 거니까. 어떻게 움직일지 확정해 놓으면 오히려 미리 결정한 것에 얽매여 굼떠질 수도 있으니 말일세."

내원주가 조금은 이해가 간다는 얼굴로 고개를 끄덕였다. 확실히 오랜 강행군에 지친 사람들에게 복잡한 지시를 미리 하달하는 건 득보다 실이 많았다.

"일리가 있습니다. 이럴 때는 그저 현장에서 내려오는 지시대로 싸우는 게 속 편하긴 하지요. 그래도 다음부터는…… 저에게는 미리 말씀해 주십시오."

사혈강은 잠깐 침묵했다.

차마 내원주에게 당신의 가벼운 입이 제일 걱정되었고, 그로 인해 수하들의 부담이 가중되는 꼴을 보기 싫어 그랬다고는 말할 수 없어서.

"어쨌든 이번 매복 작전에서 가장 중요한 것은, 상황에 맞춘 정확한 임기응변이라고 할 수 있겠지. 쉽지 않은 일이야. 쓸 만한 책사가 한 명만이라도 있으면 좋았을 텐데."

사혈강의 말에 내원주가 이맛살을 살짝 찌푸렸다. 방금 사혈강의 말을 듣고는 철천지원수가 떠오른 것이다.

무림서생 천류영.

사혈강도 무림서생이 떠올라 씁쓸한 얼굴로 침묵했다.

사지를 찢어 죽여도 시원치 않을 놈이지만, 그런 인물이 옆에 있다면 얼마나 좋을까, 라는 역설적인 생각에 둘은 입맛만 다셨다.

한참 그렇게 있다가 사혈강이 눈살을 찌푸리며 입을 열었다.

"너무 늦는군. 모습을 보일 때가 지난 것 같은데. 설마 이쪽 길이 아니라 다른 쪽으로 이동한 건가?"

내원주가 동의하려는데, 뒤쪽에서 거대한 함성이 일었다.

"와아아아아!"

"흑도의 쥐새끼들을 처단하자!"

"공격하라!"

사혈강을 비롯해 매복한 모두의 얼굴이 창백해졌다.

쩽, 쩽, 째앵! 쩌어어어엉!

"으아아아악!"

"마, 막아라! 막아야…… 크흑."

독문 내원주가 발을 동동 구르다가 사혈강을 보았다.

"궁주님! 어떻게 합니까? 바, 반격합니까?"

사혈강은 이를 악물고 갑자기 뒤에서 들이닥친 정파인
들을 빠르게 훑어보았다.

"이놈들! 내가 남궁세가의 검성이다!"

그의 검이 번쩍하며 움직일 때마다 수하들의 목이 떨어
져 나갔다. 그의 좌우와 뒤에서 강호에서 위명이 쟁쟁한
남궁세가의 금검단이 모습을 드러냈다.

오른쪽에는 소림사와 화산파의 매화단, 왼쪽으로는 개
방의 고수들과 무림맹의 천붕대원들이 함성을 지르며 노
도처럼 들이닥쳤다.

사혈강은 힘없이 고개를 젓다가 빽! 고함을 내질렀다.

"전원 퇴각하라! 흩어져 마교와 합류하라!"

작전이 간파된 상황에서 정파의 정예와 정면충돌은 자
살행위나 다름없었다. 또한 워낙 흩어져 매복하고 있었기
에 전열을 재정비할 겨를 따위도 없었다.

지금은 각자도생(各自圖生), 이것이 최선이었다. 피해

가 크겠지만, 몰살보다는 나을 테니까.

도망치던 사혈강은 비오는 하늘을 우러르며 탄식했다.

"내가 어쩌다 이 지경까지……."

대체 어디서부터 자신이 이렇게 몰락의 길을 걷게 된 것일까?

사천에서 천류영에게 패했을 때부터?

맞다.

그 직전까지만 해도 자신은 흑도의 동료들과 무림을 일통할 생각에 들떠 있었으니까.

그때, 불현듯 한 사내가 뇌리를 스치고 지나갔다.

천마검 백운회.

자신이 그를 배신하지 않고, 등에 칼을 꽂지 않았다면 어땠을까? 천마검과 함께였다면 이리 무기력하게 연이은 패배를 당하지는 않았을 터인데.

"그렇군. 천마검을 배신했을 때부터였어."

천마검과 무림서생이 그의 머릿속에 떠올라 자신을 괴롭혔다. 하지만…… 이제 와 하는 후회는 부질없는 짓이다.

뒤에서 도망치는 수하들의 비명 소리가 그의 가슴을 찢었다.

차라리 맞서 싸우다가 장렬하게 죽는 것이 나았을까? 그러면 명예라도 지킬 수 있지 않았을까?

그러나 이미 후퇴령을 내린 상황. 이 역시 부질없는 생각이었다.

＊　　　　＊　　　　＊

　철퍽, 철퍽!

　서서히 열리는 포위망을 향해 걸어가는 백운회의 입가가 삐뚜름히 올라갔다.

　무시, 경멸, 그리고 비웃음.

　물러서는 마풍단원들이 백운회의 그런 표정을 보며 모멸감에 치를 떨었다.

　굴욕감을 이기지 못한 한 단원이 교주를 향해 부복하며 외쳤다.

　"교주님! 죽이게 해주십시오!"

　용기를 낸 그를 시발점으로 태반의 마풍단원들이 간절한 눈빛으로 교주를 보았다.

　방금 내린 명을 재고해 달라고!

　이 광오한 사내를 공격하게 해달라고!

　만약 마풍단이 아닌 다른 무력 조직이었다면 감히 교주에게 이런 무례를 저지르지 못했을 것이다. 그러나 마풍단은 천마신교 내에서도 엄선된 최정예였으며, 특히나 대부분이 오대마가의 명문 출신이라 자존심이 드높았다.

그런 마풍단원들은 작금의 상황을 도저히 받아들이기 어려웠다. 상식이 무참하게 깨져 나가는 이러한 상황을.

백운회가 스산하게 웃었다.

"크크크큭."

그의 여유로운 조소에 마풍단원들이 뿜어내는 살기가 더욱 강렬해졌다. 동시에 교주를 향한 눈빛은 더욱 간절해졌고.

그러나 뇌황을 비롯한 수뇌부는 마풍단의 시선을 애써 외면했다.

뇌황은 분노로 소매 속에 숨긴 주먹을 떨며 마풍단원의 간청에 대꾸했다.

"불허한다."

백운회의 웃음소리가 커졌다.

"크하하하하!"

뇌황은 귀를 막고 싶은 것을 참으며 돌아서서 앞으로 걸었다. 심장을 태워 버릴 것 같은 분노가 가슴속에서 휘몰아쳤다.

마갈이 지휘하는 수하들과 정파의 우군이 격렬하게 충돌하고 있었다.

뇌황은 사자후를 터트리며 앞으로 이동했다.

"으허허엉!"

쏟아지는 장대비와 대기가 진저리를 쳤다. 뇌황은 가슴

속에 치미는 울분을 풀기 위해 정파 우군을 향해 날듯이 달렸다.

유마객이 그 뒤를 따르자 혈령 단주도 마풍단원들을 향해 말했다.

"지금은 큰 전투가 우선. 정파의 우군을 박살낸다."

부복한 수하가 이맛살을 찌푸리며 입을 열었다.

"아무리 그렇더라도 무림맹주입니다. 정녕 이자들을 이리 보내실……."

혈령이 그의 말을 끊었다.

"더 이상 항명하면 하극상으로 즉결 처분하겠다."

"……."

혈령까지 발을 떼자 마풍단도 따를 수밖에 없었다. 그렇게 마교도가 이동하자, 단황몽이 안도의 한숨을 내쉬었다.

단백우와 나란히 백운회의 뒤를 따르던 그는 전선과의 거리가 어느 정도 멀어지자 조심스럽게 입을 열었다.

"천존, 이제 아군에 합류해야 하지 않습니까?"

백운회가 뒤도 돌아보지 않고 대꾸했다.

"아직이야. 다시 전장에 끼어들려는 기미만 보여도 마교주가 득달같이 달려들 거다. 그 인간을 너무 궁지로 몰지 마라. 궁지에 몰린 쥐는 종종 고양이를 물기도 하는 법이니까."

단황몽은 고개를 갸웃거렸다. 조금 전부터 든 생각이지만, 왠지 모르게 천존은 마교주를 잘 알고 있는 것 같았다.

"하지만 그렇다고 우리만 전장에서 빠져나간다면, 세상은 아버지와 저를 겁쟁이라 욕할 것입니다."

전투에서 패하더라도 아군과 함께 후퇴해야 한다. 자칫 탈주자로 몰리면 망신을 넘어 반역자로 찍힐 공산도 컸다.

단황몽은 입술을 꾹 깨물었다가 말을 덧붙였다.

"아울러 천존께서도 그런 오명을……."

그의 말은 백운회의 웃음에 의해 끊겼다.

"크크크, 오명이라……. 크하하하하!"

단황몽은 천존의 반응이 당최 이해가 되지 않았다. 아니, 따지고 보면 천존뿐만 아니라 마교도들도 마찬가지였다.

왜 자신들을 그냥 놓아준 걸까?

십천백지의 명성이 대단하긴 하지만, 마교주의 언행은 자신의 상식을 훌쩍 뛰어넘는 것이었다.

혹시 십천백지와 뇌황 사이에 자신이 알지 못하는 과거가 있는 건 아닐까?

백운회가 웃음을 멈추고 고개를 주억거렸다.

"그래, 맞아. 세상은 무림맹주 검황을 겁쟁이라 비난하겠지."

"예. 그러니까 속히 전선을 우회해서 아군에 합류해야⋯⋯."

순간, 백운회의 뒤를 따라 걷던 단백우가 발을 멈췄다. 그에 단황몽도 따라 멈췄고, 백운회도 몸을 돌렸다.

단백우가 말했다.

"너는⋯⋯ 누구냐?"

단황몽이 의아한 표정으로 반문했다.

"누구라니요? 십천백지의 천존⋯⋯."

단백우가 손을 들어 아들의 말을 제지시키고는 다시 물었다.

"너는 정파인이 아니다. 마교주와 안면도 있는 것 같은데, 대체 정체가 뭐냐?"

그제야 단황몽의 얼굴도 굳었다. 그의 머릿속이 어지러워졌다.

설마 했는데 정말 천존이 아니란 말인가? 그럼 왜 적진 한복판까지 들어가서 아버지를 구했을까?

백운회는 대답 없이 하얗게 웃다가 시선을 전장으로 이동시켰다.

폭우가 쏟아지는 가운데 천마신교와 정파가 격렬한 교전을 벌이고 있었다.

마인들은 지금껏 싸우느라, 그리고 정파인들은 아군의 위험을 목도하고 허겁지겁 달려오느라 지쳐 있었다.

굳이 피로도를 따지자면 마인들이 더 높을 것이다. 하지만 저 전장에 있는 마인들에게 그 정도의 피로야 큰 문제가 되지 않는다. 몇 시진이라도 싸울 수 있는 고수들이 득실거리니까.

무엇보다 지옥무저갱의 악마들은 며칠 밤을 꼬박 새우며 싸울 수도 있는 괴물들이다. 그런 지옥 속에서 살아온 놈들이니까.

백운회가 교전을 잠깐 훑다가 피식 웃었다.

제갈천 총군사는 지옥무저갱의 악마들이 얼마나 위협적인지 경험했기에 부대의 앞쪽에 정예의 삼 할을 집중 배치시켰다.

그럼에도 지옥무저갱의 악마들은 거침없이 정파 우군의 선두를 깨부수며 안으로 파고들었다. 그 과정에서 지옥무저갱 악마들도 숱하게 죽어 나갔지만, 마교의 수석 군사 마갈은 아랑곳하지 않고 연신 돌격령을 하달했다.

많은 고수를 잃는 무모한 작전이지만, 효과는 탁월했다. 정파 우군의 전선이 동강 날 위험에 처하며 혼란에 빠져든 것이다.

그에 제갈천은 부대 곳곳에 있는 정파의 고수들에게 지옥무저갱의 악마들부터 처리하라고 지시를 내렸다.

부대가 쪼개질 상황에서 어쩔 수 없는, 정석적인 대처였다.

그렇게 정파의 고수들이 내부로 몰리자 마갈은 마치 기다렸다는 듯이 부대를 둘로 나눠 정파의 좌우 측면을 집중 공격했다.

마갈의 전황 판단과 그에 따른 지시는 정확했고, 부대는 일사불란하게 움직였다. 그에 비해 정파의 움직임은 마교에 비해 기민성이 떨어졌다.

바로 대규모 전투를 경험한 자들과 그렇지 못한 자들의 차이.

지켜보던 백운회의 입술이 열렸다.

"곧 좌우 전선이 붕괴되겠군."

백운회는 전장에서 시선을 뗐다.

전투가 끝나기엔 아직 멀었다. 그러나 이미 그 결말은 훤히 보였다.

정파는 지옥무저갱의 악마들을 대부분 제거할 수 있을 것이다. 그러나 전선이 와해되어서 대패할 것이다.

어쩌면 제갈천은 그걸 알면서도 지시를 내렸을지도 모른다. 이번에도 전황이 빠르게 패배로 기울자 제갈천은 주요인으로 지옥무저갱의 악마들을 꼽았을 것이다. 그러니 패하더라도 다음 전투를 위해서 지옥무저갱의 악마들만큼은 정리하겠다는 생각을 했을지도.

백운회는 중얼거리듯이 혼잣말했다.

"마갈…… 확실히 저 인간은 소름 끼치도록 냉정한 구

석이 있어."

지옥무저갱의 악마들을 이번 전투에서 폐기할 결단을 내린다는 것은 결코 쉽지 않은 선택이었다. 두고두고 부려 먹는 것이 긴 전쟁을 수행하는 데 더 나을 수 있을 텐데 말이다.

하지만 마갈은 대승을 위해 그들을 과감하게 버렸다.

즉, 마갈은 이번 전투의 중요성을 누구보다 잘 알고 있는 것이다.

대국을 정확하게 꿰뚫는 안목.

정파로 하여금 반론조차 펼 수 없게 만드는 압도적인 승리가 필요한 시점이었다. 왜냐하면 사천에서의 패배를 극복할 전기가 필요했으니까.

단백우가 어금니를 깨물며 또다시 질문을 던졌다.

"네놈은 누구냐고 물었다."

그의 호흡이 꽤나 거칠었다. 사실 그는 아군과 합류하기 위해 움직여야 했다. 그런데 움직일 수가 없었다.

왜냐하면 저 정체불명의 사내에게서 흘러나오는 기도 때문이었다. 뒤로 움직이려는 시늉만 해도 당장 그가 덮쳐 올 것 같은.

그게 겁이 났다.

어처구니없지만, 정말로 두려웠다.

단백우는 그렇게 가슴속에 드리우는 두려움을 인정할

수가 없어서, 자신이 배에 부상을 입었기 때문이라고 자위했다. 뱃가죽이 찢어지지만 않았더라면 저깟 놈을 두려워할 이유가 없다고.

백운회는 여전히 대답하지 않았다.

그러자 단백우는 더 이상 지체할 수 없다고 판단하고는 아들의 팔을 잡고 천천히 뒤로 물러났다, 백운회를 차가운 눈으로 경계하면서.

단황몽의 백운회를 바라보는 눈에도 수상쩍음이 짙어졌다.

"설마…… 진짜로 우리를 겁쟁이로 만들려는 것이 당신의 의도요?"

의심은 가지만, 아직 확신까지는 못한 상태. 그러려고 마교의 부대 깊숙이 들어와 아버지를 구했다는 것은 자신의 상식으로는 도저히 이해가 되지 않았다.

단백우가 짜증난 기색으로 아들의 말을 받았다.

"네 말이 맞다. 저 인간은…… 나를 죽음보다 더한 굴욕으로 몰아세우고 있는 거다. 네 말마따나 나를 세상의 조롱거리로 만들려는 게야."

단백우는 백운회를 노려보며 말을 이었다.

"나는 지금 바로 아군과 합류할 것이다. 네가 누군지는 모르겠으나, 나는 무림맹주 검황이다. 네 수작질에 놀아날 만큼 만만한……."

단백우가 말을 끝맺지 못하고 눈을 부릅떴다. 그의 안

면 근육이 거칠게 떨리더니, 이내 경련이 전신으로 퍼져 나갔다.

갑작스러운 변화에 단황몽이 놀라 외쳤다.

"아버지! 왜 그러십니까?"

단백우가 주먹을 불끈 쥔 채 떨면서 백운회를 죽일 듯이 쏘아보았다.

"네놈, 네놈이 감히……."

백운회가 씩 웃고 입을 열었다.

"시간이 됐군, 너의 내공을 회수할 시간이."

그의 말이 끝나기 무섭게 단백우가 토악질을 했다.

"크허허억!"

단말마와 함께 검은 피가 입에서 쏟아졌다. 단황몽이 아연한 낯빛으로 외쳤다.

"독(毒)?"

2

단백우는 신형을 휘청거리며 일갈했다.

"으드득, 대체 네놈은 누구인데…… 나와 무슨 억하심정이 있다고!"

백운회가 어깨를 으쓱거리고는 말했다.

"이런, 안됐군. 그런 몸 상태로는 전투에 합류할 수 없잖아. 쯧쯧, 이것으로 당신은 세상의 조롱거리가 되는 것을 피할 수 없는 운명이군."

백운회의 비아냥에 단백우는 이를 갈았다.

"으으으, 나는…… 싸울 것이다. 네놈의 흉계 따위에 굴복할 수는…… 크으으으."

"신선폐를 섞어 만든 맹독이야. 후후후, 네 공력이 아무리 심후해도 내공을 끌어올리기가 쉽지 않지? 게다가 단전이 부서지는 느낌도 들기 시작할 텐데, 그런 몸으로 어떻게 싸우겠다는 거지?"

"대체 네놈은 누구인데……."

"전장에서 죽는 영광을 너 따위에게 용납할 수 없다. 그건 네게 사치니까."

멍한 표정으로 지켜보던 단황몽이 충격에서 벗어나 칼을 빼 들었다.

"나를 속였구나! 독을 주다니!"

"달라고 하기에 줬을 뿐이야."

"어디서 그런 궤변을……."

"홋, 그럼 덤비든지."

"……."

"단숨에 네 목을 따주마."

단황몽의 얼굴에 참담함이 어렸다. 그는 이러지도 저러지도 못하다가 윽박질렀다.

"원하는 게 있을 터, 그게 뭐냐? 무엇이든 들어줄 테니 해독제를 내놓아라. 어서 당장!"

백운회는 담담한 얼굴로 단백우를 향해 말했다.

"한시라도 빨리 은신할 만한 곳을 찾아서 운기행공하면 죽진 않을 거야. 하지만……."

백운회는 품속에서 작은 환약을 꺼내며 말을 이었다.

"이 해독제가 없으니 공력의 상당 부분은 잃을 수밖에 없어. 유감이다."

단황몽이 해독제를 보고 앞으로 발을 내디뎠다가 멈췄다. 환약이 백운회의 엄지와 검지 사이에서 뭉개지며 진창으로 떨어졌다.

"이노오오옴!"

단백우가 백운회를 향해 달려들려다가 다시 검은 피를 내뱉으며 휘청거렸다. 놀란 단황몽이 급히 단백우를 부축하고는 눈물을 쏟아냈다.

"대체 왜? 왜 우리에게 이런 짓을 하는 거냐? 왜?"

"자업자득, 뿌린 대로 거두는 거지."

"그건 또 무슨 헛소리냐?"

"한 여인을 속이고 얻은 내공, 다시 가져가는 것뿐."

순간, 단백우의 눈동자가 거칠게 흔들렸다. 단백우의 비밀을 유일하게 알고 있는 단황몽도 숨을 들이켰다.

단백우가 하얗게 질린 낯빛으로 물었다.

"설마…… 화선부냐?"

백운회가 차가운 미소로 대꾸했다.

"화선부주에겐 딸이 있었지."

단백우의 볼이 씰룩거렸다.

기억한다. 과부였던 화선부주에게 딸이 있던 것을. 이름은 잊었지만.

화선부를 불태우던 날, 운 좋게 빠져나간 계집. 그 계집을 추적하느라 한동안 애를 썼지만, 결국 놓쳐 버렸다. 그것이 한동안 찜찜했는데, 이렇게 화로 돌아올 줄이야.

백운회가 고개를 들어 쏟아지는 비를 얼굴로 맞으며 말했다.

"하연."

단백우는 미간을 찌푸렸다. 맞다. 기억이 떠올랐다. 그 계집의 이름이다.

백운회는 눈을 감고 미소를 머금었다. 쏟아지는 비가 갑자기 불어온 바람에 이리저리 흩날렸다.

"내가 누구냐고 물었나?"

"……."

"너를 세상의 정점에서 바닥까지 끌어내릴 사람. 그냥 죽이는 것으로는 분이 풀리지 않아서, 네놈이 살아있는 순간순간을 비참하게 만들어줄 사람."

"……."

"하연의 남자다."

그 말을 끝으로 백운회가 돌아섰다.

단백우는 참기 힘든 모욕에 입술을 깨물었다. 그러고는 상대가 등을 보이자마자 몸을 날렸다.

비겁?

지금 그딴 게 중요한 게 아니었다. 분명 저놈 품속에 해독제가 또 있을 것이다. 이대로 놈을 보내면 자신은 그야말로 만신창이가 되고 만다.

여기까지 올라오는 데 얼마나 많은 역경이 있었는데, 그 모든 것을 뚫고 왔는데, 이대로 포기할 수는 없었다.

슈각!

단백우의 검이 허공을 갈랐다. 그 모습을 본 단황몽이 반색했다가 어깨를 축 늘어트렸다.

분명 베었다고 생각했는데, 잔상이었다. 어찌나 빨리 움직였는지, 그는 잔상을 남기며 한 걸음 물러서 있었다.

백운회가 피식 웃으며 돌아서 단백우를 보았다.

"호오, 중독된 것치고는 빠르군. 하지만 뇌황과 싸울 때와 비교하면 많이 느려졌어."

"크허허억!"

단백우가 다시 검은 피를 쏟아냈다. 그의 손이 경련을 일으키며 검도 흔들렸다.

쇄액.

그의 검이 다시 백운회를 노렸다. 그러나 또 한 걸음 물러나며 검격을 피했다.

"네놈을, 네놈을…… 당장 해독제를 내놓아라."

쇄액.

다시 허공만 긁어 대는 단백우의 검.

백운회는 똑같이 뒤로 물러났다가 검이 지나가자 발을 내디뎠다.

턱.

그의 왼손이 단백우의 목을 움켜쥐었다. 동시에 오른 주먹이 단백우의 얼굴 가운데를 찍었다.

콰직!

"크어억!"

단백우의 잘생긴 코가 뭉개지며 주저앉았다.

콰직, 콰직, 콰직.

단백우의 입에서 부러진 이가 몇 개 튀어나왔다. 그는 고통에 치를 떨면서도 검을 휘둘렀다.

턱.

검을 쥔 손목이 백운회의 손아귀에 잡혔다.

투투툭.

"끄아아아악!"

단백우는 손목뼈가 부러지는 고통에 비명을 질렀다. 백 운회는 그런 단백우를 보다가 목을 놓았다. 그러자 그가 땅에 힘없이 풀썩 주저앉았다.

"검황, 내 인내심을 더 이상 자극하지 마라."

"해, 해독제를⋯⋯. 제발, 네가 달라고 하는 것은 무엇이든 줄 수 있다. 그러니 제발."

백운회는 덜덜 떨면서도 감히 달려들지 못하는 단황몽을 흘끗 보고는 말했다.

"그 애비의 그 아들이군."

단황몽은 움찔했다가 시선을 아래로 깔았다.

백운회는 고개를 절레절레 젓고는 돌아섰다. 그가 앞으로 걷는데, 단백우가 엎어지듯이 몸을 날려 백운회의 발목을 잡으려 했다. 그러나 백운회는 또 한 걸음 밖에 있었다.

"제발."

"기회를 주지. 네 단전을 회복시킬 약이 있긴 해. 천하의 화선부잖아."

"⋯⋯."

"네가 화선부에게 저지른 짓을 세상에 공표해. 그럼 내가 해독제를 가지고 널 방문하지."

"내가, 내가 어떻게 그럴 수 있단 말인가!"

"어차피 제갈천이 그렇게 만들 텐데, 뭐. 그냥 시인하라고."

단백우의 얼굴이 참담함으로 물들었다.

쏴아아아!

백운회는 비를 맞으며 천천히 사라져 갔다. 그제야 단황몽이 단백우에게 달려와 울먹거렸다.

"아버지! 괜찮으십니까? 저에게 업히십시오. 운기행공을 하셔야 살 수 있다지 않습니까? 제가 산에 들어가 적당한 장소를 찾겠습니다."

아들을 바라보는 단백우의 얼굴이 더 비참해졌다.

이 녀석이 자신이 그렇게 총애하던 놈이었던가.

"크크크큭, 그렇군."

"아버지, 어서 업히세요."

"누구를 탓하겠는가. 너는 나를 보고 배웠을 텐데."

단황몽의 얼굴이 붉어졌다.

"어쩔 수 없는 일이었습니다. 제가 달려든다 한들 무엇이 변했겠습니까?"

"크크큭. 그래, 그렇지."

단황몽은 죄송스러운 생각에 한숨을 삼켰다. 그러다가 하연의 남자란 인물이 제갈천을 들먹인 것을 상기하고는 아까 자신이 저지른 실책을 떠올렸다. 그가 차분하게 대꾸했다.

"어쨌든 사셔야지요. 세상의 명의가 어디 한두 명입니까? 분명 해독약을 만들 수 있는 자가 있을 겁니다. 그리고…… 총군사에게는 사과하면 되지 않겠습니까?"

단황몽은 단백우를 업으며 말을 이었다.

"힘만 되찾으면 됩니다. 그러면 어떻게든 다 무마시킬 수 있지 않습니까? 아버지, 독해지셔야 합니다. 아버지가 쓰러지시면 저는 어떻게 하라고요? 아직은 아닙니다. 저를 이끌어주셔야지요."

단백우가 한숨을 삼켰다.

묻고 싶었다.

내 안위가 아니라 네 앞날이 걱정되는 거냐고.

하지만 그러지 못했다.

이놈은 자신을 꼭 빼닮았으니까.

무슨 생각을 하고 있는지 잘 알고 있으니까.

단백우는 철이 들고 난 후 처음으로 눈물을 흘렸다.

몸을 때리는 비가 유달리 차갑게 느껴졌다.

*　　　　*　　　　*

남궁소소를 보내고 홀로 바위에서 비를 받아먹던 폭혈도가 벌떡 일어났다. 그는 다가오는 백운회를 반기며 말했다.

"다시는 이렇게 기다리라는 명은 내리지 마십시오. 심심하기도 하고, 걱정도 되고…… 하여튼 지겨워 죽는 줄 알았습니다."

"가자."

"예. 그런데…… 가셨던 일은 잘됐습니까?"

백운회는 굳은 표정으로 잠시 말없이 걷다가 입을 열었다.

"그래."

덩달아 굳어 있던 폭혈도가 그제야 미소를 지었다.

"크허허허, 그런데 왜 그렇게 심각한 표정을 하고 계셨습니까? 난 또 무슨 사달이라도 난 줄 알았습니다."

"뇌황 말이야."

"그 빌어먹을 교주가 왜요?"

백운회는 폭혈도의 성난 어조에 피식 웃고 말했다.

"내가 교주고 뇌황이 수하였다면 어땠을까 하는 생각이 들었다. 그랬다면 그가 질투심과 권력욕에 눈이 멀어서 나를 배신하는 일이 없었을까?"

폭혈도의 사금파리 같은 눈이 커졌다.

"그 무슨 호랑이가 풀 뜯어 먹는 얘깁니까?"

"천마동의 상승 비급을 백 명에게 풀었더군."

"……!"

폭혈도의 커진 눈이 더 커졌다. 백운회가 말을 이었다.

"그 얘기를 듣는 순간, 충격을 받았다. 나도 관태랑과 천랑대 조장들에게 상승 무공을 나눠 주긴 했지만, 백 명이라……. 그렇게 파격적인 생각은 해본 적이 없어."

폭혈도가 혀를 내두르다가 물었다.

"그 소심한 인간이 그렇게 통이 컸답니까?"

백운회가 웃으며 고개를 끄덕였다.

"훗, 그러게 말이야. 나도 그 인간에 대해 정확하게 파악하지는 못했던 거지. 물론 작년에 나에게 당한 충격이 워낙 컸다고는 하지만…… 그래도 그런 결단은 쉽지 않아. 아니, 전무후무한 일이지."

폭혈도가 피식 웃었다.

"어쨌든 소심한 거 맞습니다. 대주님, 아니, 대종사께 깨지고 겁나서 그런 거니까요."

"패배는 누구나 할 수 있다. 그러나 교주는 다시 패하지 않기 위해서 준비를 한 거야. 나중에 자신이 위험해질 수도 있는 도박인데 말이지. 만만치 않은 승부사란 뜻이지. 그리고 마갈 군사의 용병술도 제법이더군. 예전보다 판단이 더 냉정해졌어."

폭혈도의 눈이 반짝거렸다.

"천 공자를 생각하시는 거군요."

백운회가 고개를 끄덕였다.

"그래. 알다시피 지금의 나는 마교주와 싸울 명분이 없어. 배신자가 되니까. 그러니 천류영이 그를 상대해서 이겨야 하는데, 쉽지 않을 것 같군."

"음, 설마 마교주가 승승장구해 무림을 일통하는 건 아니겠지요? 젠장, 그러면 안 되는데."

폭혈도가 울상을 짓자 백운회가 소리 없이 웃다가 말했다.

"작년, 사천에서 천류영이 나에게 이런 말을 했다. 천하를 너무 만만하게 보고 있다고. 정파의 숨어 있는 인재들이 어디서 튀어나올지 몰라. 그리고 십천백지도 마찬가지야. 내 느낌으로는…… 진짜 무서운 놈이 숨어 있어."

"……."

"뭐, 걱정이 되긴 하지만, 천류영이라면 해낼 거야. 녀석의 시선은 마교주와의 싸움보다 훨씬 뒤에 있을 나와의 싸움도 준비하고 있으니까. 그래, 그런 녀석이니까. 후후후."

"예? 천 공자가 대종사와의 싸움을 준비하고 있다고요?"

"그래. 녀석은 내 진신 실력을 파악하기 위해서 풍운을 무림맹 총타에 두었던 거야."

폭혈도가 화들짝 놀란 표정을 지었다가 호탕하게 웃었다.

"크허허허, 천 공자가 그런 꿍꿍이를 부린 겁니까? 뭐, 항주에서 나중의 싸움에 대해 잠깐 얘기를 하다 말긴 했지만…… 흐흐흐, 아무리 천 공자라도 대종사를 어떻게 막겠습니까? 마신지경의 무서움을 보여주고 생포하면 되는 거지요."

백운회는 고개를 저으며 대꾸했다.

"글쎄……."

"글쎄는 무슨 글쎄입니까? 천하의 어느 누가 우리 대종사를 막을 수 있겠습니까? 크흐흐흐."

"천류영은…… 내 약점을 잘 알아."

"잉? 대종사께 약점이 있었습니까? 마신지경에 오르신 대종사께서!"

백운회는 이마에 덮인 머리카락을 쓸어 올리며 말했다.

"있다. 그리고 그 약점을 효과적으로 공략하기 위해 풍운을 보냈던 거고. 흐음, 풍운에게 살살 할 걸 그랬나? 너무 많이 알려준 것 같군."

폭혈도가 연신 고개를 갸웃거리는데, 백운회가 걸음을 멈췄다.

산봉우리의 정상.

까마득히 먼 곳, 아직도 전투가 진행 중이었다.

폭혈도가 공력을 일으켜 안력을 높이고는 시무룩하게 말했다.

"본 교의 대승이군요. 거참, 정파 놈들이 깨지는 건 시원하지만, 교주가 웃을 것을 생각하니 배알이 꼴립니다."

"전투의 대부분은 사실 붙기 전에 승패가 결정 나는 법이지. 정파는 소수 권력자가 탐욕을 부렸어. 그 순간 결과가 나온 거야."

"정파가 썩긴 썩었군요. 전력으로 부딪쳐 와도 본 교의 저력을 꺾긴 어려웠을 텐데. 크큭, 정파의 전성기라는 말이 무색합니다."

"전성기는 이미 지났는데, 달콤함에 도취돼 있는 자들

은 그걸 깨닫지 못하는 법이니까. 기존의 화려한 영광으로 부패와 무능이 가려지거든. 설사 민낯이 드러나도 화장으로 숨기면서 좀처럼 인정하지 않지."

"……."

"그래서 천류영이 더 걱정이다. 산동에서 본 십천백지는 수백의 양민도 서슴없이 학살했지. 무림맹 총타에서도 그렇고, 이번 전투에서도 정파의 수뇌부는 내 예상보다 몇 배 더 한심하고 무능하며 역겨웠어. 또한 잔인하고 악랄했지."

"확실히 그렇죠."

"저들은 이번 패배로 천류영이 필요하다는 것을 절감하면서도 끝끝내 외면할지도 모른다는 생각이 들더군. 천류영이 빛나면 빛날수록 그들의 무능과 부패의 민낯이 도드라질 테니까."

백운회의 말마따나 역사는 말해준다.

가장 치열한 싸움은 외적과의 전투가 아니라 내부 구성원들 간의 싸움이라는 것을.

권력자들은 적국에 의해 나라가 위험해질 수 있음에도 고의로 나쁜 선택을 종종 한다. 권력을 경쟁자에게 빼앗기는 것이 더 싫기 때문에.

폭혈도가 기가 막힌다는 표정으로 백운회를 보며 말했다.

"조금 전엔 천 공자가 교주를 상대로 잘 싸울지 걱정하더니, 이제는 역도태당할까 염려하시는 겁니까?"

백운회가 입맛을 다시며 대꾸했다.

"걱정 안 할 수가 없잖아. 녀석은 뇌황을 꺾어줘야 해. 그리고 나중에 내 옆에서 천하를 같이 이끌어야 하거든. 녀석이라면 그때 남은 정파인들을 나와 융화시킬 수 있을 테니까."

"……."

"천류영이어야 해. 그러지 않으면 나는 무림을 일통하고도 아주 오랜 세월을 숨어서 반격하는 정파인들과 싸워야 할 테니까. 녀석이 있어야만 무림과 민심을 빠르게 안정시킬 수 있어."

폭혈도가 어깨를 으쓱하더니, 의뭉스러운 미소를 머금었다.

백운회가 그 표정을 보고 물었다.

"왜 그렇게 웃지?"

"천 공자가 대종사와 싸우는 날까지 생각하고 있다면서 감탄했잖아요. 그런데 대종사는 훨씬 이후, 무림 일통 후의 통치까지 고려하고 있으니 그렇죠."

백운회도 어깨를 으쓱하며 웃었다.

"훗, 그게 그렇게 되나?"

"저는 나중 일보다 지금이 더 궁금합니다. 아직 정파 좌군이 남아 있잖습니까? 어떻게 될까요? 정파 좌군이 교주에게 한 방 먹여줬으면 좋겠는데."

백운회가 잠시 침묵하다가 고개를 저었다.

"정파 좌군의 고수들은 내가 대충 훑어봤는데, 나쁘진 않지만 역부족이다. 또한 창천룡의 기지가 생각보다 제법 이긴 하지만, 전장을 주무르기엔 아직 덜 익었고. 천류영 같은 녀석이 튀어나오지 않는 이상 끝난 싸움이야."

"쩝, 그렇군요."

"그래도 남궁세가의 금검단은 소문처럼 괜찮아 보이더 군. 검성이나 금검단주가 무공만큼이나 용병술에도 뛰어 나다면…… 자네 말마따나 승패를 바꿀 수는 없어도 한 방 먹이는 건 가능할지도 모르겠군. 하지만 이미 승기는 교주 쪽으로 기울었어. 교주의 압승이야."

폭혈도는 하늘을 보며 잠시 빗물을 받아먹다가 말했다.

"정파는 대혼란에 휩싸이겠네요. 총타가 유린당한 판에 공들인 전투에서도 대패했으니. 뭐, 우리 예상대로 흘러 가는 게 좋으면서도 교주만 생각하면 찜찜하고."

백운회는 말없이 고개만 끄덕이다가 말했다.

"가자. 최정예를 몽땅 빼 와서 관태랑이 혼자 고생하고 있을 게 빤한데 서둘러야지."

둘은 산등성이를 타고 이동했다.

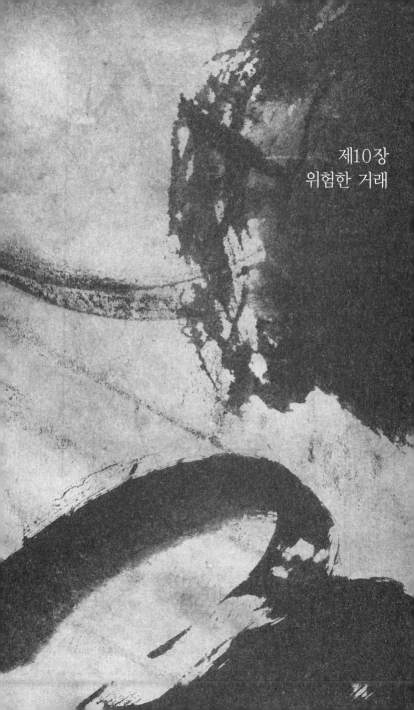

제10장
위험한 거래

1

　녹림의 아소채주, 광혈창은 끝없이 펼쳐진 막사들 사이를 걸으며 사람들의 표정을 훑었다.

　무상 손거문이 이끄는 사오주의 군영.

　사파인들의 표정은 활기가 넘쳤다.

　열흘 후면 무림맹 호광 분타에 당도해 격렬한 전투를 치르게 될 터인데, 긴장감이라고는 전혀 느껴지지 않았다.

　[크크큭, 놀랍군. 전투를 앞둔 부대에 이런 여유로움이라니. 이게 다 무상이라는 그 아이 때문이겠지? 정말 기대되는군.]

　광혈창은 고막으로 파고드는 전음에 자신도 모르게 미

간을 찌푸렸다. 직접 듣는 목소리만큼이나 전음도 소름
끼치게 스산한 인물.

배교주다.

광혈창 바로 뒤에서 따라오는 두 일행.

왼쪽이 배교주고, 오른쪽이 구악이라는, 일견 사람과
거의 똑같아 보이는 특강시였다.

그 둘은 삿갓을 쓰고 얼굴과 목을 천으로 친친 감고 있었
다. 손까지 천으로 감아 피부가 외부로 전혀 노출되지 않았다.

배교주와 구악의 이런 차림새는 사람들의 이목을 끌 만
도 한데, 그들은 아랑곳하지 않았다. 구악이야 인간의 흉
내를 내는 것뿐이라지만, 배교주의 심장은 정말이지 강철
로 만들어진 게 아닐까 라는 생각마저 들었다.

어쨌든 그 자연스러운 당당함 때문일까?

흘깃 그들을 바라본 사파인들은 딱히 관심을 갖지 않았다.

어쨌든 광혈창은 사람들의 이런 반응에 속으로 가슴을
쓸어내렸다.

무슨 이상한 대법으로 몸의 기운이 밖으로 흘러나가는
것을 막았다지만, 유심히 살피면 꺼림칙함이 느껴졌다.

주변을 오가는 어중이떠중이야 괜찮겠지만, 진짜 고수
가 봐도 정말 괜찮을까?

특히 무상은 절대고수다.

그런 자의 이목을 정말 속일 수 있을까?

광혈창은 참으려 했지만, 결국 다시 한숨을 흘리고 말았다.

아무리 생각해도 이 거래는 정말 미친 짓이었다.

배교주는 녹림의 총표파자 대산의 제안, 강시왕의 재목이 있다는 얘기에 직접 무상을 보길 원했고, 전격적으로 움직였다.

어지간한 강심장이 아니고서는 할 수 없는 행동이다.

정체가 들통 나면 사오주 군영에서 죽게 될 것이 빤한데도 직접 움직인 것이다.

물론 대산 총표파자도 볼모로 배교에 남았다.

이번 거래에 두 집단 최고 수장의 목숨이 걸려 있는 것이다.

배교주는 강시왕의 가능성, 그리고 총표파자는 특강시 세 구를 손에 넣을 수 있는 검은 거래.

그런 마물 따위에 과연 최고 수장들이 목숨을 걸 가치가 있는 걸까?

만약 오늘 무상과의 만남에서 배교주나 특강시가 들통 나게 되면 어떻게 될까?

죽겠지.

단순 명료한 답이 곧바로 나왔다.

하지만 자신이 이렇게 우려하고 있는 것과는 달리 배교주는 여전히 여유로웠다. 그리고 자신이 긴장한 것을 눈치 채고는 위로까지 했다.

[크크큭. 광혈창 채주, 너무 긴장하고 있군. 과한 걱정

은 하지 않아도 된다. 사오주의 고수들이 나나 구악을 보면서 뭔가 미심쩍다 해도 설마 배교라고는 상상도 못할 테니까. 그냥 독특한 내공 심법을 익혔다고만 여길 거야.]

광혈창은 앞으로 걸으며 고개를 끄덕였다. 배교주의 말마따나 아무리 무상이라도 배교의 교주가 사오주 군영 한복판에 들어왔다는 생각은 꿈에서라도 하지 못하리라.

그래, 그럴 것이다. 자신도 지금의 상황이 미친 짓이라고밖에 볼 수 없으니 말이다.

배교주가 다시 전음을 보냈다.

[광혈창 채주, 그대는 나나 구악이 유환차기대법을 펼치기 전에 보았던 그 강렬한 인상이 아직 머릿속에서 지워지지 않아서 그런 거네. 다시 말하지만, 그 어떤 자도 유환차기대법을 뚫고 죽음의 기운을 간파할 수 없으니 안심하게. 자네가 그렇게 긴장해서야 될 일도 안 되겠어.]

광혈창의 얼굴이 일그러졌다.

마물 따위에 기대는 사이비 집단의 교주에게 핀잔을 듣다니.

총표파자의 명만 아니라면 당장 배교주의 목을 베어버리고 싶은 것이 그의 솔직한 속내였다.

[배교주, 그런데 꼭 무상을 가까이에서 봐야겠습니까? 며칠 뒤, 정파인들과 싸우는 것을 지켜봐도 충분할 텐데.]

[물론 그것도 봐야겠지. 하지만 지척에서만 느낄 수 있

는 직감이란 게 있는 거네. 그건 아주 중요한 거야. 그냥 특강시를 만들 게 아니라 강시왕이 될 제물이니까.]

직감은 개뿔. 이 사이비 집단은 하나부터 열까지 모두가 기괴하고 해괴하다.

[하나만 묻겠습니다. 교주께서는 들킬 염려가 없다고 하는데, 만에 하나 그런 일이 생기면 개죽음 당한다는 것은 알고 있는 겁니까?]

[크크크큭, 내가 죽어?]

[…….]

[그런 일은 생기지 않겠지만, 그래도 만에 하나 우리 정체가 들통난다면, 너는 우리 구악의 힘을 보게 될 거다. 구악은 강시왕에는 미치지 못하지만 그에 근접하는, 세상에 존재하는 최강 병기라고 할 수 있지.]

광혈창은 그래봤자 마물 따위라고 속으로 욕설을 뱉었다. 그러자 배교주가 그런 광혈창의 속내를 안다는 듯이 다시 전음을 보냈다.

[너희 총표파자가 왜 그렇게 특강시에 목을 매는지 생각해 봐라. 예전 구악에 비하면 한참 떨어지는 특강시한테도 총표파자는 패했어.]

광혈창은 입술을 꾹 깨물었다. 아무리 그래도 마물일 뿐이다. 총표파자는 절대의 경지에 올라서기 전이었고.

또한 그런 마물이 세상에 드러나면 공공의 적으로 몰려

서 수많은 고수들의 손에 결국 사라질 수밖에 없는 마물.

그들 일행이 마침내 군영의 가장 가운데 위치한 대막사에 이르렀다.

가장 앞에서 안내하던 사오주의 선위 무사가 대막사 안으로 고했다.

"녹림의 총표파자가 전령을 보내왔습니다."

그의 말이 떨어지기 무섭게 시원시원한 목소리가 흘러나왔다.

"들여보내도록."

선위 무사가 대막사의 입구에 걸려 있는 천을 들어 올리고는 광혈창에게 말했다.

"들어가시지요."

"고맙소."

그가 먼저 들어서고 뒤따르던 일행도 따라 움직이는데, 선위 무사가 입구를 막아섰다.

"두 분은 여기서 대기합니다."

먼저 들어갔던 광혈창이 당황하며 뒤돌아 말했다.

"이자들은 내 호위들이오."

광혈창은 말을 하면서 다시 고개를 돌려 손거문을 보았다. 어차피 허락은 선위 무사가 아닌 무상이 해야 하니까.

체력 단련을 하고 있었는지 웃통을 벗고 있는 손거문이 빙그레 웃으며 광혈창을 도발했다.

"나를 홀로 만나는 게 겁나나?"

광혈창은 속으로 발끈했지만, 배교주를 안으로 들이기 위해서 자존심을 굽혔다.

"당신은…… 절대고수니까."

"후후후, 전에 봤을 때의 당신과 조금 다른 것 같아 의 아하군. 그때, 당신은 나에게 장창을 쑤셔 넣고 싶어서 안 달 난 표정이었는데 말이지."

광혈창이 당황하다가 대꾸했다.

"그때는…… 총표파자님뿐만 아니라 내 수하들도 많았 고, 당신은 문상과 단둘밖에 없었으니까."

손거문이 고개를 끄덕이고는 옷을 걸치기 위해 병풍 뒤 로 사라지며 말했다.

"흠, 그럴 수도 있겠군. 좋아, 들여보내라."

입구를 막았던 선위 무사의 미간이 살짝 찌푸려졌다. 그는 처음부터 광혈창의 호위라는 두 괴인이 께름칙했던 것이다. 그러나 이미 그의 몸은 옆으로 움직이고 있었다. 다른 누구도 아닌 무상의 명이니까.

배교주는 속으로 감탄했다.

최고 수장이 거하는 막사에 경계병이 단 한 명도 없다 니. 또한 티끌의 의심도 없이 자신들을 안으로 들여보냈다.

그것도 병장기를 회수하고 몸수색하는 과정도 없이.

이건 정말이지, 절대고수만이 가능한 자신감이었다.

대막사를 둘러보니 침상과 옆에 붙어 있는 작은 다탁, 그리고 회의를 할 때 쓰는 것으로 보이는 거대한 원탁이 가장 먼저 눈에 들어왔다.

그리고 그 원탁 위에는 두 개의 지도가 나란히 펼쳐져 있었다. 대륙 전체와 무림맹 호광 분타 주변의 지형이 그려져 있는 지도였다.

병풍도 있고, 한쪽 구석엔 차를 끓일 수 있는 화로, 그 옆으로 다기가 진열되어 있었다.

광혈창과 일행이 모두 안으로 들어서자 병풍 뒤에서 손거문이 장포를 걸치며 모습을 드러냈다. 탄탄한 가슴과 배가 땀으로 빛났다.

그는 장포를 여미며 원탁에 있는 의자를 보았다.

"거기 앉으시오."

광혈창이 앉고, 배교주와 구악이 그 뒤에 조금 떨어져 섰다. 그렇게 움직이는 순간에도 배교주의 눈은 무상에게서 떨어지지 않았다.

정말이지, 자신도 모르게 터져 나오려는 탄성을 억누르느라 애를 써야 했다.

팔 척의 거대한 덩치가 주는 위압감과 여느 장정의 손보다 서너 배는 큰, 비정상적으로 거대한 손.

어떠한 기운도 흘리지 않고 잔잔한 미소로 서 있을 뿐인데도 숨 막힐 듯한 거력이 느껴졌다.

대산 총표파자에게 미리 언질을 받긴 했지만, 무상을 직접 보는 순간 받은 느낌은 상상, 그 이상이었다.

배교주는 본능적으로 확신했다.

강시왕에 최적화된 육체라고!

평생의 꿈이자 숙원을 이루어줄, 자격을 갖춘 제물이라고!

천마검을 놓치면서 결국 강시왕을 만들겠다는 꿈은 포기했다. 그런데 지금 다시 그 숙원을 이룰 수 있는 제물이 눈앞에 등장한 것이다. 배교주는 끓어오르는 희열을 감추기 위해 애를 써야 했다.

손거문은 광혈창이 앉은 자리의 원탁 반대쪽에 섰다.

광혈창은 그런 손거문을 뚫어지게 보면서 조마조마했다. 손거문의 눈길이 자신이 아니라 뒤에 있는 배교주와 구악에게 꽂혀 있었기 때문이다.

묘한 침묵이 흐르다가 손거문이 입을 열었다.

"두 호위는…… 삿갓을 계속 쓰고 있을 건가?"

광혈창이 대신 답했다.

"둘 다 어릴 때 전신에 화상을 입었습니다. 그런 이유로 얼굴이나 피부를 드러내는 것을 꺼리니, 양해해 주십시오."

"그런가? 흐음, 독특하군. 그런데 질문은 저들에게 했는데 왜 그대가 답하는 거지?"

"벙어리니까요."

"말을 못한다? 후후후."

광혈창은 등줄기로 식은땀이 흐르는 것이 느껴졌다. 손거문은 계속 배교주와 구악의 전신을 훑다가 자리에 앉으며 광혈창에게 말을 건넸다.

"당신이 호위를 가까이에 두겠다는 것이 이제야 이해되는군."

"그게 무슨 뜻입니까?"

"당신이 총표파자로부터 가져온 얘기가 무엇일지는 모르겠지만, 내가 분노했을 때 몇 번은 저들이 막아줄 수 있을 것 같단 말이지. 내가 진정될 때까지 말이야."

"……."

"뭐, 그렇다고 내가 전령을 죽이는 소인배는 아니니 걱정 말아. 그럼 본론으로 들어갈까? 왜 총표파자는 아직까지 수하들을 이끌고 오지 않고 전령이나 보내는 거지? 자네 입에서 대체 무슨 말이 나올지 아주 궁금하군."

광혈창은 본격적으로 대화를 시작하게 된 것에 안도했다.

"무상, 당신도 소문을 들어 알겠지만, 우리 녹림십팔채의 세력은 수한채와 방주채를 중심으로 양분되어 있습니다. 총표파자께서 그들을 설득하는 데 약간의 시간이 필요합니다. 그래서 양해를 구하고자 합니다."

"설득할 수는 있고?"

"물론입니다. 거의 다 넘어왔습니다."

손거문이 피식 실소를 머금었다. 그때, 대막사의 입구로 야월화가 모습을 드러내며 간드러진 교소를 터트렸다.

"호호호, 수한채와 방주채가 총표파자의 권위에 맞선다는 말을 지금 우리더러 믿으라는 건가요?"

그녀는 말을 하면서 뒤따라온 시녀에게 턱짓을 했다. 그러자 시녀가 구석으로 이동해 찻물을 끓이고 찻잔을 준비했다.

야월화는 손거문의 옆으로 천천히 이동하며 말을 이었다.

"광혈창 채주, 당신 말이 사실이라면 총표파자는 수하들도 단속하지 못하는 무능한 사람이라는 뜻이네요. 그렇다면 우리가 과연 그런 분과 계속 동맹을 맺을 이유가 있는 걸까요?"

광혈창의 눈가가 일그러졌다.

"문상, 우리 아버지를 모독하지 마시오. 그분께서는 가능한 다툼 없이 녹림을 하나로……."

야월화가 그의 말을 끊었다.

"이봐요, 말장난 그만하죠."

"그게 무슨?"

"총표파자는 지금 우리를 길들이려는 거잖아요. 건방지게."

"오해요."

"호호호, 오해는 무슨? 우리는 알면서도 참고 있는 거예요. 당신들과 함께해 진정한 사파 천하를 이룩하기 위해서. 우리는 그렇게 넓고 크게 보고 있는데, 당신들은 벌써부터 권력 다툼을 준비하는 거잖아요?"

잠시 침묵이 흘렀고, 시녀가 광혈창 앞에 차를 놓고 막사에서 나갔다.

야월화는 그제야 의자에 앉아 입을 열었다.

"내가 총표파자가 언제 우리와 합류할지 맞춰볼까요?"

"음, 당신이 점쟁이도 아니고, 무슨 말을 하려는 거요?"

"우리가 전투에서 패하거나 피해가 많이 났을 때."

"⋯⋯!"

"그때, 우리의 구원군으로 등장하려는 거겠죠. 그럼 우리는 괘씸하면서도 고마워할 수밖에 없겠죠? 그때, 그가 무슨 말을 할까요? 어떤 요구를 할까요?"

광혈창은 손등으로 이마의 땀을 훔쳤다.

문상 야월화.

이 여인은 총표파자의 속내를 정확하게 꿰뚫고 있던 것이다. 하지만 반박해야 했다.

"문상, 억측이오. 너무 나갔소."

손거문이 묘한 미소로 야월화를 보았다.

"사매, 녹림이 우리의 구원군으로 등장하면, 총표파자가 무슨 요구를 할까?"

"사육주."

광혈창의 눈동자가 거칠게 떨렸다. 야월화의 진득한 목소리가 이어졌다.

"세인들에게 산적이라는 인상이 박혀 있는 녹림이 신분

세탁을 하는 거죠. 사파지만 산도적이라는 굴레를 벗고 하나의 문파로. 스스로 녹림문을 세운다면 사람들은 비웃겠지만, 사오주와 나란히 사육주의 하나로 편승하면 그런 시선을 한층 누그러뜨릴 수 있으니까요."

손거문이 고개를 끄덕이며 말을 받았다.

"사육주라……. 후후후, 재미있군. 세인의 편견 어린 시선을 누그러뜨리며 사파인들로부터는 인정을 받겠다는 거군. 그리고 함께 전투를 하러 나가면서……."

다시 야월화가 말을 받았다.

"전투를 계속 치를수록 사상자는 많아질 수밖에 없죠. 그때, 기존 사오주 중 피해가 가장 큰 문파와 합병하는 거죠."

손거문이 손뼉을 치며 웃었다.

"하하하, 사오주 중 어떤 문파가 가장 피해가 클지 모르겠지만, 녹림이 머리를 숙이고 들어온다면 쌍수를 들고 반기겠군. 다른 네 문파에 밀리니 초조해하고 있었을 테니까. 거기에 녹림이 문파 이름을 양보해 주면 금상첨화일 것이고."

야월화가 맞장구쳤다.

"그렇죠. 그리고 녹림은 차츰 그 문파를 집어삼키면서 신분 세탁을 완벽하게 끝낼 수 있겠죠. 그렇게까지 진행되면 누가 아나요, 녹림이 패왕의 별이 될 수 있을 지도."

광혈창은 입도 벙긋 못했다. 발가벗겨진 느낌.

야월화가 질문을 던졌다.

"억측인가요?"

광혈창은 당연히 문상의 말을 인정할 수 없었다.

"그렇소."

"좋아요. 억측이었어요."

"……?"

광혈창은 어리둥절한 표정을 찰나 지었다가 급히 담담한 기색으로 찻잔을 들었다. 그러고는 천천히 차를 마시는데, 야월화가 말했다.

"그럼 그 억측, 사실로 만들면 어떨까요?"

"……!"

광혈창이 차를 삼키고는 찻잔을 내려놓았다. 야월화에게 완전히 농락당했는데, 자신이 지금 할 수 있는 것이 없었다.

"그, 그건…… 무슨 뜻이오?"

"빙빙 돌아가지 말고, 사오주를 사육주로 만들자고요."

"……."

"들어와서 당신들의 힘을 보여봐요. 그럼 당신들이 원하는 대로 사오주 중 가장 먼저 쇠락한 곳을 넘겨줄 테니까."

광혈창은 소름이 끼쳤다.

문상과 무상은 사오주, 즉 다섯 사파의 수장이 키워낸 공동 전인이다. 그런데 그중 하나를 버릴 수도 있다고 말하는 것이다.

광혈창의 눈이 무상 손거문에게 이동했다. 손거문은 흐

릿한 미소로 고개를 끄덕였다.

"적자생존(適者生存). 강하면 가질 수 있을 거다. 그것이 패왕의 별이라도."

"……!"

"능력만 된다면 나중에 나를 밟고 가도 좋다는 말이다."

광혈창의 호흡이 가빠졌다.

천류영을 처음 봤을 때처럼 무거운 충격이 느껴졌다.

패왕의 별을 꿈꾸는 자들.

그저 강하기만 하면 그 별을 꿈꿀 수 있는 거라고 생각했다. 하지만 그것이 얼마나 큰 오판이었는지 깨달았다.

손거문이 말을 이었다.

"함께 패왕의 별로 가자. 지금 우리가 고작 권력 다툼이나 할 때인가? 정파와 마교, 쉽지 않은 적들이다. 그런 적을 앞에 두고 우리끼리 신경전을 벌인다는 것이 얼마나 조잡하고 한심한 일인가."

2

광혈창은 천천히 고개를 숙였다.

진심을 담아서.

무상을 처음 본 날, 그를 건방진 애송이라고 여겼었다. 그러나 지금은 아니다.

결국 무상과 칼을 겨루게 될지도 모르지만, 지금만큼은 사내 대 사내로 존경스러웠다.

"큰 세상을 보게 해준 점에 감사드립니다. 지금의 말씀, 총표파자에게 잘 전달하겠습니다."

그가 용무를 마치고 일어서려 하자 야월화가 입을 열었다.

"무림맹 총타에서 호광 분타로 삼천오백의 지원군이 오고 있어요."

"……?"

"호광 분타는 우리가 맡죠. 녹림은 그 지원군을 맡으세요."

광혈창이 입술을 꾹 깨물었다가 말했다.

"그러기엔 시간이 너무 촉박하오."

"우리는 성의를 보였어요. 기회도. 그렇다면 당신들도 그에 걸맞은 뭔가를 제시해야 하지 않겠어요? 세상에 공짜는 없는 겁니다."

"물론 공짜가 없다는 건 나도 잘 알고 있소. 하지만 당신도 알다시피 녹림십팔채는 천하에 흩어져 있소."

야월화가 검지를 좌우로 흔들며 미소를 머금었다.

"다 흩어져 있지는 않죠. 당신의 아소채만 해도 정예는 중원에 있잖아요."

무상이 말을 받았다.

"녹림십팔채 중 절반 가까이가 소집되어 있는 것쯤은 나도 알고 있다."

광혈창은 고개를 절레절레 저었다.

"그렇긴 하지만, 채의 모든 수하들이 소집된 것이 아니오. 우리 아소채도 채의 수하들 중 삼 할만 데리고 왔소."

야월화가 냉큼 말을 받았다.

"당연히 정예만 추려 왔겠죠. 어차피 어중이떠중이는 필요 없어요. 그건 세상에 등장할 녹림의 체면만 구기게 할 테니까. 그건 총표파자도 잘 알고 있을 거예요."

"……."

"인원이 얼마나? 이천? 삼천?"

광혈창은 입술을 잘근잘근 깨물었다. 소집된 인원이 기밀이 아닐까 라는 생각이 잠깐 들었다. 그러나 이런 상황에서 그것을 말하는 것이 큰 의미가 없다는 생각에 답을 주었다.

"이천삼백 명이오."

무상과 문상이 동시에 고개를 끄덕였다.

"충분하군."

"충분해요."

광혈창의 얼굴이 일그러졌다.

무림맹 호광 분타를 지원하기 위해 오는 정파의 지원군이 삼천 오백이라고 했다. 그리고 그들은 주로 대방파에서 차출된 정예들이다.

병력의 차이가 천이백.

쉬운 싸움이 아닐 것이 자명한데, 이 둘은 별거 아닌

듯 말하고 있었다. 좋게 생각하면 녹림의 실력을 인정하는 것이니 기분 좋을 수도 있었다.

하지만 광혈창은 이 자들의 심계가 얼마나 대단한지 방금 목도했다. 그러다 보니 이들이 정파 지원군과 녹림을 동귀어진시키려는 것은 아닌지 의심도 들었다.

야월화가 일어나며 품속에서 여러 번 접혀 있는 서신을 빼내고는 광혈창에게 다가가 건네주었다.

"받으세요."

광혈창은 그녀의 몸에서 흘러나오는 향수 냄새에 살짝 눈살을 찌푸렸다가 물었다.

"이게 뭐요?"

"잠자는 호랑이인 녹림이 깨어나 세상에 포효를 하게 될 비책. 천하가 녹림을 다시 보게 만들 방법."

광혈창은 심호흡을 했다.

"정파의 지원군을 박살 낼 책략이군요."

야월화가 붉은 입술을 열며 하얗게 웃었다.

"맞아요. 만약 그걸 보고도 녹림이 움직이지 않는다면, 당신들은 고작 산도적밖에 안 되는 거겠죠. 산중호걸은커녕 뒷골목 왈패보다도 못한 거죠."

광혈창은 건네받은 서신을 물끄러미 내려다보다가 고개를 끄덕였다.

"이것도 총표파자께 잘 전하겠소."

"좋아요. 그리고……."

그녀는 잠시 말을 끌다가 이었다.

"간단하게 식사를 준비해 둘 테니, 드시고 가세요."

"……?"

"밖에서 요기할 시간을 아껴 총표파자에게 서둘러 가라는 뜻이에요. 때를 놓치면 그 계책도 소용없을 테니까."

그녀는 광혈창이 뭐라 대꾸하기도 전에 밖에서 대기하고 있는 시녀를 불러 식사 준비를 하라고 지시했다.

광혈창은 배교주와 구악 때문에 조금이라도 빨리 군영에서 벗어나고 싶었지만, 딱히 거절하기도 애매해서 받아들였다.

"알겠소."

"그럼 따로 배웅은 하지 않을 테니, 식사 잘하고 가세요."

손거문도 손을 들며 말했다.

"다음에 또 보지."

"예, 그럼."

광혈창은 가볍게 목례를 하고는 일행과 함께 시녀를 따라 나섰다. 그렇게 그들이 대막사에서 사라졌다.

손거문은 의자에 앉은 채로 고개를 갸웃거렸다.

사매의 모습이 왠지 위태롭게 느껴졌다. 그리고 뜬금없는 식사 대접은 뭔가.

"사매."

"……."

"사매?"

손거문이 일어나며 그녀를 또 불렀다. 그러자 야월화가 상체를 들썩이며 숨을 격하게 내쉬었다.

"하아아, 하아, 하아아……."

손거문이 화들짝 놀라 그녀에게 다가가 어깨를 움켜쥐었다.

"갑자기 왜?"

야월화가 고개를 들어 손거문을 보았다. 그러고는 여전히 거친 호흡으로 말했다.

"저들을 죽여야 해요."

"응? 사매, 대체 그게 무슨 말이야?"

"다가가니 불길하다 못해 소름이 끼쳤어요. 참기 힘들 정도로. 그래서 더 가까이 갈 수조차 없었어요."

손거문은 야월화의 심안이 발동된 것을 느끼고는 피식 웃었다.

심안.

무공 펼치는 모습을 조금만 보아도 특성을 파악할 수 있고, 특히 위험을 미리 알려준다는 신기한 능력.

손거문은 아까 야월화가 쪽지를 건네주려 광혈창에게 접근했던 것을 상기했다. '평소의 사매라면 원탁 위로 밀어줬을 텐데'라고 생각했는데, 지금 보니 두 호위에게 일부러 접근하려고 했던 것이다.

"광혈창의 호위들을 말하는 거군."

"예, 그 둘. 죽여야 해요. 아주, 아주 안 좋아요."

"하하하, 나도 조금 독특하다고 느끼긴 했지. 분명 상당히 강한 데도 불구하고 일체의 기운이 느껴지지 않더군. 마음 같아서는 한 번 겨루고 싶었지만, 지금은 녹림을 끌어안는 것이 먼저니까 참았지."

"사형, 정말 불길해요. 저는 지금 녹림을 먼저 공격해야 하는 건 아닌지 고민될 정도라고요."

"하하하, 녹림을 끌어들이자고 말한 건 사매야."

손거문은 야월화를 안았다. 그러자 그녀가 안기면서 말했다.

"작별 인사를 하긴 했지만, 저들과 함께 식사를 하면서 건드려 보세요. 두 호위가 무공 펼치는 것을 한 번만 보면 돼요. 한 번만."

"훗, 그렇게 불안하면 여기에 있을 때 건드려 보라고 하지 그랬어? 전음으로 부탁했으면 내가 들어줬을 텐데."

야월화가 망설이다가 입을 열었다.

"제가 인질이 될 것 같아서 그랬어요."

"응?"

"저들은 셋인데, 저보다 다 강해요. 훨씬. 그렇다면 제가 인질이 돼서 사형이 곤란에 처할까 봐 그랬어요."

손거문이 야월화의 등을 손으로 토닥였다.

"다음에 시험해 보지. 저들이 정파의 지원군을 깨고 왔을 때."

"하지만……."

"전쟁은 이제 시작이다. 가능한 많이 병력을 보존하는 것이 나중에 유리하다. 이렇게 말한 건 사매야."

"……."

"불안해하지 마라. 나는 결코 누구에게도 쓰러지지 않아."

손거문이 그녀를 약간 떨어트리고는 양손으로 그녀의 뺨을 그러쥐었다.

"날 봐."

둘의 시선이 마주쳤다. 손거문이 싱긋 웃었다.

"나는 패왕의 별이 될 남자다."

야월화의 얼굴에서 불안한 기색이 엷어졌다.

"그래요."

"역경도 있을 거야. 누군가의 음모나 적의 함정에 빠질 수도 있겠지. 하지만 난 헤쳐 나갈 거다. 사매가 지금처럼 나를 걱정하느라 불안하고 두려울 때도 있겠지만…… 나를 믿어라."

야월화의 입가에 미소가 피어났다.

"예, 사형."

다시 손거문이 그녀를 안으려는데 밖에서 급한 목소리가 흘러 들어왔다.

"무상, 안에 계십니까?"

손거문과 야월화가 어깨를 으쓱하며 떨어졌다. 야월화

가 차분한 기색을 되찾고 말했다.

"무슨 일인데 호들갑을 떠는 게냐?"

그녀는 그렇게 말하면서도 광혈창 일행에게 가기로 마음먹었다. 몇몇 장로들과 함께.

대막사 안으로 들어온 중년인은 정보를 취급하는 이였다.

"급히 알려야 할 것이 있어서……."

손거문이 그의 말을 끊었다.

"그리 급하면 본론부터."

"천마검이……."

야월화가 눈을 치켜뜨며 외치듯 말했다.

"그가 정파에 잡혔나?"

천마검이 무림맹주 검황의 가문인 산동 단씨가를 무너뜨렸다는 얘기가 이곳에서는 요즘 가장 큰 화제였다. 그로 인해 야월화가 흑천련을 꼬드기는 것이 좀처럼 진전되지 못하고 있었다.

대륙 남쪽으로 들어온 흑천련은 대개가 천마검과 우호적인 관계였던 곳이기에.

중년인이 말했다.

"오십여 명의 수하들과 함께 무림맹 총타를 유린하고 유유히 빠져나갔다는 정보가 들어왔습니다."

"……!"

손거문과 야월화는 눈을 치켜뜬 채 말문을 잃었다.

고작 오십여 명의 수하들과 무림맹 총타를 유린했다고? 지금 이걸 믿으라고 얘기하는 걸까?

쾅!

야월화는 자신도 모르게 주먹으로 원탁을 내려쳤다.

흑천련을 꼬드기는 것이 더 어려워진 것이다.

야월화가 눈꼬리를 치켜뜨며 말했다.

"천마검 쪽과 무림맹 총타의 피해는?"

"그, 그것이…… 무림맹 총타의 피해는 아직 정확하게 파악이 되지 않고 있습니다. 다만, 정파의 십대고수 중 한 명인 대종과 산동도왕, 동정일선과 호광쌍봉 등의 고수들이 죽었고, 십천백지 중 두 개의 하늘이 등장했는데, 그들 모두 죽었다고 합니다. 그리고 천마검 쪽은…… 이게 좀 이상한데, 한 명도 죽지 않았다고……."

야월화의 입이 쩍 벌어졌다.

"마, 말도 안 돼!"

그때였다.

손거문의 웃음이 터진 것은.

"하하하, 하하하핫!"

그는 허리를 젖히며 시원하게 웃었다. 그렇게 한참을 웃다가 고개를 절레절레 저었다.

"이거야 원. 한 방 먹었군. 최고의 소수 정예와 함께 무림맹 총타를 유린해? 이 얼마나 멋진 일인가. 하하하하!"

야월화가 어처구니없다는 표정으로 손거문을 쏘아보았다.

"지금 이게 웃을 일이에요? 천마검이…… 그렇게까지 강할 줄은 몰랐는데."

그녀는 오만상을 썼다.

만만치 않은 자다. 어쩌면 사형을 위협할 최대의 적이 될 수도 있는 인물이었다.

강한 것도 강한 거지만, 상상을 훌쩍 뛰어넘는 파격은 몸서리쳐질 정도였다.

어떻게 그 인원과 함께 무림맹 총타에 들어갈 생각을 할 수 있단 말인가.

손거문은 여전히 웃는 얼굴로 말했다.

"사매, 내가 예전에 말했잖아. 천마검이라면 내 호적수가 될 것 같다고."

"기억해요. 그러니 더 기가 막히죠. 말이 씨가 된 것 같아서."

"괜찮아. 애초에 패왕의 별이 되는 길이 쉬울 거라고 생각한 적은 한 번도 없으니까. 아니, 그래야 도전할 맛도 나고, 성취감도 커지는 거지."

그의 자신감에 야월화는 결국 실소를 뱉고 말았다.

"하여간 사형은 못 말려요."

그녀는 질린 표정으로 손거문을 보다가 여전히 부복하고 있는 중년인을 보았다.

"또 할 말이라도?"

"예. 무림서생 천류영이……."

그의 말이 시작되기 무섭게 손거문과 야월화의 미간이 좁아졌다. 중년인의 말이 이어졌다.

"절강 분타에서 파직되고 십천백지 중 하나에 끌려가다 가 매질을 당하는 일이 있었습니다."

순간, 야월화의 입가에 비릿한 미소가 스쳤다. 자신이 암중으로 노력한 음모가 결실을 맺었구나 하는 미소였다.

"그래, 결국 그렇게 되었군. 호호호."

"예. 그런데 그를 구하기 위해서 수십만의 백성들이 움 직였답니다. 절강 분타의 무사들과 사천에서 온 동료들도 합류하고, 또 셀 수도 없는 많은 무사들도……."

천마검 얘기가 나올 때는 미소를 지었던 손거문이 굳은 표정으로 손을 들며 말을 끊었다.

"잠깐. 뭔가 착오가 있는 것 같은데?"

야월화가 말을 받았다.

"수십만이라니? 수백, 수천이면 모를까."

"그를 구하기 위해 초반에 모인 인원이 삼십만 명 정도 라 추정되고, 뒤늦게 나타난 이들까지 합하면 오십만 명 이 넘을 거라는 정보입니다."

침묵이 흘렀다.

오십만 명?

대체 얼마나 많은 인원이 모여야 그 정도가 되는 지 상상하기조차 어려웠다.

야월화가 말했다.

"다시 알아봐라. 그거야 말로 뭔가 잘못된 거다. 민초가 한 사람을 위해 그렇게 모인다는 게 말이 되나? 무림서생이 대체 뭐라고."

중년인이 고개를 조아리며 답했다.

"사실 무림서생에 관한 정보가 천마검 건(件)보다 먼저 들어왔습니다. 저희도 믿겨지지 않아서 하오문 분타에 연통을 넣어보았습니다. 그런데 때마침 그쪽에서도 이 정보를 정리하고 있던 참이었는데……."

손거문이 고개를 주억거리며 입을 열었다.

"사실이군."

"예. 물론 더 알아보겠습니다. 천마검과 무림서생에 관한 정보들은 너무 황당해서 저희도 혼란스러울 정도니까요. 아마 천하의 모든 방파들과 정보 관련 세력들도 마찬가지일 겁니다. 둘 다 전무후무한 대사건을 쳤는데, 이게 도무지 말도 되지 않는 일이니……."

손거문이 고개를 절레절레 저으며 피식 웃고 말했다.

"훗, 무림서생이 절강성에서 나오지 않는다면, 천하의 어떤 세력도 그를 건드릴 수는 없겠군. 오십만이라…… 정말이지, 상상조차 안 되는군. 고작 몇 개월 전에 봤는데, 그사이에 이런 거물이 되어버린 건가?"

그는 야월화를 보며 말을 이었다.

"당분간 절강성은 꿈도 꾸지 말자고. 아! 우리와 그는
조약이 맺어져 있으니 상관없는 건가?"

야월화가 입술을 깨물며 말했다.

"역시 무림서생은 그때 죽었어야 했어요. 아니, 지금이
라도 죽여야 해요. 더 이상 그의 존재가 커지면 위험해요.
민심을 얻으면 강호의 가장 많은 수를 차지하는 낭인들뿐
만 아니라 수많은 방파들이 그를 지지할 수 있어요. 지금
까지는 대방파가 그를 견제했지만……."

순간, 손거문이 차갑게 말했다.

"건드리지 마라."

"예?"

"무림서생 천류영. 그를 건드리지 마라."

너무 차가운 말에 야월화가 당황했다.

"사형?"

"그를 내 사람으로 가져야겠다. 무림서생, 그는 네 말
처럼 민심을 얻었어. 내가 패왕의 별이 된 다음에 꼭 필요
한 인물이다."

이 순간, 야월화는 까맣게 잊고 있었다. 광혈창과 함께 온
두 괴인을 보러 가야 한다는 것을. 물론 광혈창과 배교주는 식
사 대접을 거절하고 이미 군영 밖으로 빠져나갔지만 말이다.

*　　　　　*　　　　　*

천류영은 배 난간에서 밤바람을 맞으며 서 있었다. 그의 옆으로 낭왕 방야철이 다가와 말을 건넸다.

"시원하군."

천류영이 계속 앞을 보며 양팔을 쫙 펼쳤다.

"예, 아주 시원합니다."

방야철은 아직까지 남아 있는 얼굴의 멍 자국을 보며 쓰게 미소 짓다가 말했다.

"고민이 끝났나 보군."

천류영은 검지로 귀를 후비며 물었다.

"알고 계셨습니까?"

방야철은 고개를 끄덕였다.

"며칠째 잠도 이루지 못하면서 골똘하게 생각만 하는 것을 봐왔는데, 모르면 바보지."

천류영은 싱긋 웃고는 다시 귀를 후볐다.

"요즘 왜 이렇게 귀가 가렵죠? 누가 내 욕을 하나?"

"하겠지. 검봉도 하고, 비원도 하겠지."

"하하하하, 설이가 제 욕을 한다고 생각하니 씁쓸한데요?"

"아껴주게. 검봉 속을 들여다볼 수 있다면, 아마 까맣게 타 있을 거야."

"예. 명심하겠습니다."

방야철은 천류영의 눈이 향하는 곳을 쫓았다. 그곳에서는 패왕의 별이 빛나고 있었다.

"그래, 고민의 결론은?"

"제가 욕심을 좀 부려도 될까요?"

"괜찮네."

"도와주실 거죠?"

"이를 말인가."

"제가 변하면 욕하고 패주셔야 합니다."

"자네는 변절하지 않을 거네."

"겁납니다. 제가 변할까 봐, 초심을 잃을까 봐."

"정말 변하면 내가 죽여주지."

천류영이 귀밑머리를 긁적거리며 웃었다.

"하하하…… 그냥 다리몽둥이 하나 부러뜨리는 것으로 끝내면 안 되겠습니까?"

방야철도 따라 웃었다.

천류영이 고개를 돌려 방야철을 보았다. 그러고는 정색하며 말했다.

"많이 부족하지만, 패왕의 별이 되기 위해 노력하겠습니다."

방야철의 환한 미소가 짙어졌다.

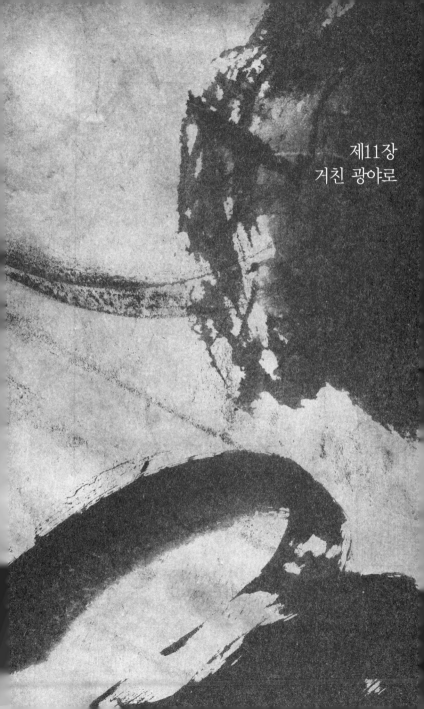

제11장
거친 광야로

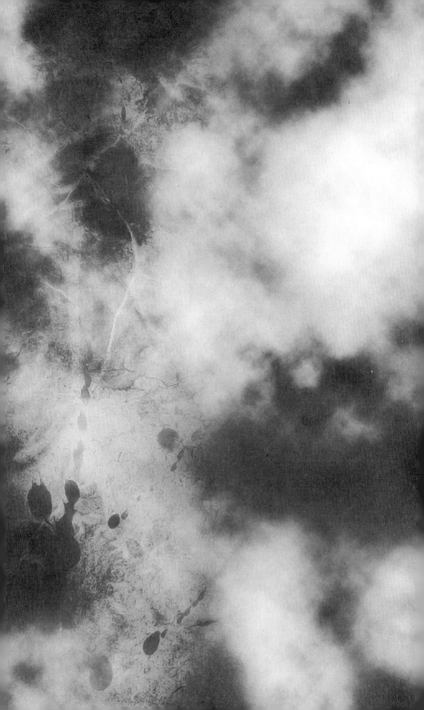

1

늦여름의 뜨거운 햇볕이 내리쬐는 가운데, 많은 배들이 천진(天津) 선착장 주변에 정박해 있었다.

천류영이 타고 있는 배도 식수를 싣기 위해 잠시 정박 중이었다.

친황대주는 뱃머리 근처의 갑판에 나와 바람을 쐬고 있었는데, 그 낯빛이 어두웠다.

항주에서 북경까지 이어지는, 세상에서 가장 긴 운하인 경항대운하(京抗大運河)의 천진(天津) 선착장이기에 그랬다.

이제 모레면 목적지인 수도(首都) 북경에 당도하게 될

테니까. 그러면 자신의 운명도 결정될 것이고.

"젠장, 무림서생을 믿고 따라온 것이 잘한 선택인지 모르겠군."

그는 씁쓸하게 혼잣말하며 깊은 한숨을 내쉬었다.

차라리 항주에서 몸을 빼내 대륙 깊숙이 숨어드는 것이 낫지 않았을까?

하지만 그는 이내 고개를 저었다.

그러기엔 평생 쌓아 올린 경력과 명예가 너무 아까웠다. 그동안 흘린 땀방울과 노력이 한 줌 연기처럼 사라진다는 것은 그에게 목숨을 잃는 것과 비슷한 의미였다.

친황대주는 요즘 늘 똑같은 고민을 하다가 확실한 결론을 내지 못하는 자신을 발견하고는 쓰게 웃었다.

자신이 이렇게 우유부단했던가.

하지만 어쩔 수 없는 일이었다.

목숨, 그리고 평생을 바쳐 일궈낸 경력과 명예.

그중 하나를 포기하는 것이 어찌 쉽겠는가?.

그때, 뒤에서 꽤 듣기 좋은 중저음의 목소리가 들려왔다. 무림서생이다.

"대주님께서 고민이 많으신 것 같은데, 괜찮으신 겁니까?"

정말이지, 이 청년의 목소리는 평생 들어도 질리지 않을 것 같았다. 불현듯 검봉이란 절세미녀가 떠올랐다.

그녀가 무림서생에게 흠뻑 빠진 건 목소리 때문일까?

"고민은 무슨. 괜찮소."

천류영은 미소로 다가와 옆에 서고는 손등으로 이마의 땀을 훔쳤다.

"올여름은 유난히 덥네요."

천류영은 선착장 주변에 있는 인파를 훑다가 낭왕을 보고는 싱긋 웃었다. 그는 천진에 있는 하오문도로부터 무림의 정보를 듣고 있었다.

친황대주도 낭왕을 흘낏 보고는 천류영에게 말했다.

"그대는 배에서 사십 일 넘게 있었는데, 뭍에 한 번도 내려가질 않는군."

원래 배를 타는 선원이라면 모를까, 보통 사람들은 지겨워서라도 하선하는 게 일반적이었다. 아주 잠깐이라도.

천류영이 의뭉스럽게 웃으며 대꾸했다.

"제가 움직이는 것을 귀찮아하는 성격이라서요."

친황대주는 어이가 없다는 표정으로 혀를 찼다.

"그런 사람이 하루 종일 낭왕 대협과 비무를 하는 거요?"

비무를 가장한 독특한 수련이었다.

지척에서 발을 떼지 않고 공수를 겨루는 진검 대결이었는데, 위태롭기가 이만저만이 아니었다. 하지만 집중력과 실력 향상을 위한 방법으로는 그만한 것도 별로 없었다.

"하하하, 그 덕분에 진이 빠지니, 더 움직이기 귀찮은 거지요."

"홋, 그렇게 말하니 납득이 가는군."

친황대주는 천류영을 지그시 바라보며 입술을 여짓거렸다.

묻고 싶은 것이 많았다. 하지만 그는 입술을 꾹 깨물며 다시 고개를 앞으로 돌렸다. 그러자 천류영이 친황대주를 보며 빙그레 웃었다.

"대주께서도 대단하십니다. 궁금한 것이 많으실 텐데."

"음, 그렇긴 하오. 정말 그대를 믿고 이렇게 따라가도 되는 걸까 하는 걱정과 생각이 끝이 없소."

"그런데 왜 묻지 않으십니까?"

"때가 되면 말해줄 것이라 생각하고 있었소."

천류영은 퉁명스럽게 대꾸하는 친황대주를 보며 군부나 관의 장수들이 흔히 가지고 있는 아집임을 간파했다. 또한 복마전인 황궁에서 근무하는 사람이 쉽게 속내를 드러낼 리 없었다.

하지만 천류영은 그의 마음 깊숙한 곳에 숨겨둔 꿍꿍이를 끄집어내야 했다. 그의 솔직한 협조를 얻기 위해서.

또한 태감은 자신과 만난 후에 친황대주를 따로 불러 많은 것을 재확인할 것이다. 그것에 대비하기 위해서라도 이 사람의 마음을 얻어야 했다.

천류영은 어깨를 으쓱하고는 다시 시선을 앞으로 돌렸다. 그렇게 묘한 대치를 잠시 하다가 결국 친황대주가 입을 열었다. 넌지시 운을 떼는 형식으로 여상스럽게 말했다.

"지나간 일을 후회해 봐야 의미 없겠지만…… 미려 아가씨를 꼭 죽였어야 했소?"

천류영이 어이없다는 기색을 찰나 지었다가 피식 웃었다.

"대주님에겐 책임이 없다는 투로 들리는군요."

"그게 아니라…… 물론 나도 책임을 져야겠지. 하지만 당시 상황이 어쩔 수 없었으니까. 그러지 않았다면 나와 친황대원들은…… 그 많은 군중들에 깔려 죽었을 테니까."

그는 씁쓸한 표정으로 말을 이었다.

"하지만 모든 상황이 정리되고 돌이켜 보니, 그녀를 죽이지 않고 생포했다면 하는 아쉬움이 계속 들더군. 물론 군중들의 분노가 워낙 거세서 어려웠겠지만, 그래도 그대가 적극적으로 나섰다면 가능하지 않았을까 하는 생각이 계속 머리를 떠나지 않는단 말이오."

천류영은 정색을 하고 친황대주를 직시했다.

"대주께서 빙봉에게 이런 말씀을 하셨다지요? 미려를 살려두면 더 큰 우환을 가져올 거라고. 저 역시 그렇게 생각했습니다."

"……"

"또한 그녀가 멀쩡히 돌아간다면 수많은 민초들은 허탈 감에 빠질 겁니다. 결국, 고위직에 있는 사람들은 어떻게든 빠져나간다고. 법과 정의를 바로 세우는 데 있어서 가장 중요한 원칙은 자리의 높고 낮음에 차별을 두어서는 안 된다는 것입니다. 민초들이 유전무죄, 무전유죄를 당연하게 여기는 사회라면, 그건 올바른 세상이 아닙니다."

친황대주는 천류영을 흘낏 보다가 기가 찬 듯 심드렁하게 웃었다.

"하하하, 무림도 황궁 못지않게 음모귀계와 배신이 판을 친다고 들었는데, 분타주였던 사람이 이상주의자였군. 이걸 믿어야 하나?"

천류영도 따라 웃고는 씁쓸한 느낌의 한숨을 뱉었다.

"이상과 현실이 다르다는 것을 어찌 모르겠습니까?"

"아는데도 그런 말을 얼굴색 하나 붉히지 않고 뇌까린단 말이오? 닭살이 돋는 줄 알았소."

천류영은 고개를 돌려 도도하게 흐르는 강물을 보았다. 햇빛에 반짝이는 물살이 마치 보석처럼 빛났다.

저 물방울 하나하나는 까마득히 먼 산의 깊은 곳에서부터 이곳까지 흘러왔을 것이다. 포기하지 않고.

"현실이 어려울수록 이상과 초심을 잃어서는 안 된다고

생각합니다. 현실을 핑계로 타협을 해버리는 건 아주 쉽습니다. 하지만 세상이 온통 현실론자들로 가득하다면, 더 나은 세상은 요원하게 될 겁니다."

친황대주는 잠시 침묵했다.

입에 발린 말 같지 않았다. 천류영의 눈빛과 표정, 그리고 말속에서 왠지 모르게 진심이 느껴졌다. 그래서 수십만의 사람들이 이 한 사람을 위해 목숨 걸고 나섰던 걸까?

"뭐, 그대의 말이 일리가 있다는 건 인정하오. 하지만 계속 현실을 외면한다면, 결국 좌초하고 말 거요. 설사 승승장구해 아주 높은 곳까지 올라가더라도 그 이상주의가 그대의 목을 조르는 양날의 검으로 되돌아올 것이고."

이번엔 천류영이 입을 다물고 침묵하다가 입술을 뗐다.

"충고 고맙습니다."

"……."

"그래도 그렇게 됐으면 좋겠습니다."

예상하지 못한 대꾸에 친황대주가 눈을 동그랗게 떴다. 천류영이 소리 없이 웃고는 말을 이었다.

"제가 최고 권력자인데도 사람들이 눈치를 살피지 않고 꾸짖을 수 있다면…… 그거, 꽤 괜찮은 세상 아니겠습니까? 민심에 재갈을 물리는 것보다는 백배 낫습니다."

친황대주의 입이 약간 벌어졌다. 그는 천류영의 눈을

직시하다가 고개를 절레절레 저었다.

"적어도…… 지금은 진심 같군. 참나. 뭐, 나와는 상관 없는 일이니 응원하겠소. 초심을 잃지 않는 권력자를 한 번 보고 싶기도 하니까. 역도태당하기 십상이니, 가능할 지 모르겠지만."

천류영은 어깨를 으쓱하고는 대꾸했다.

"그건 뭐 훗날의 일이고, 중요한 건 당장의 일이 아니 겠습니까?"

친황대주는 동의의 낯빛으로 기다렸다는 듯이 질문을 던졌다. 대화의 물꼬가 터졌으니, 궁금했던 것을 풀 기회 였다.

"태감께는 뭐라 말할 거요? 그대는 생각이 있다고 했지 만…… 무슨 말을 하더라도 태감의 노여움을 풀긴 어려울 거요. 그분은 자존심이 아주 강한 분이니까."

천류영이 어깨를 으쓱거리며 여상스럽게 말했다.

"친딸도 아니고 수양딸, 그것도 딱히 아끼지도 않는 골 칫덩어리였잖습니까? 솔직히 태감뿐만 아니라 대주께서 도…… 그녀가 죽어 속이 시원한 것 아녔습니까?"

천류영의 물음에 친황대주의 눈동자가 흔들렸다. 그가 펄쩍뛰며 대꾸했다.

"그 무슨 말도 안 되는 억지요?"

천류영이 싱긋 웃었다. 친황대주의 속마음을 드러내고

진심으로 협조를 구하기 위해서는 먼저 겉에 드리워진 위선의 장막부터 걷어내야 했다. 지금이 그때였다.

"대주께서 알려주셨습니다, 언행일치(言行一致)로."

친황대주가 기가 막혀 말문까지 잃자 천류영이 계속 말했다.

"첫째, 말로 보여주었습니다. 그것도 많이."

"……?"

"대주께서는 미려를 죽여 후환을 없애는 게 낫다고 주장하신 것뿐만 아니라 중상을 입은 그녀가 마지막으로 도움을 요청할 때, 단호하게 거절하셨지요. 개죽음은 사양이라고."

친황대주의 눈가가 씰룩거렸다. 그러나 그는 이내 태연한 얼굴로 반박했다.

"거기에 대한 답은 아까 말했다시피 어쩔 수 없는 상황에서……."

천류영이 그의 주장을 끊었다.

"변명입니다. 방금도 대주께서는 무의식중에 말로 진실을 보여주셨어요."

"……?"

"태감의 노여움을 풀기 어려울 거라면서 그분의 자존심이 아주 강하다고 하셨습니다. 만약 태감이 미려를 사랑하고 아꼈다면, 대주께서는 그리 말할 수 없는 겁니다. 딸이 죽었는데 자존심이라뇨? 자존심이 아니라 자식을 잃은 슬픔을 언급했겠지요."

친황대주의 표정이 딱딱하게 굳더니, 입술을 질끈 깨물었다.

"둘째, 행동으로도 보여주었지요. 서문세가를 공격할 때, 군이 대주까지 나설 필요는 없었어요. 대주가 그 급박한 상황에서 해야 할 최선은 미려를 지키는 것이었습니다."

"나는 수하 서른 명을 미려 아가씨에게 할당했소."

천류영이 고개를 저으며 반박했다.

"아뇨. 수하 일부에게 맡기지 않고 직접 미려를 지켜야 했습니다. 그 상황에서 대주의 최우선 임무는 그녀를 호위하는 것이지요."

"나, 나는 서른 명으로도 충분하다고 생각했소."

"뭔가 불만스러운 표정이신데, 그럼 대주께서 속내를 드러낸, 더 확실한 행동을 말씀드리죠. 제가 미려와 싸우는 와중에 검봉을 비롯한 제 동료들이 다가왔습니다. 그때, 위기에 처한 미려를 구하려고 달려온 건 십존이었습니다."

"……."

"사실 누구보다 먼저 움직여야 했던 건 대주님이지 않습니까? 그런데도 대주는 끝까지 움직이지 않았어요."

친황대주는 혀로 입술을 축이더니, 굳은 표정을 풀고 피식 웃었다. 궁색한 변명도 할 여지가 없었다.

"대단하군. 왜 당신의 동료들이 그렇게 당신을 떠받드는지, 그 이유를 조금 엿본 기분이오."

"태감께서 미려를 애지중지했다면 호위 임무를 맡고 있는 대주께서 그런 언행을 보이긴 지극히 어렵습니다. 아무리 급박한 상황이라고 해도 그녀를 살리기 위해서 한 번이라도 저에게 진정 어린 제안을 했을 겁니다."

친황대주는 말없이 하늘을 보며 손가락으로 관자놀이를 긁적거렸다. 그리더니 다시 피식 웃음을 터트리며 손사래를 쳤다.

"후후후, 인정했으니 그만합시다. 어쨌든 그대와 나는 지금 한 배를 타고 있으니 솔직해질 필요가 있겠지."

천류영이 그제야 정색한 표정을 풀고 하얗게 미소 지었다. 위선의 장막이 걷혀졌다. 서로 속내를 털어놓고 진심을 얘기할 준비가 된 것이다.

"예. 그런 말을 기다렸습니다. 저 역시 태감의 성격에 대한 솔직한 얘기가 필요하니까요. 그건 제가 태감을 상대할 때, 꽤 유용한 정보가 될 겁니다."

친황대주는 천류영을 보며 뇌리를 스치는 생각에 흠칫 몸을 떨다가 약간 질린 표정을 지었다.

천류영이 왜 자신을 몰아붙였는지 깨달은 것이다.

이 순박해 보이기까지 하는 이상주의자가 어떤 현실론자보다 더 치밀한 모습을 보이는 것이 믿기 힘들었다.

사실 수십만 명의 폭거는 자연재해와 같다. 그런 일이 일어날 것이라고 어느 누가 상상이나 할 수 있겠는가.

그래서 친황대주는 태감의 진노가 풀릴 것 같지 않으면 최후의 수단으로 모든 책임을 천류영에게 전가하는 것도 고려하고 있었다.

그걸 간파한 천류영이 친황대주의 약점을 찔러 들어오면서 서로 협력해야 한다는 것을 지적한 것이었다.

천류영은 미려를 직접 죽였고, 친황대주는 그녀가 죽는 것을 외면했다. 서로 약점을 쥐고 있으니, 태감 앞에서 뒤통수칠 일이 없어진 것이다.

친황대주는 묘한 패배감을 느꼈다. 왜 묘하냐면, 꽁꽁 숨겨두었던 비겁한 수가 들통났는데도 이상하게 기분이 나쁘지 않은 탓이었다. 왜냐하면 이젠 진짜 공범이고, 동지가 된 거니까.

친황대주는 가감 없이 속내를 풀었다.

"사실 태감께서도 그렇고, 나도 마찬가지로 미려를 그리 좋아하지 않았소. 그 천둥벌거숭이를 대체 어느 누가 좋아할 수 있겠소? 하지만 중요한 건 태감의 자존심이오. 골칫덩어리가 사라진 건 아무래도 상관없지만, 태감의 자존심은 깊은 상처를 입었소. 그런데 과연 용서해 줄 것 같소?"

천류영이 다시 정색하고 고개를 끄덕였다.

"상처 입은 자존심을 보상할 만한 것을 내놓아야겠지요."

친황대주의 눈빛이 돌연 무거워졌다. 그 역시 진중한 표정을 짓고 물었다.

"그게 뭐요?"

천류영도 정색하고 답했다.

"제 목숨."

"……!"

친황대주는 아연한 표정으로 입술을 질겅질겅 깨물다가 고개를 저었다.

"고작 그대 목숨 하나로 태감께서 노여움을 풀 거라고 생각하는 거요? 그대가 무림에서 제법 높은 위치에 있는 것은 알겠지만, 그것으로는 턱없이 부족하오."

그는 말을 마치기 무섭게 눈살을 찌푸리고는 천류영을 노려보았다. 그의 말이 이어졌다.

"서로 솔직하자 해놓고 농을 하고 싶소? 죽으려는 인간이 배에서 그렇게 무공 수련에 매진할 리가 없지."

천류영이 빙그레 웃고 말했다.

"하하하, 그렇지요. 살 겁니다. 하지만 목숨을 걸어야 살 수 있겠지요."

"……."

"방 대협은 제게 목숨을 일임해 주셨습니다. 대주님도 저에게 목숨을 맡겨주지 않겠습니까?"

"무슨…… 뜻이오?"

"저는 패왕의 별이 되려고 합니다."

"……."

"강호무림에 부는 피바람을 잠재우고 최후의 승자가 되는 것으로 과연 패왕의 별이 될 수 있을까요? 민초의 어려움은 아랑곳하지 않고, 홀로 영광된 자리에 앉으면 되는 걸까요? 저는 아니라고 생각합니다."

친황대주는 대화가 뜬금없이 무림의 전설인 패왕의 별로 옮겨지는 것이 의아했다.

"하고 싶은 말의 요지를 말하시오."

"지금 나라는 수십 년 동안이나 제 역할을 하지 못하고 있습니다. 강성한 외적을 막는다는 이유로 지방의 수많은 병사들을 전장에 투입하는 동안, 무림 문파들이 사실상 치안을 담당하고 있습니다. 경제는 천하상회가 좌지우지하고 있고요."

"……."

"백성들의 삶이 피폐해지고, 소득의 불평등이 극심해진 근본 이유는 바로 거기에 있습니다. 나라가 나라의 역할을 제대로 못하는 것."

수백 년 전, 황궁의 태감이 비원에 합류한 가장 큰 까닭은 무림을 감시하기 위해서였다. 무림인들의 무력은 수수방관하기엔 지나치게 강대했으니까.

　하지만 삼십여 년 전부터 상황이 돌변했다. 대륙 변방의 여진과 거란, 그리고 몽골이 각자 하나의 부족 아래 통합된 것이다.

　그때, 십천백지와 천하상회에서 태감에게 제안을 했다. 내치(內治)는 잠시 자신들이 돕겠으니, 외적에 집중하라고.

　사실 말도 안 되는 제안이지만, 나라가 외적에 무너질지도 모른다는 위기감은 황궁으로 하여금 그걸 받아들일 수밖에 없게 만들었다. 물론 그때만 해도 외적과의 대치가 이리 길어질 거라고는 상상도 못했으니 제안을 받은 것이겠지만.

　친황대주는 선선히 고개를 주억거렸다.

　"비원에 대해 말하는 거군."

　사실 천류영이 지금 말한 것은 웬만한 식자라면 누구나 짐작하고 있는 바였다.

　그래서 이 시대를 살아가는 사람들은 흔히 말한다.

　이 시대의 관(官)을 믿느냐고.

　위기를 모면하기 위한 비정상적인 임시변통이 고착화되면서 세인들은 어느 순간부터 비정상에 순응하며 살고 있

거친 광야로　283

던 것이다.

금권과 십천백지란 일부 집단이 황제 대신 멋대로 실제 권력을 행사하고 있는 세상.

천류영은 소매로 이마의 땀을 훔치며 말을 이었다.

"제대로 된 세상을 만들기 위해서 작금의 잘못된 판을 부수고 정상화시켜야 하지 않겠습니까?"

2

친황대주가 고개를 갸웃거리며 반문했다.

"그대는 무림인인데, 어찌 무림보다 나라와 백성을 더 걱정하는 거요?"

"나라의 기강이 바로 서고, 백성의 삶이 안정된 바탕 위에서야 강호무림도 정상적으로 발전할 수 있다고 믿기 때문입니다. 이런 비정상이 지속되면 힘만을 추구하는 무림은 점점 거대해져서 누구도 꺾을 수 없는 거대한 탐욕 덩어리가 되고 말 겁니다."

"……."

"무인은 백성에게 존경의 대상이어야지, 두려움의 대상이 되어선 안 됩니다. 그건 악(惡)입니다."

친황대주는 그제야 천류영이 말하려는 것을 어슴푸레 눈치 챘다. 그는 기가 질린 표정으로 천류영을 뚫어지게 보다가 힘겨운 표정으로 입을 열었다.

"미친! 목숨을 건다는 건…… 전장으로 가겠다는 의미였군."

"어려운 일인 거 압니다. 하지만 광야에 나가지 않으면 이 비정상적인 세상이 언제 제대로 돌아올지 막막하지 않습니까?"

친황대주는 손바닥으로 이마를 툭, 치고는 고개까지 젖히며 웃음을 터트렸다.

"하하하, 기가 막혀서 말이 안 나올 지경이오. 수십만, 수백만이 겨루는 전장에 우리 셋이 간다고 뭐가 변할 거 같소? 그대가 무림에서 제법 잘나가는 인물이라는 건 아오. 하지만 그곳은…… 무림과는 천양지차라는 것을 명심해야 하오."

친황대주는 천류영이 뭔가 반박하려는 낌새를 채고는 급히 말을 이었다.

"내 말부터 들으시오. 그대는 화살 비를 경험해 본 적이 있소? 없겠지. 강호에서 잘나간다는 고수들도 수천수만 발의 화살이 빗발치는 곳에선 허망하게 죽어 나갈 수밖에 없소. 무수한 적과 창칼을 부딪치는 와중에 무수한 화살이 팍팍 꽂힌다는 말이오."

"……."

"무림의 전투와는 전혀 다르오. 그곳은 악몽보다 더 끔

찍하고, 지옥보다 더 깜깜하며…….”

천류영이 그의 말을 끊었다.

“그래도…… 해야 되는 일이잖습니까?”

“당신, 정말이지…….”

“해야 하는 일 맞지요? 옳은 일이지요?”

“…….”

친황대주가 쉽게 대답을 못하자 천류영이 쓴웃음을 깨물고 말했다.

“그렇게 겁이 나면 지금 떠나셔도 좋습니다. 하지만 평생 도망자로 산다는 건 결코 좋은 일이 아닐 겁니다.”

친황대주는 깊게 한숨을 뱉고는 어금니를 악물었다.

이상주의자가 명분을 들이밀면 이미 패배가 예정된 것이나 진배없다. 양심이 있다면 반박하기가 어렵다.

굳이 반박하려면 이상과 현실의 괴리를 따져야 하는데, 아까 대화를 나눴듯이 이 천류영이란 사내에게는 그것이 통하지 않았다.

천류영은 말도 안 되게 어려운 현실을 외면하지 않고 맞서 싸우며 이겨내 온 인물이니까. 할 수 있다는 것을 실제로 보여준 사람이니까.

불현듯 그런 생각도 들었다.

어쩌면 천류영은 또다시 그런 기적을 만들어낼 수도 있지 않을까 하는. 만약 무림의 오랜 전설인 패왕의 별이 될 운명의 남자라면 말이다.

그는 뜬금없이 든 생각에 과하다는 느낌이 들어 피식 웃었다.

"그대의 말은 충분히 감동적이오. 하지만 태감께서 그대의 제안을 받아들일 거라고 생각하오? 우리 셋이 가서 대체 뭘 할 수 있다고? 믿지 않으실 거요. 오히려 더 진노하셔서 그냥 우리를 죽일 거요."

천류영이 빙그레 웃었다.

"조건을 달아야지요. 그럼 받을 겁니다."

"……?"

"일 년. 그 안에 태감께서 정해준 전장에서, 거란이든 여진이든 몽골이든…… 우리가 그 싸움터에서 괄목할 성과를 내놓지 못하면 그때 죽이시라고."

"……."

"대주께서도 아시겠지만, 세상에서 가장 거래에 능숙한 자는 장사꾼이 아닙니다. 권력자지요. 제 제안…… 받을 겁니다. 태감은 분명 제가 제법 쓸모 있는 인재라고 생각할 테니까요. 또한 저를 죽이면 절강성에서 민란이 일어나는 건 아닐까 저어도 될 테고요."

친황대주는 손바닥으로 자신의 얼굴을 몇 차례 쓸었다. 이건 확실히 일리가 있는 말이다. 자신도 생각했던 문제니까.

외적을 상대하느라 지방의 병력을 잔뜩 뺀 상황이다. 그런데 대규모 민란이 일어나면 태감에게 매우 부담스러울 터!

천류영의 제안은 태감의 체면을 세워주는 동시에, 절강성의 안정을 도모할 수 있다. 그리고 천류영이 외적과의 전쟁에서 괜찮은 결과물을 만들어낸다면 금상첨화였다.

큰 전공이 아니라 작은 전공이라도 세울 수 있다면, 태감은 굳이 천류영을 죽이지 않을 것이다. 절강성의 민란이 두려울 테니까.

뭐, 전장에서 싸우다 죽어버리면 말짱 소용없는 일이지만.

"그 제안…… 먹힐 수도 있겠소."

마침내 친황대주가 천류영의 말을 긍정적으로 인정했다. 그에 천류영이 환하게 미소 지었다.

태감을 측근에서 모시는 친황대주가 동의했으니까.

"다행입니다."

"참고로 태감 앞에서는 당당한 모습을 보여주는 것이 좋소. 그분은 과하게 허리를 숙이는 모습이나 아부하는 자를 혐오하는 편이오."

천류영의 눈이 동그래졌다.

그 정도의 권력자가?

어쨌든 유용한 정보였다.

"명심하지요."

"그렇다고 민란의 가능성으로 겁박할 생각은 하지 마시오. 당당한 것을 좋아하지만, 협박은 자존심을 건드리는 일이니 위험하오."

천류영이 고개를 끄덕이는 가운데, 친황대주의 말이 이어졌다.

"그리고 일 년이라고 했소? 뭔가 보여줄 만한 전공을 얻기엔 짧은데……."

"일 년. 그 이상은 제가 안 됩니다. 무림의 전쟁이 그즈음이면 다시 불붙기 시작할 공산이 높으니까요."

친황대주는 의아한 눈빛으로 고개를 갸웃거렸다.

"근래 치열하게 벌어지고 있는 무림의 싸움이 일 년 정도는 휴전 상태가 된다는 뜻이오?"

"휴전까지는 아니고, 당분간 소규모 국지전으로 진행될 겁니다."

"뭐, 나와는 상관없는 일이지만, 그래도 궁금하군. 왜 그렇소?"

천류영이 어깨를 으쓱거렸다.

"패왕의 별 때문이지요."

"……?"

천류영은 뭍에 있는 방야철이 자신에게 손을 흔드는 모습을 보며 친황대주에게 말했다.

"일단 하선하시죠."

"응? 지금 배에서 내리자고 말한 거요?"

어리둥절해진 친황대주는 배 안을 훑으며 말을 이었다.

"물도 다 실었고, 이제 곧 떠날 텐데?"

"꼭 챙겨야 할 중요한 소지품이 있습니까? 있으면 그것만 챙겨서 내리시지요. 최대한 서두르십시오."

"당최 지금 무슨 말을 하는 건지 종잡을 수가 없군."

천류영이 빙그레 웃었다.

"일단 내려서 얘기하지요."

*   *   *

항주, 무림맹 절강 분타.

수뇌부와 함께 이곳을 방문한 주요 인물들이 빙봉의 집무실에 빼곡하게 모여 있었다.

그들이 모인 이유는 하나였다.

천류영이 떠나면서 사십 일 후에 뜯어보라며 남긴 서찰 때문이었다.

모용린이 서찰을 펼치고 읽어 내리자 많은 사람들의 안색이 시시각각 요동쳤다.

정파의 십대고수인 철혈무성이 낮게 신음을 흘리다가 중얼거렸다.

"점쟁이도 아니고, 대체…… 무림서생은 이걸 정녕 사십 일 전에 쓰고 떠났단 말인가?"

그의 제자인 철권 갈지혁도 고개를 절레절레 흔들었고, 하북팽가의 가주와 장남인 팽우시도 눈을 부릅뜨고 혀를 내둘렀다.

원래 천류영과 가까웠던 독수 당철현이나 능운비 단주 같은 사람들은 그저 허허로운 웃음만 머금었다.

내실의 사람들이 그렇게 놀랄 만도 한 것이, 천류영이 떠난 후에 속속 들어온 정보들과 거의 일치했기 때문이다.

천마검이 극소수의 인원으로 무림맹 총타를 유린하고는 거의 피해 없이 빠져나갈 것이며, 무림맹주와 총군사가 마교에게 대패할 확률이 지극히 높다는 것까지.

거기에 불과 이레 전 들어온 사오주와 무림맹 호광 분타의 전투 결과도 적중했다.

광서 분타에 이어 호광 분타에서도 사오주의 압승.

더 기가 막힌 건, 무림맹 총타에서 호광 분타로 보낸 지원군이 녹림십팔채에 기습당할 가능성까지 적혀 있다는 점이었다.

잠자는 호랑이라고 불리는 녹림십팔채의 등장.

비록 정파의 지원군이 방심한 상태에서 그들에게 야습을 받았다고는 하지만, 무력할 정도로 녹림에게 패한 사실은 천하를 경악시켰다. 그리고 그걸 천류영은 이미 예상하고 있던 것이었다.

동시에 바로 그제 들어온 정보, 사오주와 녹림십팔채가 전격적으로 연합해 사육주가 될 수 있다는 전망을 모용린이 읽어 나가자 내실의 군웅들은 놀라는 것조차 진이 빠진다는 기색이었다.

독수 당철현이 손을 들며 입을 열었다.

"빙봉, 잠깐만 쉬었다 이어가지."

천류영을 익히 잘 아는 그조차 계속되는 족집게 예언에 기함하고 만 것이다.

당철현의 말이 끝나기 무섭게 사방에서 감탄성이 빗발치듯 흘러나왔다.

'역시 무림서생이다', '천 공자다' 하는 탄성과 함께 믿기 어렵다는 불신의 기색을 짓는 이들도 몇몇 있었다.

팽우시가 옆에 있는 동생을 보며 신음을 흘리다가 말했다.

"너는 별로 놀라지 않는구나?"

하월 팽우종이 어깨를 으쓱하더니 주변을 돌아보며 말했다.

"아니, 놀랐습니다, 형님. 하지만…… 둘러보면 아시겠지만, 저처럼 천 공자와 가까웠던 사람들은 이런 일에 좀 면역이 생겨서요."

철혈무성이 한차례 진저리를 치고는 입을 열었다.

"소문보다 더하구나. 사람이 어찌……."

야차검 조전후가 괜히 신이 나서 크게 웃었고, 곁에 있는 능운비와 서언도 어깨를 으쓱거렸다.

좌중의 그런 반응을 보며 독고설과 모용린은 눈을 마주치며 미소를 머금었다.

두 여인은 천류영이 언급한 모든 것을 알고 있었기에.

천류영은 독고설에게는 자신이 죽을 경우를 대비해서 숨기는 것이 없었고, 모용린은 앞으로 이곳에서 절강 분타주 자리를 맡아야 하기에 알려준 것이다.

그녀들은 충격의 늪에서 허우적거리는 좌중을 보면서 흐뭇한 동시에 약간은 미안한 생각도 들었다.

사실 지금까지 얘기한 것들은 천류영의 뛰어난 통찰력이 있기에 가능한 것이 맞았다. 하지만 단순한 통찰력으로는 불가능한 것들이기도 했다.

마교의 무서운 전력은 천마검으로부터 전해 들었고, 사오주에 관한 전력은 함께 싸워보기도 했을 뿐더러 하오문의 수란 문주로부터 정보를 제공받고 있었다.

또한 녹림십팔채는 광혈창 채주란 끈이 있고, 사오주와 녹림이 만나는 것을 조전후가 우연히 보게 되는 행운까지 얻었다.

동시에 정파무림의 안이하고 오만한 모습을 누구보다 잘 알고 있는 인물이 천류영이었다.

사방에서 모아진 정보의 편린들을 하나씩 맞추다 보니 실제로 일어난 결과와 비슷하게 추정할 수 있었던 것이다.

즉, 천류영의 자리에 모용린이 있어서 그 정보들을 다 취합했다면, 거의 똑같은 판단을 내렸을 것이다.

그러나 독고설과 모용린은 굳이 그것들을 언급하지 않았다.

왜냐하면, 사파인 하오문이나 녹림의 광혈창, 게다가 마교의 천마검과도 천류영이 얽혀 있다는 것을 말할 수는 없는 노릇이니까.

그녀들은 그저 천류영을 대단하다고 추켜세우는 사람들을 보며 앞으로 이들이 천류영을 지지할 세력이 되어주기만을 고대했다. 다시는 천류영이 지난번과 같은 고초를 당하지 않기를 바라며.

팽가주와 함께 온 명숙이 팔에 돋아난 소름을 훑다가 말했다.

"마교주와의 싸움이 대패인 게 아닌 것만 빼고 모두가 놀랍도록 맞아떨어지는군. 허, 거참."

워낙 배분이 높은 분들이 많아 조용히 눈치만 살피던 장득무가 불쑥 입을 열었다.

"어? 대패 아닙니까? 일만 사천에서 일만에 가까운 사상자가 발생했는데."

"흐음, 그야 그렇지만, 그 전장에서 정파의 좌군이 세운 공도 있으니까. 수인산이란 곳에 매복한 일천의 흑도인들을 거의 섬멸시켰고……."

"그래도 좌군의 절반도 결국 무너졌으니 대패지요. 남궁세가의 금검단과 화산파의 매화단, 무림맹의 천붕대가 선전해 줘서 도망치던 동료들이 안전하게 후퇴할 수 있었지만, 그로 인해 매화단과 천붕대는 거의 몰살당했고, 금검단도 절반 가까이 사상자가 났으니……."

장득무는 말을 잇지 못했다. 사매인 화가연이 손으로 그의 입을 막은 것이다. 화가연은 자리에서 일어나 사죄의 뜻으로 허리를 숙이며 말했다.

"죄송합니다. 저희 사형이 분위기 파악을 못해서…… 죄송합니다."

연이은 정파의 대패.

그 속에서 유일한 전공이 있다면, 수인산의 매복병을 간파하고 처리했다는 것이었다. 작은 전공이라도 필요해진 정파인들은 마교주와의 전투를 완패나 대패까지는 아니라고 자위를 하고 있는 셈이었다.

물론 정파 내부의 분위기는 흉흉하고 험악했다.

전쟁이 시작되고 곳곳에서 벌어진 전투에서 이긴 것은 사실상 한 곳밖에 없기 때문이었다.

사천 분타.

그런 데도 불구하고 많은 명숙들은 사천 전투를 입에

올리지 않았다.

어쩔 수 없이 무림서생의 능력은 인정하게 되었지만, 그가 비원과 돌이킬 수 없는 척을 지게 되었기에 그랬다.

태감의 수양딸과 십천백지 중 하나를 죽인 장본인이니 어쩔 수 없는 노릇이었다.

팽가주가 씁쓸한 표정으로 말했다.

"천 공자가 이런 것들을 다 예상하고 있었다면, 미리 알려주었으면 좋았을 것을."

그가 안타까운 탄식을 뱉자 적지 않은 이들이 동조의 기색으로 고개를 끄덕였다. 그러자 독고설이 담담한 어조로 입을 열었다.

"팽가주님, 무림서생은 이런 경고를 총타의 맹주님과 총군사께 이미 전달했습니다."

"그, 그럴 리가? 검봉, 네 말이 사실이라면, 이런 일이 벌어질 것을 경고했는데도……."

팽가주는 자신의 말을 멈추고 손으로 허벅지를 가볍게 내려쳤다.

"아, 그렇구나. 믿지 않았던 거구나."

"예, 팽가주님. 정확히는 믿지 못한 것이지요."

"허허허, 애석한 일이로고. 하긴 어쩌면 나도 그랬을지도 모르겠군. 지금이야 결과가 나왔다지만, 예전에 이런 경고를 받았다면…… 무시당하는 것 같아 오히려 역정을 냈을지도……."

사람들의 얼굴에 쓴 미소가 일제히 떠올랐다.

어느새 식어버린 차를 마시며 숨을 돌린 사람들은 다시 모용린에게 집중했다. 그녀는 천류영이 쓴 내용을 다시 차분하게 읽어 나갔다.

"앞으로 당분간은 큰 전투는 없을 것 같습니다. 왜냐하면 모두가 패왕의 별이 되길 원하기 때문입니다."

사람들은 고개를 갸웃거리면서 경청했다.

"우리 정파는 많은 손실을 입었지만, 앞으로는 오만함과 안이함을 버리고 경각심을 갖게 될 것입니다. 또한 명문 문파에서도 상황의 심각성을 직시하고 아껴둔 고수들을 내놓게 될 겁니다. 은거했던 고수들도 자리를 떨치고 일어나겠지요."

당철현이 비아냥조로 추임새를 넣었다.

"흥, 소 잃고 외양간 고치는 꼴이지."

팽가주가 고개를 끄덕이며 맞장구쳤다.

"그러게 말입니다. 독수 어르신 말마따나 우리의 안이함을 깨닫는 대가로 너무 많은 피해를 입었습니다."

모용린이 잠시 기다렸다가 계속 읽어 나갔다.

"마교나 사오주도 지금까지처럼 일방적인 승리를 얻기는 어렵다는 걸 알게 될 겁니다. 또한 마교와 사오주는 연전연승을 거둔 상대방을 경계하게 되겠지요. 즉, 서로의 힘과 세력이 만만치 않다는 것을 알아차린 그들은 굳이 먼저 나서서 정파를 공략하려 하지 않을 겁니다. 나중에 움직이는 자가 패왕의 별이 될 가능성이 비약적으로 높아지기 때문입니다."

좌중들이 당연하다는 표정으로 고개를 주억거렸다. 먼저 나서 정파와 싸웠다가 힘겨운 승리를 거둔다면, 세력을 보존하고 있던 경쟁자에게 먹히기 십상이니까.

"또한 마교와 사오주는……."

모용린이 말을 잠시 끊고 좌중을 훑어보며 말했다.

"사오주라고 써져 있지만 녹림십팔채가 등장했으니 앞으로는 사육주라고 읽겠습니다. 마교와 사육주는 정파와 흑도의 경쟁자까지 연달아 격파할 자신감이 있다 하더라도 자제할 겁니다. 무림을 일통해도 피해가 너무 크다면 다스릴 수가 없기 때문이지요."

"……."

"그런 관계로 마교는 대륙의 북쪽을, 정파는 중앙, 사육주는 남부를 지배하며 전쟁에 참가하지 않은 군소 문파들을 세력으로 끌어들이는 데 전력을 다하게 될 겁니다. 이른바 더 거대한 전쟁으로 발전할 대충돌(大衝突)을 앞두고 전력을 보강하는 것이지요."

모두가 연신 고개를 끄덕이며 차를 홀짝였다. 아주 중요한 전쟁의 흐름에 관한 얘기였지만, 사실 누구나 짐작할 수 있는 것들이기에 부담 없이 모용린의 말을 경청했다.

"올해는 아마 이렇게 지나갈 것이라 판단됩니다. 그리고 겨울이 오면 마교와 사육주가 모종의 거래를 할 공산이 큽니다. 그들이 연합하는 것을 반드시 막으십시오."

천류영의 글을 읽던 모용린의 미간이 좁아졌다. 철혈무성이 물었다.

"어떻게 막으라는 건가?"

모용린이 어깨를 으쓱하고는 고소를 삼켰다.

"그것까지는 적혀 있지 않습니다."

"……."

"왠지…… 무림서생은 우리에게 이렇게 말하고 있는 것 같습니다. 너무 자신에게 기대지 말고 스스로 생각하라고 말이지요."

순간, 좌중의 얼굴이 붉게 달아올랐다. 모용린이 손으로 귓가의 머리카락을 정리해 넘기며 소리 내서 웃었다.

"호호호, 이거야 원. 약간 민망해지네요. 저조차…… 저도 모르게 천 공자에게 기대고 있었어요. 이래서야 발전할 수가 없는데 말이죠."

몇몇 사람들이 주먹으로 입을 가리고는 계면쩍은 표정으로 헛기침을 해 댔다.

하지만 진실은 달랐다.

사실 천류영이 마교와 사오주가 연합할 가능성을 언급하면서 대책을 쓰지 않은 건…… 그것까지 생각해 본 적이 없어서였다.

즉, 몰라서였다.

실제 그런 낌새가 보이거나 정보를 얻으면 당시의 환경을 꼼꼼히 살피고 고민해야 할 문제인데, 섣불리 예단했다가는 오히려 위험해질 수도 있는 사안이 아닌가.

그래서 써넣지 않은 건데, 빙봉을 포함한 좌중은 엉뚱하게 해석하고 있었다.

천류영은 그렇게 자신도 모르는 사이에 주변의 사람들에게 전폭적인 신뢰를 쌓아가고 있었다.

3

다음 문장을 읽던 모용린의 눈이 가늘어졌다. 그녀의 호흡이 가빠진 것을 보며 사람들이 의아한 표정을 지었다. 조전후가 물었다.

"빙봉, 무슨 내용인데 그러는 거요?"

"아, 죄송해요. 생각지도 못한 것이 적혀 있어서."

"……?"

"전투가 벌어졌던 곳의 시신을 확인하라고. 은밀하게."

사람들의 눈에서 기광이 번뜩였다. 당철현이 침음하며

입을 열었다.

"배교가…… 아직 존재할 가능성을 말하는 거군."

모용린이 고개를 끄덕였다.

"예. 눈앞의 강대한 적들에 정신이 팔려서 배교를 깜빡하고 있었네요. 천 공자의 말마따나 그때 무너트린 것이 전부가 아닐 수도 있는 건데."

"그래, 그 사악한 놈들이라면 그럴 수도 있겠어. 천 공자가 좋은 지적을 해줬군."

당철현은 모용린의 눈이 서찰의 끝부분을 읽고 있는 것을 보면서 웃는 낯빛으로 물었다.

"이제 남은 건 천 공자가 언제 돌아올지에 대해서 겠군. 하루 만에 떠나 버려서 술 한잔하지 못한 게 아쉬웠는데……."

당철현은 눈을 가늘게 뜨며 굳어지는 모용린의 얼굴을 보았다.

그리고 사람들은 보았다, 그녀가 독고설을 보며 입술을 꾹 깨물고 미안한 표정을 짓는 것을.

덩달아 독고설의 표정도 변해갔다. 그녀는 억지로 미소짓고는 말했다.

"빙봉 언니, 날 놀리려는 거라면 하지 마."

"여기부터는 네가 읽어야 할 것 같은데……."

"아니, 싫어. 언니가 읽어."

"……."

"좋아. 하나만 말해줘. 언제 돌아온데?"

모용린이 한차례 깊게 한숨을 내쉬고 답했다.

"일 년 정도."

독고설의 고운 얼굴에 잔파도가 연이어 일었다. 그녀의 눈가가, 뺨이, 그리고 입술과 턱이 부들부들 떨렸다.

"그럴 리가 없어. 설득할 수 있다고 했어. 그런데 무슨 설득이 그렇게 오래 걸려?"

"그게…… 천 공자는 지금 자신이 이곳에 있으면 오히려 정파가 분열될 거라면서 잠깐 자리를 비우는 게 정파에게, 그리고 비원의 적이 될 수도 있는 우리에게도 나을 거라고……."

독고설의 얼굴이 쉴 새 없이 경련을 일으켰다. 그녀의 입에서 튀어나오는 목소리가 이루 말할 수 없이 차가웠다.

"그런 말도 안 되는 얘기는 뭐야!"

"그리고…… 황궁의 노여움에서 절강성의 백성을 지키고, 동시에 삐뚤어지고 비정상적인 세상을 다시 회복시키기 위한 작업도 하고, 또…… 더 강해져서 돌아오겠다고. 약속한대로 살아서 돌아올 테니까 믿고 기다려 달라고……."

독고설은 손을 덜덜 떨며 물었다.

"대체 뭘 하고 오겠다는 건데?"

"외적과 싸우는 전장에⋯⋯."

독고설의 눈이 화등잔만 해졌다. 아니, 좌중의 눈도 모두 커졌다. 조전후나 서언 같은 이들은 벌떡 일어났다.

독고설의 맑은 눈에 투명한 습막이 펼쳐졌다.

"왜 또? 왜 만날 혼자 책임을 뒤집어쓰는데! 왜 또 그렇게 사지로 가는데! 왜! 대체 그분이 뭘 그리 잘못했다고! 왜애애!"

모용린이 슬픈 눈빛으로 고개를 떨어트렸다.

"미안. 내 잘못이야. 수십만 명이 들고일어난 사건인데, 황궁에서 절대 그냥 넘어갈 사안이 아닌데, 너무 안이하게 생각했어. 나는⋯⋯ 정말 그에게 너무 많이 의지하고 있었네. 그가 생각해 둔 게 있다고 하니까 그냥 믿어버렸어. 그 생각해 둔 게⋯⋯ 우리를 살리기 위해서 자신을 광야에 던져 버릴 거라고는⋯⋯ 몰랐어."

독고설이 가슴을 쥐어뜯으며 허리를 깊숙이 숙이고는 소리 없이 오열했다. 그녀가 '끅끅' 거리며 우는 모습을 아픈 눈으로 바라보던 사람들은 위로의 말조차 건넬 수가 없었다.

*　　　　*　　　　*

경항대운하의 북경 선착장.

태양이 서녘 하늘로 뉘엿뉘엿 기울고 있지만, 한낮의 뜨거웠던 열기는 아직 식지 않았다.

평소라면 많은 사람들이 북적거리며 각자의 일에 집중했을 것이다. 연신 땀을 훔치면서 와자지껄 떠들고 있어야 정상이다.

그런데 기이하게도 수많은 사람들이 입에 자물쇠라도 채워졌는지, 침묵을 지키며 조용히 움직였다.

그 이유는 얼마 전 선착장에 등장한 일백여 명의 칼 찬 무림인들 때문이었다.

한눈에 보기에도 범상치 않은 그들은 지방에서 올라오는 배가 닻을 내리고 짐을 부리는 곳 앞에 늘어서 있었다.

그들의 전신에서 흘러나오는 기세가 어찌나 대단한지, 선착장의 인부들은 그들 주변을 지나칠 때면 절로 오금이 저릴 지경이었다.

특히나 가장 선두에 있는 초로인과 중년인은 섬뜩할 정도로 위압적이어서 감히 얼굴을 쳐다보지도 못할 정도였다.

그들의 정체는 십천백지의 사존과 오존, 그리고 휘하조직인 흑야였다.

산동 단씨가를 사실상 무너뜨린 천마검을 쫓으려 북방으로 움직였다가 허탕을 치고 돌아온 그들은 지금 매우 분개한 상태였다.

천마검에게 농락당한 것도 천불이 날뿐더러 놈에게 동료를 무려 셋이나 잃었기에 더욱 그랬다.

산동 단씨가에서 칠존이, 무림맹 총타에서 육존과 팔존이.

한 놈에게 천존이 셋이나 죽는, 십천백지 역사상 전례가 없는 수치의 기록이 아로새겨진 것이다.

그런데 설상가상이라고, 십존이 항주에서 비명횡사하는 사건마저 발생한 것이다.

그랬다. 그건 비명횡사라고 봐야 했다.

수십만이 봉기하는, 말도 안 되는 사건이 발생한데다가 십존을 죽인 것은 무림에 입문한 지 고작 일 년 반밖에 되지 않는 애송이였다.

무림서생 천류영.

이제 세상은 십천백지의 존재를 인지하고 있었다.

그런데 열렬한 환호와 숭배를 받으며 등장해야 할 자신들이 천마검과 천류영이란 놈들 때문에 비아냥까지 듣는 처지로 전락하고 말았다.

그건 정말이지 굴욕이 아닐 수 없었다.

마침내 항주에서 출발한 배가 선착장에 들어섰다.

사존과 오존은 휘하 십지를 흘낏 보고 눈짓을 했다. 그러자 이십 명의 십지가 날듯이 배로 뛰어 들어갔고, 팔십여 흑야 고수들은 더 넓게 늘어서며 경계를 철통같이 했다.

하지만 천진에서 하선한 천류영 일행이 있을 리 만무.

사천의 일지가 배의 선장을 끌고 와 천존 앞에 꿇렸다.

졸지에 벼락을 맞은 선장을 덜덜 떨며 외쳤다.

"그들은 천진 선착장에서 내렸습니다. 정말입니다."

사존은 이를 박박 갈면서 선장을 죽일 듯 쏘아보았다. 사실 이 늙은 선장의 잘못은 없다. 그럼에도 천마검에 이어 천류영이란 애송이한테까지 연거푸 농락을 당한 자신의 꼴이 우스워 천불이 났다.

어쩌다 십천백지가 이렇게 한심한 꼴이 되어버렸단 말인가!

선장은 고개를 조아리며 계속 말했다.

"그 뭐냐, 낭왕이라는 자가 천진 선착장에서 누군가와 한참 뭔가를 쑥덕거렸습니다. 그러더니 천류영이라는 청년에게 손을 흔들었고……."

사존이 그의 말꼬리를 받았다.

"그러니까, 천류영이 하선했다는 말이냐?"

"예예. 그리고 친황대주님도요. 어찌나 정신없이 급하게 움직였는지, 옷가지와 소지품 몇 개도 놓고 떠났습니다."

지켜보던 오존이 사존을 보며 말했다.

"그들에게 협조하는 정보 세력이 있단 말로 들리는군. 우리가 시간에 맞춰 여기서 대기할 것을 천진 선착장의 누군가가 알려준 게지."

사존이 고개를 끄덕였다.

"누굴까?"

오존은 어깨를 으쓱거렸다.

신이 아닌 이상 그것을 어찌 알겠는가.

물론 추측해 볼 수는 있다. 하지만 막연하게 추측하기 시작하면 범위는 너무 넓어진다. 어쨌든 나중에 조사할 일이다.

오존이 입을 열었다.

"일단 그건 나중 문제고, 지금은 놈들을 잡아야 해."

"그렇지. 그 무림서생이란 놈이 태감과 만나게 둘 수는 없는 노릇이니까."

자신들과 태감은 같은 배를 타고 있지만, 가까운 동지라고 할 수는 없었다. 이해득실이 맞아떨어진 사이일 뿐.

여기서 문제가 발생한다.

자신들과 태감, 모두 무림서생에게 원한이 있다.

자신들은 동료인 십존이, 태감은 수양딸인 미려가 놈의 손에 죽었다.

그러니 먼저 잡는 쪽이 우선 원한을 풀 자격이 생긴다.

자신들이 먼저 잡아야 한다. 그래서 천류영을 고문해 반병신을 만든 다음, 놈의 목을 따는 것쯤은 태감에게 양보해 줘야겠지. 태감의 체면이란 것을 세워줄 필요도 있으니까.

어쨌든 십천백지의 입장에서는 무림서생이 자신들보다 태감과 먼저 접촉하는 것이 지극히 꺼려졌다.

그가 무림에서 보여준 불과 일 년 반의 행적은 단순히 대단하다는 말로 치부할 수준의 것이 아니었다.

일반적 상식을 뛰어넘는 통찰력과 실행력.

그런 놈이 만약 태감과 어떤 거래라도 시도한다면?

좋지 않다.

당연한 거다. 자신들 말고 다른 무림인이 태감과 인연을 맺는 것은 독점이 깨진다는 뜻이니까. 그리고 그가 상당한 세력을 움직일 만한 인물인 경우에는 더더욱 그럴 수밖에 없었다.

비원이 삐거덕거릴 수 있으니까.

기실 태감이 천류영을 먼저 만나더라도 별문제가 없을 수도 있다. 태감이 놈을 죽일 공산이 크니까.

하지만 천류영이 태감을 설득할, 그럴 확률이 지극히 적다고 해도 불안거리를 방치할 이유는 없었다.

사존과 오존은 흑야의 수장을 불러 천류영이 육로로 북경에 들어올 수 있는 경로를 잠깐 논의했다.

절로 한숨이 나왔다.

경우의 수가 너무 많다. 그 넓은 곳을 모두 감시한다는 것은 애초에 불가능하다.

사존이 말했다.

"북경 안으로 들어오는 건 막을 수 없겠지."

그는 비릿한 미소를 피워 올리며 말을 이었다.

"하지만 우린 그의 목적지를 아니 상관없을 수도."

오존이 고개를 끄덕였다.

"황궁, 그 주변으로 이십 리를 철통같이 감시하자."

사실 이 또한 말처럼 쉬운 일은 아니었다. 즉, 수하들을 효율적이면서도 꼼꼼하게 배치해야 한다. 더 급한 것은 지금보다 훨씬 더 많은 수하들이 필요하다는 점이었다.

"서두르지."

그들이 선착장을 우르르 빠져나가자 그때까지 무릎 꿇린 채 숨도 제대로 못 쉬고 있던 선장이 널브러졌다.

그러나 지금까지 짐도 내리지 못하고 있다는 사실을 깨닫고는 겨우 일어섰다.

선착장에는 선원과 인부들이 자신을 보며 멍청히 서 있었다.

선장은 괜히 그들에게 화풀이를 해 댔다.

"이 멍청한 것들아, 당장 짐들 내리지 않고 뭐해! 여기서 밤샐 거야?"

선장은 한참 동안이나 손으로 자신의 목을 문질렀다.

저승의 문턱까지 갔다 온 느낌이었다.

하지만 시간이 흐르자 피식 웃음도 나왔다. 어쨌든 살았다는 안도감과 함께 흔히 경험하기 어려운, 재미있는 이야깃거리가 생겼다는 생각 때문이었다.

그때, 그의 눈이 커져갔다.

자신을 향해 손을 흔드는, 노을을 등지고 서 있는 청년.

"또 뵙네요."

무림서생 천류영이다.

그리고 그의 좌우로 낭왕과 친황대주가 나란히 있었다.

"어? 어? 어떻게?"

천류영이 어깨를 으쓱하고는 선장의 배 옆으로 방금 닻을 내린 배를 가리켰다.

"다음 배를 타고 왔죠."

선장이 기가 막힌다는 표정으로 천류영을 보다가 고개를 절레절레 저었다.

재미있는 이야깃거리가 한층 풍성해지는 느낌이었다.

남겨둔 소지품을 챙긴 천류영 일행이 대로로 들어설 즈음, 한 노인이 옆으로 다가오며 입을 열었다.

"따라오시오, 무림서생."

천류영과 일행이 그를 흘낏 보았다. 평범한 얼굴의 노인은 신기하게도 표정이란 것이 없었다. 마치 인형 같이.

천류영이 그 노인을 신기한 듯 뚫어지게 보다가 불쑥 물었다.

"나와주셨군요. 그런데 혹시 저곳에 계십니까?"

그는 근처에서 가장 높은 전각을 가리켰다. 그러자 노인의 눈동자가 살짝 흔들렸다.

천류영이 그것을 놓치지 않고 놀란 표정을 드러냈다.

"와아, 직접 나오셨습니까?"

"어떻……."

말을 내뱉다 멈춘 노인의 주름진 이맛살이 깊어졌다. 무림서생은 태감께서 직접 온 것까지는 몰랐다. 아마 태감의 심복이 나왔을 거라고 생각했겠지.

그러나 놈이 태감이 계신 곳을 정확히 가리키자 놀랐고, 그 순간 던진 질문에 실수를 해버린 것이다.

노인은 자신의 보폭에 맞춰 따라오는 천류영을 보며 나직이 물었다.

"제독께서 저곳에 있는 것을 어찌 알았느냐?"

"태감 어르신, 아니, 제독님이라고 불러야 하나요?"

"동창의 제독으로 나오셨지만, 호칭이야 상관없겠지. 그런 것에 연연해하는 분은 아니니까."

"그럼 태감으로 하죠. 그냥 저곳이 가장 높으니 전망이 좋을 것 같아서 찔러본 겁니다. 선착장 주변이 훤히 보일 테니까."

"……."

"그리고 원래 높은 분들은 신기하게 높은 곳을 선호하시죠. 마치 본능처럼 말입니다. 안 그렇습니까?"

이건 친황대주로부터 받은 조언이었다.

노인은 대꾸하지 않았다. 대신 여유로운 천류영의 얼굴을 잠시 살피다가 시선을 낭왕과 친황대주에게 옮겼다.

낭왕은 담담한 기색이라 속내를 살피기 어려웠고, 친황대주는 굳은 표정이었으나 약간 긴장한 것 외에는 딱히 초조해하는 기색이 없었다.

인형 같은 노인의 눈에 희미한 이채가 스쳤다.

셋 다 잔뜩 얼어 있을 줄 알았는데…….

하긴 십천백지를 허탕 치게 만드는 재주를 보니 여간내기가 아닌 것은 분명했다.

그들은 전각에 들어선 후 최상층인 구층까지 말없이 계단을 올랐다.

선두에 있던 노인이 천류영을 돌아보며 긴 복도를 손으로 가리키며 말했다.

"여기부터는 너 혼자 가야 한다."

그 손이 가리키는 곳, 복도 끝에 위치한 내실.

천류영뿐만 아니라 일행이 동시에 느꼈다, 복도를 따라 강렬한 살기가 숨겨져 있다는 것을.

지나치게 노골적이지 않고 은은하게 흐르는 살기라 더 섬뜩했다. 마치 자신도 모르게 어느 순간 목이 날아갈 수도 있겠다는 생각이 들 정도였다.

방야철이 뭔가 말하려는 것을 천류영이 미리 간파해 제

지하고는 빙그레 웃었다.

"잘 다녀오겠습니다."

방야철이 입술을 꾹 깨물었다가 고개를 끄덕였다.

"저녁 식사를 미리 주문해 둘까?"

"먼저 드시는 게 좋을 것 같습니다. 아무래도 대화가 좀 길어질 수도 있을 것 같으니까요."

"그래."

방야철은 엷은 미소를 머금으며 낮지만 힘 있게 뇌까렸다.

"좌우 벽에 아홉씩 열여덟, 천장과 바닥에 열 명씩 스물. 총 서른여덟."

그의 말에 노인의 인형 같은 얼굴이 꿈틀거렸다. 친황대주도 놀란 표정으로 낭왕을 새삼 다른 눈으로 보았다.

방야철은 여전히 미소 띤 얼굴로 천류영을 향해 말했다. 하지만 실제로는 숨어 있는 동창의 고수들을 향한 일성이었다.

"혹여 이들 중 한 명이라도 실수로 자네 몸에 상처를 내는 일이 생긴다면, 약속하지. 서른여덟 모두 저승문을 넘게 될 거야."

친황대주는 고개를 절레절레 저으며 불안한 눈빛을 지었다. 태감이 당당하고 강한 이들을 좋아한다고 조언해 주었지만, 이건 과했다. 협박에 가깝지 않은가!

그가 숨죽이고 있는 가운데 천류영이 앞으로 발을 내디

몄다. 그렇게 복도의 중간쯤에 다다랐을 때, 뒤에서 지켜
보던 노인이 흥미로운 눈빛으로 입을 열었다.

"질문하겠다. 네가 어르신께 어떤 하소연을 할지는 모르
겠지만…… 네가 죽을 수도 있다는 것을 알고는 있는가?"

복도의 중간에서 천류영이 멈췄다. 갑자기 주변을 흐르
는 살기가 짙어지고 있었다.

천류영은 한차례 심호흡을 하고는 입을 열었다.

질문을 던진 노인이 아니라 앞쪽에 위치한 내실의 문을
향해서.

"하소연하러 오지 않았습니다. 용서를 구하러 온 것도
아닙니다. 고작 참회를 하러 왔다면…… 태감께서는 저를
죽일 테니까요."

노인이 눈에 이채를 띠며 다시 물었다.

"그럼 무얼 하러 왔느냐?"

천류영은 여전히 앞을 향해 말했다.

"거래를 하러 왔습니다."

"크크크, 거래라고 했느냐? 그건 자격이 얼추 비슷해야
성립하는 것이다. 너는 네가 그럴 자격이 있다고 믿는 거
냐?"

"예."

"……"

"저는 패왕의 별이 될 겁니다."

"큭, 크크큭……."

"그리고 그걸 당신에게 증명하기 위해 왔습니다."

노인의 낮은 웃음이 멈추고 질식할 것만 같은 침묵이 흘렀다. 복도에 일렁이는 살기가 점점 강렬해졌다. 낭왕과 친황대주도 침을 꿀꺽 삼키며 눈을 번뜩였다. 그들의 이마에 식은땀이 송골송골 맺혔다.

그런데 정작 그 살기를 집중적으로 받고 있는 천류영은 담담한 표정으로 턱을 치켜 올렸다. 오연하게.

순간, 복도 끝, 내실의 문이 천천히 열렸다.

드르르르륵.

동시에 살기가 씻은 듯이 사라졌다.

내실 가장 안쪽.

발 뒤에 앉아 있는 태감의 그림자가 어른거렸다. 그 모습을 본 친황대주가 한쪽 무릎을 꿇으며 외쳤다.

"충(忠)! 어르신을 뵙습니다."

잠깐의 정적. 그런 후, 발 뒤의 태감이 늙수그레한 음성으로 말했다.

"흐음, 패왕의 별이 되겠다고? 그게 하고 싶다고 할 수 있다면야……. 할 말은 그게 다인가?"

천류영은 담담한 중저음으로 대꾸했다.

"거래란 공평해야 합니다."

십천백지와 천하상회의 처세에 만족하느냐는 질문이었

다. 다시 정적이 찾아왔다. 그리고 이번의 정적은 제법 길었다.

태감이 침묵을 깼다.

"좋아하는 술이 있나?"

천류영이 앞으로 뚜벅뚜벅 걸었다. 낭왕과 친황대주는 안도의 한숨을 몰아쉬며 환하게 웃었다.

두 달 후.

천류영은 이십만 명이 대치한 전장의 앞에 서 있었다.

그의 지위는 백 명의 수하를 거느리는 백장(百長).

천류영은 쓴웃음을 깨물며 자신을 같잖게 바라보는 일백의 직속 수하들을 보았다. 그들의 눈에는 살기마저 어려 있었다.

별 이상한 놈이 상관으로 오는 바람에 최전선에 서게 됐다는 원망 때문이었다.

천류영이 태감으로부터 받은, 천 명의 수하를 거느리는 천장의 지위와 장군 회의에 참석해 의견을 개진할 수 있게 하라는 서찰은 대원수가 읽자마자 노발대발하며 찢어 버렸다. 그리고 천류영은 대원수의 얼굴도 보지 못하고 문전박대 당했다.

야전의 군부는 그렇게 녹록한 곳이 아니었다. 그나마 백장의 하급 간부 자리를 부여받은 것만도 천만다행.

옆에 있는 낭왕이 난감한 기색으로 천류영에게 말했다.

"시작부터 꼬이는 것 같은데, 괜찮겠나?"

친황대주는 망했다는 표정으로 죽상을 쓰면서 중얼거렸다.

"일 년? 이렇게 바닥부터 시작해서야 어림도 없는 얘기지. 대원수 얼굴 한 번 보는 목표를 일 년으로 잡아야 할 거요."

천류영은 방야철을 향해 싱긋 웃어 보이고는 천천히 앞으로 걸어 나갔다.

고원 위로 부는 차가운 바람이 시원했다.

천류영은 세월을 거슬러 올라 한 사내를 떠올렸다. 자신이 아주 어렸을 때 처음 본 그는 이렇게 전선에서 앞으로 걸어 나갔다.

그 모습은 어린 천류영에게 충격과 벅찬 감동을 주었었다.

오십 보, 백 보, 백오십 보, 이백 보, 삼백 보, 사백 보, 오백 보.

천류영의 직속 수하들이나 빨리 돌아오라며 성내던 장수들, 그리고 낄낄거리며 구경하던 많은 병사들이 어느새 침묵에 빠져 있었다. 북 치는 고수도 북채를 멈추고는 천류영을 주시했다.

천류영은 어느새 자신들과 적의 거의 중간 지점까지 이동해 있었다. 적조차 당황해 술렁이는 모습이었다.

친황대주가 하얗게 질린 얼굴로 낭왕에게 물었다.

"서, 설마…… 무림서생 미친 거 아니오?"

방야철 역시 긴장한 낯빛으로 대꾸했다.

"이 정도 해줘야 대원수도 만나줄 생각을 하겠지."

그때, 적들이 내지르는 거대한 함성이 하늘을 울렸다.

그리고 수만 대군이 물밀듯 몰려왔다.

아군 쪽에서도 상장군의 명이 떨어졌다.

"공격하라! 나아가 적을 섬멸하라!"

양쪽의 고수들이 미친 듯 북을 쳐 댔다.

"와아아아아!"

모두가 함성을 지르며 달렸다. 특히 방야철은 빛살처럼 앞으로 질주했다.

적은 천류영을 잡으려 했고, 아군은 그를 지키려 했다. 초반의 기선 제압은 바로 그것으로 결정 날 것임을 모두가 암묵적으로 느꼈다. 그래서 모두가 미친 듯 뛰었다.

천류영은 가빠지려는 호흡을 고르며 적을 보았다.

개미 떼처럼 몰려오는 적들을 보니, 절로 소름이 끼칠 지경이었다.

그리고 셀 수도 없는 화살이 하늘을 뒤덮었다.

천류영은 입술을 깨물었다.

"천마검 형님…… 이런 기분이었군요. 이렇게 무시무시한 공포 속에서 늘 선두에, 그리고 마지막까지 자리를 지켰던 거군요. 그때, 그 어린 나이부터.”

파파파파파팍!

화살비가 쏟아졌다.

농락당했다고 생각한 적들의 화살이 천류영에게 집중된 것이다. 천류영은 들고 있던 검을 휘두르며 제 몸에 떨어지려는 화살을 잇달아 쳐냈다.

쨍, 쨍쨍!

꼼짝없이 죽을 거라고 생각했는데, 멀쩡히 살아 있는 천류영을 보며 아군이 환호성을 질렀다. 특히나 천류영의 직속 수하들은 서로 마주 보며 휘파람을 불어 댔다.

뜨거운 태양이 내려다보는 가운데 천류영도 목청 높여 외쳤다.

“와아아아아아!”

그를 가운데 두고 낭왕이 가장 먼저 합류했다. 그리고 이내 두 개의 전선이 충돌했다.

그렇게 뜨거운 순간들이 모인 계절 하나가 쏜살같이 흘러갔다.

〈『패왕의 별』 3부, 제21권에서 계속〉